KB153315

임어당의 웃음

임어당의 웃음

1판 1쇄 인쇄 1994년 10월 10일
1판 1쇄 발행 1994년 10월 20일
4판 1쇄 발행 2023년 07월 10일

지 은 이 임어당
옮 긴 이 이평길
발 행 인 김영길
펴 낸 곳 도서출판 선영사
주   소 서울시 마포구 서교동 485-14 선영사
Tel 02-338-8231~2   Fax 02-338-8233
E-mail sunyoungsa@hanmail.net

등   록 1983년 6월 29일 (제02-01-51호)

ISBN 978-89-7558-160-1   03820

· 잘못된 책은 바꾸어 드립니다.

임어당의 웃음

임어당 지음 / 이평길 옮김

도서
출판 선영사

'웃음'에 담긴 의미

　임어당 문학에 대해서는 새삼 논할 필요가 없다. 그만큼 널리 알려져 있고, 일관된 하나의 이미지독특한 해학과 날카로운 풍자의 리얼리즘를 내포하고 있기 때문이다.

　그는 중국에서 태어나 자라고, 그곳에서 생을 마쳤다1895~1967. 그럼에도 불구하고 중국인의 나신裸身에 가장 날카로운 메스를 가했던 사람으로 꼽힌다. 오랜 세월 거대한 중국 대륙을 지키며 살아온 그들의 대륙적인 기질과 생활상의 이율배반적 모순에 대해서도 그 치부를 드러내기에 망설이지 않았다.

　중국의 발전을 저해하는 요인은 무엇인가? 그 명쾌하고 분명한 답을 얻기 위해 임어당은 사회 밑바닥 계층에서부터 고위층에 이르기까지 서슴없이 파헤치고 있다.

　기교를 배제한 담담한 필치로, 그러나 읽는 이들에게 어느덧 웃음을 머금게 하고, 그의 진실하고 세심한 직관력에 놀라게 한다.

　임어당은 중국의 푸젠성 장주漳州에서 태어났다. 상해에 있는 세인트존스

대학을 졸업하고 미국 하버드 대학과 독일의 라이프치히 대학에서 언어학을 전공하는 한편, 1923년에는 철학 박사 학위를 획득했다.

　그는 북경 대학과 하문 대학교수를 역임하면서 《생활의 발견》·《나의 조국, 나의 겨레》·《북경호일北京好日》 등 많은 저작을 남겼으며, 《논어》·《인간세》·《우주풍》 등의 잡지를 창간하여 언론인으로서도 맹활약했다. 또 중국어의 음운 연구에 지대한 공헌을 남기기도 하였다. 이후 유네스코 예술부장과 UN 총회 중국대표단 고문을 거쳐 싱가포르 대학의 총장을 역임했다.

　이 책은 중국의 《차이나 크리틱China Critic》지의 칼럼 '리틀 크리틱Litlte Critic'에 정기적으로 기고한 내용을 간추린 것이다.

　당시의 세태풍자를 다룬 내용은 그 진실성과 예리함과 강한 메시지로 인해서 전 세계 지성至뿔인들에게 짜릿한 자극제가 되었다. 이 책을 통하여 오늘날의 시대 상황과 우리 자신의 문제들을 다시 한번 숙고해 보는 기회가 되었으면 한다.

역자 드림

Contents

'웃음'에 담긴 의미 · 5

풍자와 해학

병이 있어야 정치가 된다 · 13

빈대는 중국에 있는가? · 19

내가 비적이었다면 · 25

정말 좋은 글을 쓰는 법 · 33

얼굴이란 무엇인가? · 46

나는 여자와 이야기하기를 즐긴다 · · · · · · · · · · · · 51

나는 어떻게 칫솔을 샀는가? · · · · · · · · · · · · · · · · 57

나는 살인자 · 64

중국의 사망 통지서 · 70

조지 왕의 기도 · 75

상해 찬가 · 80

차라투스트라와 광대의 대화 · · · · · · · · · · · · · · · · 84

Contents

차라투스트라는 이렇게 말했다 · · · · · · · · · · · · · · · · · 89

스컹크와 냄새 · 95

나는 어떻게 덕망을 얻었나? · · · · · · · · · · · · · · · 102

공자의 웃음 · 107

한비자의 눈 · · · · · · · · · · · · · · · · · · · 117

운이란 무엇인가? · · · · · · · · · · · · · · · · · 129

에세이

하우스 보이 아풍 · · · · · · · · · · · · · · · · · 137

내가 본 남경 · · · · · · · · · · · · · · · · · · · 143

나는 자동차를 갖고 있었다 · · · · · · · · · · · · · · 152

땀을 쥐게 하는 버스 여행 · · · · · · · · · · · · · · 161

다시 니코틴과 의형제를 맺으며 · · · · · · · · · · · · 170

잃어버린 중국인 · · · · · · · · · · · · · · · · · 177

중국인의 지적 생활양식(1) · · · · · · · · · · · · · 183

Contents

중국인의 지적 생활양식(2) · 201

여성의 결혼과 삶 · 217

여성에 대한 경고 · 224

중국인의 리얼리즘과 유머 · 234

정치가에게 큰 감옥을 · 243

인간은 일하는 동물 · 248

CHAPTER ONE / SATIRE AND HUMOR
풍자와 해학

병이 있어야 정치가가 된다?

정치상 어떠한 시대이든 보통의 중국 정부는 다른 어떤 인간단체^{불론}
병원이나 보건소를 제외한와 비교해 볼 때, 빈혈이나 위장병·고혈압, 또는 그
외 다른 병에 걸린 사람들의 집합체라는 확신이 내 마음속에서 오랜 세
월 동안 굳어졌다.

손문(孫文)이 앓았던 류머티즘을 비롯한 인류의 모든 질병을 총망라할
정도로 각종 전염병이나 보통 병을 앓고 있는 많은 정치가를 길게 나열
할 수도 있다.

아직 정부의 요직에 있는 관리들이 보편적으로 앓고 있는 병은 뇌내
출혈과 간경화·위궤양·비장염·심장 허약과 신경쇠약·당뇨병·신장염·
류머티즘·각기병·불면증·동맥경화·치질·종기·만성 설사·만성 변비·
식욕부진·정치 혐오·무명옷을 입고 싶어하는 소박한 희망정착에 관한 잠재
의식·모정(母淸)을 그리워하는 마음·권태·우울·무능 등을 꼽을 수 있다.

특히 당뇨병은 거의 모든 관리가 앓고 있을 만큼 보편적이며 다른 병에 비해 단연 압도적으로 많다. 만약 의학 지식이 풍부한 만화가가 이러한 정부 관리들을 주제로 만화를 그린다면 무척 재미있으리라. 그것은 세상이 괴로움으로 가득 차 있다는 부처님의 가르침을 확인하는 일이 되리라.

나는 기꺼이 외국 기자들에게 중국인의 사직서辭職書라는 공식 문서에 당연히 공시公示되는, 정치적으로 재발하는 중국 관리들의 어떤 비밀에 관해서 밝힐 것이다.

지금부터 그 비밀을 밝히겠다.

새로이 관리에 임명되는 중국인은 누구나 모종의 병을 무기로 갖고 있지 않으면 안 된다. 그렇지 않으면 그의 모든 발언은 어떠한 영향력도 발휘할 수 없게 된다.

만약 당신이 해군 제독으로서 해군기지 건설을 계획했다고 하자. 그런 경우 당신에게 당뇨병이나 담석, 혹은 불면증이 없다면, 십중팔구 당신의 그 계획은 단지 계획으로서 끝나게 된다. 결과적으로 해군기지 건설은 불가능하다는 것이다. 만약 당신이 그런 병을 앓지 않지만, 재무부 장관이 가끔 심장병을 일으킨다면, 모든 점에서 당신이 그보다 훨씬 불리한 처지에 놓이게 된다. 그때 재무장관은 이렇게 말할 것이다.

"국고가 텅 비었음에도 당신이 계속 해군기지 건설을 고집한다면, 나는 아마 심장병을 일으켜 사직하게 될 것이오."

그때 당신은 어떻게 행동할 것인가? 그러나 이 경우 당신이 담석 증이란 무기를 갖고 있다면, 당신은 더 유리하게 재무장관의 말에 응수할 수 있다.

"그러나 당신이^{재무장관} 해군기지 건설 비용을 승낙하지 않는다면, 나는 담석증이 재발할 것이다" 라고

그러므로 당신은 재무장관을 적당히 침묵케 하는 동시에 그의 직무를 다하게 만든다. 그 경우 옆에 있는 행정부 관리가 위트와 투철한 정치가 정신을 갖고 있다면, 두 사람의 눈치를 알아채고 당신을 조용히 불러 이렇게 말할 것이다.

"어리석은 장난은 그만두시오. 재무장관은 고집이 센 사람입니다. 그가 심장병을 일으킨다고 하면 반드시 그렇게 될 거요. 그런 데 이 국가적 위기에 그를 잃는다는 것은 상상도 못 할 일이요. 그러니 당신도 담석증을 고집하지 않는 것이 좋을 겁니다. 차라리 불면증을 핑계로 2, 3주 동안 휴가를 얻어서 탕산湯山 온천이라도 다녀오시오. 그 사이에 재무장관을 설득시켜서 결재를 얻어내는 방향으로 할 테니."

그래서 당신은 자신도 모르는 사이에 불면증에 걸려 탕산으로 자동차를 몰게 되고, 해군기지 건설 계획이라는 아름다운 꿈을 꾸며 잠들게 될 것이다.

그런데 내가 여기서 말하려는 것은 우리나라 정치인들이 결코 거짓말쟁이라는 것은 아니다.

나는 군인이자 정치가인 염석산閻錫山 장군이 고질적인 만성 이질에 시달리고 있다는 것을 알고 있다. 그것은 매우 규칙적으로 발병한다. 그러므로 이제는 이질에 대해서 염 장군이 전문가가 되었다는 것을 세상 사람들은 모두 알고 있으리라.

그러나 나는 이 염 장군의 핑계를 탓하려는 것이 절대 아니다. 만일 그가 원한다면 언제라도 그 병에 걸려 있다는 사실을 말해 줄 수 있다.

또 이와 비슷한 풍옥상馮玉祥의 예를 들어 보겠다. 그는 담해嫌咳병을 앓고 있다. 그는 언제나 편안히 쉬고 싶은 생각이 들 때마다 실제로 그 병에 걸리곤 한다

그러므로 여기서 우리가 알 수 있는 매우 중요한 사실은, 모든 정부 요인은 의연히 모종의 질병을 무기로 갖지 않으면 안 된다는 것이다. 그 것은 그의 정직함을 광고하는 것이며, 사직하고 싶을 때는 언제나 비장의 무기로 쓸 수 있다. 만약 누구든 관리가 될 때 그는 자신이 걸려야만될 병에 관해서 미리 정해 놓아야만 된다.

만약 내가 장관으로 임명된다면, 나는 절대 당뇨병에는 걸리지 않으련다. 그것은 너무 평범하기 때문이다. 당뇨병보다는 오히려 소화 기관의 고장이 좋을 듯싶다. 나는 소화기 계통의 병을 철저하게 파혜칠 작정이며 혹은 신경쇠약으로 정해도 좋을 것 같다.

내가 소화기 계통의 병을 택한 이유는 다음과 같다. 지금은 고무장갑 외에 무엇이라도 소화할 수 있는 튼튼한 소화 기관을 갖고 있다 해도 내가 관리가 됨으로써 이 훌륭한 소화 기관이 자연히 파괴됨을 피할 수는 없을 것이다. 왜냐하면, 관리가 되면 아침을 거르지만 점심을 두 번, 접시가 수없이 많이 등장하는 화려한 저녁을 서너 번씩 먹게 된다는 사실을 너무도 잘 알기 때문이다.

이를 자세히 살펴보면, 일주일에 평균적으로 점심을 열네 번, 저녁을 스물네 번이나 먹는다는 계산이 나오는데, 이것이야말로 보통의 관리들

이 앓고 있는 간경화나 당뇨병에 맞먹을 정도로 소화기 병이 만연하는 이유이다.

나는 우리나라 관리들을 거짓말쟁이로 몰기는커녕 그들이 실제로 항상 과식 상태라는 것, 그리고 국무에 쓰여야 할 정신적 에너지가 남김없이 상어 지느러미와 제비집, 그리고 삶은 돼지 다리 소화에 쓰이고 있다는 사실을 충분히 이해하고 있다.

그러므로 나는 감히 말한다. 누군가 현명한 관리가 파티 문화를 개선하여 화려한 식사 대신 아주 간소한 저녁 식사를 대접하더라도 사회적으로 비난을 받지 않는 한 중국의 장래는 희망이 없다.

나는 소화불량으로 고생하는 관리가 첫 부임지에 당도했을 당시 마음속에 품고 있었던 타오르는 듯한 의욕을 지금은 어느 정도 지니고 있을지 알지 못한다. 이는 관리의 소화기 병을 못 믿는 것이 아니다. 오히려 그들이 소화기 병에 걸리지 않았다면 매우 의아하게 생각될 것이다.

나는 단지 그들이 외견상으로 건강하게 보이는 것이 결코 명석한 사고와 정신적 건강에 도움이 되는 것은 아니라는 사실을 경고하고 싶을 뿐이다.

이제 고인이 된 담연개譚延闓가 얼마나 그의 요리사를 사랑하고 있었는지, 그리고 상어 지느러미가 나오면 그의 눈빛이 얼마나 생생하게 빛났었는지 알고 있는 사람은 모두 내가 진실을 말하고 있음을 이해할 것이다. 그런데 담연개는 도대체 무슨 병으로 죽었을까?

아무튼, 우리는 현재 이상적인 중국 정부 안에, 세상 어느 곳에 내놓아도 지지 않을 만큼 망가진 위장과 위태로운 신경과 고통스러운 장腸과 염증을 일으키는 방광, 열이 나는 비장, 과로한 신장, 과중한 부담을 안고 있는 간장, 그리고 혼탁한 두뇌를 동반하는 소화불량. 빈혈. 동맥 경화, 당뇨병 및 만성 변비에 걸린 관리들을 모아 놓고 있다.

그들은 모두 이러한 병을 앓고 있음에도 불구하고 정부를 위해서 열심히 일하며, 가방 속에 여러 공문서와 함께 의사의 건강 진단서를 가지고 다닌다. 그리고 사임할 때가 되면 즉시 그 건강 진단서의 사본을 제출하고는 요양원으로 향한다.

그러나 재정가인 송자문朱子文:장개석의 부인이자 송미령의 동생 은 사표를 제출하면서 건강상의 핑계를 대지 않았다. 나는 솔직하게 사직하지 않으면 안 될 이유를 써넣음으로써 모든 관리에게 하나의 새로운 선례를 보였던 점에 대해 매우 기쁘게 생각한다.

나는 아주 진지하게 그가 건강 진단서가 필요하지 않았던 이유는 외국 음식을 좋아했기 때문이라고 생각한다. 이 사실은 내가 그즈음 일년 정도 유럽 여행을 함으로써 외국 음식을 먹지 않으면 안 되었던 사실에서 얻은 귀중한 하나의 교훈이다.

빈대는 중국에 있는가?

나는 신사이므로 어떠한 문제에 관해서도 내 의견만을 고집하지는 않는다. 그러나 나는 여러 분야에 종사하는 사람들, 고홍명辜鴻銘·호적胡適, 그리고 군의 장군에서부터 백인 선교사·불노가佛老家 : 석가와 노자·완고파 및 당 간부에 이르는 사람들이 각각의 문제에 대해서 나타내는 의견과 자세가 무척 다양한 색채를 띠고 있음을 알고 있다. 그들의 의견은 매우 흥미로우며 연구할 가치가 있다.

영국의 철학자이며 정치가인 베이컨은 《부족의 우상》·《동굴》·《시장》과 《극장》에 관해서 글을 쓴 적이 있다. 우리는 이 지성至聖, 즉 보통의 인간보다 정신적으로 뛰어난 우상이 이 귀찮은 논제에 대해 의견의 다양함 속에서도 오히려 기묘하고도 풍부하게 설명했음을 발견할 것이다.

조금 쉽게 풀어 보자. 예를 들어 어떤 중국 부호가 내외국인을 초청하여 집에서 파티를 베풀었다고 하자. 그런데 한 마리의 빈대가 얼룩 한 점 없는 흰 소파 위를 천천히, 그러나 분명히 기어가고 있었다. 이것은 영국인이나 프랑스인, 러시아인, 중국인, 혹은 그 밖의 어떤 가정에서도 상상될 수 있지만, 우리가 중국에 살고 있으므로 중국인의 가정이라고 가정하자.

영어를 유창하게 하는 어떤 애국적인 중국 지식인이 최초로 빈대를 발견했다. 그의 애국심은 빈대 위에 그가 앉아서 자신의 체중으로 그것을 짓눌러 죽이든지, 아니면 조국의 명예를 위해서 아무도 모르게 살그머니 잡아서 죽이든지, 이 두 가지 기회를 엿볼 수 있을 것이다.

그런데 놀랍게도 개인 맞춤형 훈련에 참석했던 사람뿐만 아니라 그 집의 여주인마저도 무척 당황하게, 또 한 마리 또 한 마리가 계속 줄지어 나타남으로써 결국 중국의 어떤 가정에나 빈대가 없다고 부정할 수 없는 지경에 이르렀다고 하자.

이런 경우 여러 가지 변명이나 임기응변이 나올 수 있을 것이다. 그것을 몇 가지로 나누어 보면 다음과 같다.

첫 번째 예

"빈대는 분명히 중국에 있다. 그러나 그것은 우리 중국인들이 정신적이라는 사실을 증명하는 최고의 증거이다. 단지 정신적인 사람들만이 물질적인 환경에 주의를 기울이지 않으니까!"

뻔뻔스러운 거짓말을 일삼는 사람은 고홍명 외에 누가 있을까? 사람들은 그의 변명을 그럴듯하다고 이해하지만 내가 뻔뻔스러운 거짓말이라고 말할 수 있는 것은, 오늘날 현대인보다 '정신적'이 아니라는 사실을 고홍명과 함께 은근히 가정하게 될 테니까 말이다.

두 번째 예

"빈대는 분명히 중국에 있다. 그러나 그것이 어떻단 말인가. 빈대는 비엔나에도, 프리하에도, 뉴욕에도, 런던에도 있다. 사실 이 도시들은 빈대로 유명하다. 그것은 조금도 부끄러운 일이 아니다."

이것은 중국의 애국자·동양주의자·범아시아주의자 및 우리의 국민적 유산을 보존하려는 사람들의 태도이다. 장종창張宗唱 장군은 예전에 일본에서 한 마리의 빈대를 발견하고는 매우 행복을 느꼈다. 결론적으로 중국 문화의 우수함을 이야기하지 않을 수 없었다.

세 번째 예

"빈대는 콜롬비아 대학에도 있다. 따라서 이불 속에 빈대가 없는 중국인은 문명의 정도가 아주 낮을 것이다. 게다가 미국의 빈대는 중국의 빈대보다 예쁘게 생겼다. 그러므로 그 한 마리, 특히 캘리포니아 빈대를 잡아서 중국으로 수입하여 중국인의 침구 속에 놓아 주자."

이것은 한마디의 중국어도 할 수 없는 콜롬비아 대학 철학박사의 입장이다.

네 번째의 예

"아니, 빈대가 중국에 있다고! 영국에는 빈대가 없다. 그러므로 나는 치외법권을 원한다."

이것은 완고파의 대표적인 입장이다. 그의 첫 문장은 진실하지만 두 번째 말은 거짓말이며, 세 번째 것은 상해 사람들에게 갈채를 받았던 적이 없는 《노스차이나 데일리 뉴스》의 편집자의 기지이다.

치외법권이 폐지된 후 중국 감옥에 투옥되었던 어떤 외국인 범죄자가 중국 감옥에 빈대가 있다고 놀라워하며 말했을 때 《노스차이나 데일리》지誌가 "빈대에 시달리는 중국의 정의正義를 위한 외국인 희생자에게 인생은 무거운 짐이 된다." 하고 화려한 머리기사로 보도했다고 해도 조금도 놀라운 일이 아닐 것이다.

다섯 번째 예

"무엇이라고 바보같이! 중국에는 빈대가 없으며, 또한 있었던 적도 없다. 그것은 당신 자신의 상상에 불과하다. 당신에게 분명히 말해 두는데 중국에는 빈대가 없다."

이것은 국민적 자존심에 관한 선전이며 중국 외교관의 입장이다. 어떤 유명한 중국 정부 요인은 중국은 10년 전부터 아편재배를 중지하지 않는다는 국제연맹의 진술에 책임을 졌다. 그는 단지 그에게 주 어진 직무를 수행했으며 누구도 그를 책망할 수는 없다. 영국이나 프랑스의 국제연맹 대표자는 이와 다른 행동을 하고 있을까?

여섯 번째 예

"그런 엉터리 같은 말은 하지 마라. 그런 터무니없는 말을 입에 올리는 자를 규탄하라.   그리고 그에게 경고하라."

일곱 번째 예

"내 명상을 방해하지 마라. 빈대에게 물리면서도 의연하게 내가 행복할 수 있다면 무엇이 나쁘단 말인가."

이것은 중국의 불노파佛慮派 시인의 말이다. 러셀은 이에 공감하며 고개를 끄덕거린다. 만주 왕조의 문화를 이끌어 왔던 정판교鄭板橋는 모기와 빈대를 노래하지 않았던가! 또한 주희진朱希眞은 《초가 나무를 벨 때 부르는 노래》에서 다음과 같이 읊지 않았는가!

궁핍은 언제나 감옥에 들어가는 것 같으며
늙는 것은 반 미치는 것 같으며
굶주린 모기와 빈대는 번갈아 가며
밤새 꿈에 쫓기는 나를 덮쳐도
쫓지도 잡지도 않는다.
훤히 트인 모든 것은 그대로 허무.
사찰의 종소리는 은은히 사방에 퍼지는데
미묘한 속세를 놀리지 말라.

여덟 번째 예

"그것을 잡아라."

하고 호적 박사는 말한다.

"얼마되지 않더라도 꼭 찾아내라."

프랑스·일본 및 영국의 자유분방한 코즈모폴리턴이 모두 이것을 공감한다. 그렇다. 장소나 국적을 불문하고 그것을 잡아야 한다.

마지막 예

즉, 아홉 번째 예는 리틀 크리틱차이나 크리틱 신문의 임어당 칼럼의 제목이 대표한다. 빈대가 고급 파티장에 나타난 것을 보고 그는 습관적으로 외친다.

"보시오! 큼직한 빈대가 있습니다. 얼마나 크고 예쁘고 영양 상태가 좋습니까! 마침 시간도 잘 맞춰서 지루한 시간에 대화를 제공하려고 나타나다니 얼마나 영리합니까! 아름다운 부인이여, 저놈이 어젯밤 당신의 피를 빨았겠군요. 한 놈 잡아 드릴까요? 큼직한 빈대를 잡아 죽이는 일은 멋진 놀음이지요."

이에 대해서 우리의 사랑스러운 여주인은 기껏해야 이렇게 대답할 수 있을 것이다.

"친애하는 임 선생님, 창피함을 아십시오."

내가 비적이었다면

'내가 만일 비적匪賊 : 떼 지어 다니면서 살인, 약탈을 일삼는 도적 이었다면' 하는 바람은 새롭고도 항상 발전하는 사상을 가장 많이 내포한 생각이다. 나는 그것이 모든 중국 사람들이 지닌 사상은 아니라고 생각하지만, 나에게는 그것이 매력으로 다가온다. 더구나 비적에게 어떤 특별한 장래성이 있을 것 같은 시대, 그리고 이 대중국에서 평온한 생활을 영위하는 것이 어려워지고 있는 현시대에 이런 일로써 누가 나를 비난할 수 있단 말인가!

그런데 나는 비적이 될 자격이 없다. 나는 사람을 죽인 적이내가 나를 알고 있는 한 없을 뿐만 아니라, 의로운 비적이 지닌 찬탄할 만한 소질도 갖고 있지 못하다.

비적의 두목은 성공하는 지도자에게 필요한 모든 소질, 즉 기합氣슴, 사람을 알아보는 지식, 도덕적인 관념을 완전히 무시하는 것, 그리고 특히 배반자의 마음을 가져야만 한다. 이상은 모든 성공하는 지도자에게 내가 인정하는 점으로서그러나 나는 갖지 못했지만, 나 스스로 깨달은 소질이다.

만약 내가 그러한 점을 갖고 있다면, 나는 내 이름이 의리와 애국심과 명예와 동일시될 때까지 어떻게 내 경력을 개척해 나갈 것인지 나타낼 수가 있다. 그리고 신문 사설에서 내 찬사를 읽은 부모들은 자신의 아이들에게 말할 것이다.

"이 사람처럼 생활해서 훌륭한 명예를 얻어라."

우선 나는 서도書道로써 비업丕業을 시작할 것이다. 매일 벼루 앞에서 씌어진 약간의 노력은 일생을 멋지게 도와줄 것이다. 비적 두목에서 애국자로 변신하는 내 공상에서 출세에 필요한 두 가지 사항은 서도와 여러 곳에 널리 보내는 전보 내용을 작성하는 능력이다.

그런데 후자를 위해서는 대학 졸업생을 고용할 수 있으나, 휘호나 친서를 쓰는 일 또는 나 대신 서명할 비서를 고용하기는 아주 힘들다. 그런데 서도는 오랜 연습해야 하는 예술이므로, 나는 아직 시골에 비적으로 있을 시절부터 그 연습을 시작할 것이다.

두세 군데 도시를 옮겨 다닐 때쯤 되면 사람들은 나에게 휘호나 친서를 써달라고 부탁할 것이다. 그리고 아름다운 필적은 나를 금방 지방 유지와 교양 있는 사람들의 최일선에, 그리고 예술과 문학의 추종자로 내 이름은 서서히 세상에 알려질 것이다.

서도와 전보를 작성하는 능력을 훌륭한 무기로 앞세워 나는 하문廈門 정도의 작은 항구에 침입할 것이다. 그렇게 하기 위해서는 약 5백 명의 병사가 필요하다. 정예병은 백 명, 나머지 4백 명은 전투에 관한 한 아편 흡연자라도 좋다. 내가 이렇게 말할 수 있는 것은 그러한 전투를 실제로 보고 있기 때문이다. 아마 용감한 남자가 30명만 있으면 감쪽같이 속일 수 있을 것이다.

약 두 시간에 걸쳐 치러졌던 전투가 끝남과 동시에 전보의 내용과 군사포고가 유포될 것이다. 이 포고에는 '나는 백성을 사랑한다. 나는 백성을 사랑한다. 그리고 나는 백성을 사랑한다'라고 그러나 나는 세금감면에 대해서는 어떠한 말도 하지 않을 것이다.

여기에 또 하나의 조건을 덧붙일지도 모른다. '나는 외국인을 미워한다. 나는 외국인을 증오한다.'라고. 이것은 중국 문자가 아니면 안 된다. 그리고 '안녕하십니까, 감사합니다, 실례합니다.' 정도의 영어를 할 수 있는 대학생을 고용하여 각국 대사관을 방문케 하여 외국인의 재산과 생명을 보장한다고 전할 것이다.

이것으로 전외국인의 생명과 재산을 보호하라는 알쏭달쏭한 말이 반복될 것이다. 그러나 나는 아직 중국인의 생명과 재산 보호에 관해서는 언급하지 않을 것이다. 외국 대사관들은 나를 제2의 위안 스카이로 믿을 것이다. 나는 외국인의 지지를 기반으로 나의 정치적 운명을 구축해 나갈 것이다.

시골의 비적에서부터 중앙으로 진출하기까지 3년이 걸릴 것이다. 2, 3년 동안 나는 끈질기게 참으며 지위를 굳힐 것이다. 내 지위는 내게 부자가 되도록 강요할 것이다. 나는 경쟁자에 대항하기 위해서 강력하고 거대한 군대를 갖지 않으면 안 되는데, 이를 위해서는 충분한 돈을 가지고 있어야만 한다.

국가 개조 및 중국 근대화라는 미명하에서 나는 하문이나 다른 도시를 개조할 것이다. 이 방법은 내가 기업적인 수완이 뛰어나다면 2년 또는 3년에 약 1만 달러를 벌게 해 줄 것이다. 도로를 1야드씩 건설할 때마다 이익이 약 20달러 정도 남으므로 새 도로가 길 면 길수록 내 이익은 그만큼 커진다.

사람들은 나를 모범적인 비적이라고 부를 것이다. 그리고 나는 주머니 속에 1백만 달러를 챙김과 동시에 하문을 모범 도시로 만들 것이다.

1백만 달러가 내 손에 쥐어진다면, 나는 기적을 행할 수 있다. 3 개월 후에 지급하기로 하고 나는 중국에 있는 어떠한 해군이라도 매수할 수가 있다. 그리고 여기에서부터 중앙 권력으로 진출하는 다음 단계가 시작된다. 해군을 손아귀에 넣고 나면 공군을 소규모로 창설하기란 아주 쉬울 것이다. 그러면 모두가 해·공군을 차지 한 비적에 관해서 이야기할 것이다.

나의 서도는 그때쯤 더욱 숙달하게 될 것이며, 또한 유교에도 강력한 옹호자가 될 것이다. 나는 공자의 후예임을 만약 그가 내 영향력 아래에 있다면 멋지게 연출할 것이다. 나는 도덕과 종교에 있어서 제1인자가 될 것이다. 또 삼민주의三民主義의 문구를 손끝으로 끄적거려 둘 것이다.

이때쯤에는 반드시 내란이 일어난다. 나에게는 다시없는 기회이다. 정치적으로나 재정적으로 크게 주목받을 좋은 기회이다.

나는 안전하게 서너 번 배반할 작정인데, 그러나 도를 넘는 일은 하지 않을 것이다. 서너 번의 배반으로써 정치적으로는 국내에 영향력을 끼칠 만한 지위에 도달하게 된다. 그리고 재정적으로는 한 번 배반할 때마다 120만 달러에서 125만 달러이 숫자는 정확한 시장조사를 통하여 얻은 결론이다에 이르는 돈을 은행에 저축하여 결국에는 이자까지 합해 5백만 달러에 달하는 통장을 갖게 될 것이다.

어디에서 이 시장조사를 끝낼 것인가는 오직 신神만이 알고 있다. 그리고 나는 선량해지며 더욱 겸손해질 것이다. 내 즐거움은 오직 송판宋板의 한적漢籍 수집이 되며 내 비서나를 위해서 전보를 썼던 동료에게 《대학大學》 및 《중용》의 해설서를 쓰게 하여, 내 이름으로 출판시킬 것이다.

이상은 모두 도움이 되지 않는 일이다. 비적 두목에서 애국자로 출세한다는 나의 묘사는 분명히 적절하지 않다. 하문시의 개조도, 국가 개조라는 미명하에서 1백만 달러를 얻는 나의 모범적 비적 행 위는 의연한 지상紙上의 모범적 비적, 즉 변덕스러운 필자의 공상 에 머문다.

만약에 내가 비적이었다면 3년 안에 1백만 달러를 만들 것이라고 말했다. 또한, 더욱 약삭빠른 사업가였다면 2년 안에도 가능할 것이다. 나는 도로를 1야드 건설할 때마다 20달러를 벌 수 있다고 했다. 그러므로 1마일즉 1,760야드 건설에서 얻어지는 이익은 32,500달러가 되며 3마일마다 약 10만 달러, 즉 30마일에 1백만 달러가 될 것이다.

하문에는 건설해야만 할 도로가 30마일 정도지만, 나는 다음 해 또 다음 해에 보수해야만 하는 어설픈 도로를 만들 것이다 그러므로 3년은 기다릴 필요가 있다. 그런데 여기에 F 장군 같은 사람이 나타나서 공산군과 싸우기 위하여 보루를 축조한다는 명목하에 8월 말 이 논문이 인쇄될 때쯤 약 2주 동안에 2백만 달러, 다시 11월에 6백만 달러를 불쌍하게도 몽땅 약탈당한 K 지방에서 다시 거두어들이려 하고 있다.

나는 이것을 읽고 '이것이야말로 피와 살이다' 하고 중얼거렸다. 그것이 현실이다. 이것은 내 공상의 소산인 꿈같은 세상을 어지럽히는 말에 불과하다. 그것은 비현실적이며 적절치 못하다.

F 장군은 불멸이다. 나는 그것을 믿어 의심치 않는다. 그는 적어도 내 마음과 기억 속에 내 공상의 빈약함과 나의 문필적 서술의 미숙 함을 상기하는 사람으로 영구히 남을 것이다. 나는 그가 나를 위해서 그대로의 포즈를 취해 줄 것을 얼마나 바랄 것인가. 왜냐하면 현대의 로댕인 나는 조잡하고 울퉁불퉁한 돌조각으로, 눈에는 반反공산주의자들로 분노를 담고 가슴은 8백만 달러에 불타고 있는 그 자신의 군신상軍神像을 조각할 것이기 때문이다.

그의 모습을 보는 것만으로 현실에 대한 우리들의 신념이 얼마나 강해질 것이며, 그리고 흡사 아폴로의 황금 전차가 여명의 창공을 가로질러 안개와 이슬을 흩트리는 것처럼 우리의 낭만주의와 이상주의를 흩트려 놓을 것인가. 그의 한숨 소리에 닿으면 이상주의는 곧 마를 것이며, 리얼리즘은 현실과 손을 맞잡고 너무 간지러워서 웃지 못하고, 너무 아파서 울지도 못할 것을 느낀다.

오랫동안 리얼리즘 아래에서 자라온 나의 강한 심장조차도 약간의 고통을, 타오르는 치욕감을 느꼈다. 내 인간성에 어떤 힘이 가해 졌다.

그날 밤 나는 꿈을 꾸었다. 가난한 농부의 당나귀를 타고 연못가를 걷고 있는 꿈이었다. 그것은 병들고 허약한, 그리고 다리마저 약간 절룩거리는 가엾은 당나귀였다. 길은 험했다. 마침내 당나귀가 미끄러져 나는 당나귀와 함께 진흙창에 빠졌다. 당나귀는 다리가 부러졌다.

불쌍한 농부는 깨끗한 연못 물로 내 옷을 빨아주겠다고 했다. 그러나 나는 허락하지 않았다.

"우선 불쌍한 당나귀를 치료해 주시오."

하고 관대하게 말했다.

농부는 나를 바라보며 잠자코 있었다. 비참함이 얼굴에 씌어 있었다. 당나귀는 그의 단 하나의 생활 수단이며, 전 재산이었다.

"이 부러진 다리를 어떻게 할까?"

하고 나는 말했다.

"우리는 이 불쌍한 놈을 이렇게 죽게 할 수는 없다. 백 달러를 나에게 가져오면 나는 구급차를 불러와서 이 당나귀를 병원에 입원시켜 은으로 만들어진 다리를 붙여 주지."

농부는 망연자실했다. 나는 화가 났다.

"듣고 있나?"

하고 나는 그의 어깨를 두드리며 소리쳤다.

"백 달러를 가져오게. 그러면 자네의 당나귀에 은 다리를 붙여 주지."

농부는 끝까지 기분이 나쁜 것 같았다. 그는 1백만 달러를 마련하려고 하지 않았으므로, 나는 그를 그의 집으로 끌고 가서 가재도구를 들어내고 그 집과 땅을 1백만 달러에 팔았다. 그리고서 나는 그에게 작별을 고하고 그 돈으로 틀림없이 병원비를 지급하고 당나귀에게 은다리를 붙여 주겠다고 말했다.

이 불쌍한 사내는 땅 위에 주저앉아 있었는데, 나는 그의 두 눈이 움직이지 않는다는 것을 알았다. 내가 자세히 들여다보니 그것이 점토로 되어 있음을 알았다. 그러나 점토로 만들어진 그의 입언저리의 표정에는 내가 좋아하지 않는 그 무엇인가가 있었다. 그것은 말로 표현하기에 너무 심각한 것이었다.

거기에서 나는 눈을 떴다. 일종의 뜨거운 느낌이 볼로 올라와서 마치 실제로 그 점토의 사나이가 내 머리 위에 숯불을 올려놓고 있는 것 같았다. 나는 구토를 느꼈다. 거기에서 내가 확인한 사실은 나는 결코 모범적 비적이 될 수 없다는 사실이었다.

정말 좋은 글을 쓰는 법

　'어떻게 문장을 쓸 것인가?' 하는 생각은 조금도 새로운 문제가 아니다. 이 문제는 대부분 문제가 그렇듯이 어떻게 달걀을 먹을 것인지 할머니들에게 가르치는 것을 의무로 생각하는, 그런 부류의 교수들에 의해서 시시하게 되어 버렸다.

　내가 알고 있는 한 그 과정은 일반적으로 다음과 같은 상태에 머물러 있다. 즉, 어떻게 뼈대를 세울 것인가, 어휘의 선택 등 어절은 명료해야 한다 등 그 외 이에 준하는 대학 2년생 지혜 정도로 볼 수 있다.

　그러나 이러한 대학교수들이 글을 쓸 때는 작문의 첫 번째 원리를 깨뜨린다. 그들은 자신의 상상을 결코 명료하게 밝히지 않는다. 그들은 책을 쓰는 대신에 출판사로 편지를 보내서 자신이 원하는 바를 솔직하게 털어놓는다.

"당신에게 나의 재정난을 도와달라고 할 수는 없겠지요. 하지만 아내는 병으로 3개월째 입원해 있으며 병원비 청구서와 세탁소, 우유배달 청구서를 해결하지 않으면 안 됩니다. 당신은 내 사정을 이해해 주시리라 믿습니다. 약간의 돈이라도 대단히 큰 도움이 될 것입니다. 나는 아이들의 아버지로서, 남편으로서 당신에게 부탁을 드립니다. 책을 써 보려고도 생각했습니다만, 지금은 영감이 떠오르지 않으며 스피리트^{정신}가 움직일 때까지 연기하는 것이 마땅하리라 생각하는 바입니다."

―가난한 교수

이것은 매우 명료하고 알기 쉽게 간추린 문체이다. 그런데 이들의 단점은 누구나 이미 알고 있는 것을 말한다든가, 혹은 작문을 필요 이상 거창하게 만들어 버린다. 그리고 그것은 또한 독자에게 크게 경이를 표하는^{뒤의 제3 원리를 참조하라} 하나의 작문 원리를 깨뜨리는 것이다. 이러한 사실로 인해 필자들의 문장이 지루하며, 그들이 대학 2년생 정도의 수준에 머무르고 있는 이유이다.

나는 최근 그들의 저술이 매우 지루하다는 것을 통감했으므로 이 문제에 관해서 약간 언급하려고 한다. 그러나 나는 정직한 인간이므로, 독자가 지루해 한다면 중지하라는 제6원리에 어긋나기 때문에 이 한 권의 책에 모두 이런 내용을 채우기보다는 이 한 편의 글로써 끝내려고 한다.

물론 내가 지금부터 하려는 말은 진정한 작문이 갖추어야 할 요건들이며, 과학적 혹은 사무적인 보고를 편집하거나 작성하는 것과 는 구별되어야 함을 명백히 밝혀둔다. 나는 저술가의 작문을 논하는 것이지, 회사원들의 작문을 논하는 것이 아니다. 이것은 논문이나 장편 소설을 쓰는 것에 해당하는데, 특히 논문을 쓰는 데 더 큰 비중이 있다. 그러나 그들 장편 소설이나 논문은 어떤 경우에도 가르칠 수 없는 저작자다운 소질을 전제로 하는 것이기는 하지만 극히 단순한 것이다.

미국의 문학자 윌리엄 라이온헬프1865~1943는 소설 작법에 관한, 학생 티가 나는 모든 토론을 배제하고 좋은 소설을 단순하게 '재미있게 꾸며진 좋은 이야기'라고 정의를 내렸다. 나는 이 금언에 누군가가 첨삭을 했는지는 잘 모른다. 어떤 문학 교수는 문학을 순수하게 '아름답게 표현된 거짓이 아닌 감정과 사상'으로 정의하고 있다.

문학을 직업으로 삼고 있는 사람들은 화를 낼지도 모르지만, 저작의 기술은 실로 그처럼 단순한 것이다. 문학에는 별로 대단한 비결은 없다.

그러나 저작자다운 소질은 물론 갖고 있어야 한다. 그것은 내가 이미 말하듯이 가르칠 수 없는연마할 수는 있지만 것이다. 따라서 논할 필요도 없다. 거기에 저작자를 까다로운 사람으로 만들지 않는 약간의 좋은 저작 태도를 생각할 수 있다. 그것은 여섯 가지로 생각할 수 있다.

첫째, 저작자는 표현되지 않으면 안 된다.

노련한 외교관은 늘 헛기침을 하며 거짓말을 한다. 그것은 그의 직업적 습관이다. 저작자는 이것을 흉내 내어서는 안 된다. 조심스러운 헛기침은 정치가의 연설 도중에는 아주 적당하지만, 정직한 인간이어야만 하는 저작자에게는 오히려 손해나는 행동일 뿐이다. 만약 거짓말을 해야만 한다면 헛기침을 하지 말고 아무런 내색 없이 거짓말을 해야 한다.

자신의 의견을 내세우는 것을 두려워해서는 안 된다.

어떤 미국의 정치가가 최근의 큰 정치 문제에 관해서 의견을 물어왔을 때 "나의 의견은 보통 미국인의 의견과 같다."라고 대답했다. 이 대답은 자신의 지위를 유지하려는 정치가로서는 매우 당연한 것이다. 하지만, 저작자가 이렇게 대답했다면 그것은 지옥행의 입장을 증명하는 것이며, 만약 그 대답이 위선이라면 지극히 나쁜 마음가짐이다. 만약 저작자의 의견이 보통 미국인의 의견과 같다고 한다면, 그는 글쓰기를 포기해야만 한다. 왜냐하면, 저작자는 자기 자신을 표현하지 않으면 안 되기 때문이다.

외교관은 말한다.

"우리의 존경하는 동료인 포르투갈 대사 돈 페르디난도 베네즈에로의 의견을 빌린다면 달은 둥근 것이다."

만약 돈 페르디난도 베네즈에로가 이 인용이 틀렸다고 항의하고 그것에 조금이라도 회를 낸다면, 그 외교관은 황급히 사죄하며 조심스럽게 헛기침을 하면서 정정할 것이다.

"각하, 용서해 주십시오. 물론 나는 달이 네모라고 말할 작정이었습니다. 잠깐 제가 착각하고 있었습니다. 나는 각하의 의견에 완전히 동의합니다."

그러나 저작자는 달의 형상에 관해서 이런 엉터리 같은 말을 허락할 수는 없다. 그는 이렇게 말해야만 한다.

"달은 둥글며 진홍색으로 보인다. 찬성하든 반대하든 이것이 정직한 나의 생각이다."

만약 저자의 제1원리가 정치 영역에도 적용되어 헛기침이나 거짓말이 줄어든다면, 얼마나 많은 정치적 실태失態와 피할 수 없는 재난이 일어날 것인가 놀랄 것이다.

만약 염閻장군과 풍馮 장군 및 장痛씨가 기관총과 중포重砲를 날림에 앞서 경고를 하고 전주前奏로써 혁명가의 의무 및 중국 통일의 중요성에 관해서 공개 토론을 하는 대신에 쌍방이 원 하는 바를 정직하게 대화로 나누었다면 20만 명의 사상자를 내고 2억 달러의 낭비를 가져온 최후의 내란은 피할 수 있을 것이다. 염석산閻錫山 장藏에게 다음과 같은 편지를 보냈어야만 했다

친애하는 자네여, 나는 서산西山에 18년이나 머물러 있어서 이젠 지루하여 변화를 바라고 싶네. 그런데 자네는 남경南京에 너무 오래 있는 것 같군. 나와 교대할 마음은 없는가?

－성실한 염으로부터

이것에 대해서 장 씨는 다음과 같이 대답했어야만 했다.

친애하는 큰 형제 염군, 바보 같은 소리는 하지 말게. 솔직히 말해서 자네 생각이 틀리네. 나는 이 공적인 지위를 사적인 선물처럼 교환할 수는 없네. 그러나 자네가 새로운 공기를 바라고, 만약 자네의 사망 발표문에 좀 더 칭호를 덧붙이고 싶다면 나는 여론의 승인을 얻어 자네에게 만족한 답을 해 줄 수도 있을 것이네. 자네도 알다시피 민중은 전쟁을

악마처럼 증오하여, 만약 자네가 그런 말을 하기만 한다면 전쟁을 중지시키기 위해서 한 달에 1백만 달러를 기꺼이 지급할 것이네. 그것이 훨씬 경제적이니까. 자네가 이 제안을 어떻게 생각하는지 알려주기 바라네.

—성실한 장으로부터

또한, 풍옥상은 장에 대해서 다음과 같이 말했어야만 했다.

친애하는 동지여. 이 기근에 허덕이는 서북西北에서는 대 병력의 식량이 떨어져 병졸들이 고생하고 있네. 자네는 내가 그들에게 공기만 먹이고 있다고는 생각하지 않겠지. 어떤가, 자네가 만약 그것을 나에게 주지 않는다면 나는 싸워서 빼앗을 수밖에 없을 것이네. 나는 무기에 호소하지 않고 내 군사들을 위해서 어떤 협정이 가능하리라고 믿는 바이네. 자네도 알다시피 나는 자네와 싸우는 것을 좋아하지 않네.

—성실한 풍으로부터

거기에 또 장 씨는 이렇게 답할 것이다.

나를 신뢰해 주어서 고맙네. 나는 자네 이상으로 내란을 싫어하며, 자네가 나에게 품고 있는 것과 마찬가지로 자네에게 존경을 품고 있네. 나는 자네에게 곡식을 보내겠네. 가까운 시일에 남경으로 오게. 아니면 내 비행기를 보낼 수도 있네.

그래서 만주의 장원수蔣元帥는 이러한 성명을 발표할 것이다.

보라! 그는 그대들을 위해서 싸우기를 바라지 않을 것이며, 또 그에 의해서 싸우기를 바라지도 않는다. 그렇다. 누가 누구에게 대해서도 싸우지 않는다. 그것은 매우 좋은 일이다.

이때쯤 되면 솔직한 말씨에서 혹은 신문지상 토론에서 정치적 분위기는 현저하고 또렷한 증거를 내세워, 전쟁이 촉진될 만한 일은 없어질 것이다.

거리에서 일어난 싸움은 가끔 이런 식으로 수습되는데, 정치상의 분쟁과 국제적인 항쟁이 그렇게 되지 않는 것은 매우 유감이다.

둘째, 독자를 감동시켜야 한다.

그는 그것을 좋아한다. 그러나 이것이 무슨 이야기인지 그는 알지 못한다. 만약 당신이 낚시 이야기를 한다면, 그가 이해할 수 없는 용어를 많이 사용하게 된다. 넙치·물소·뉴펀들랜드·조개·현舷·해치·풍하風下·현칙舷則 등등. 그것은 그에게 당신의 신용을 두텁게 만든다.

만약 당신이 난쟁이와 거인에 관해서 이야기한다면 반드시 갑상선과 점선액에 대해서 설명하라. 어떤 이야기든 대체로 정신이나 심리학적으로 관계있는 말이 인상에 남는 법이다. 독자가 적당히 위압되어 얌전해진 다음에는 당신이 원하는 대로 행동해도 좋다. 왜냐하면, 나는 기꺼이 터무니없는 말을 너그러이 보아 줄 것이기 때문이다.

또한, 마찬가지로 당신은 독자의 부류에 따라 가변적이어야 한다. 만약 당신이 제7일 그리스도 재림교파 혹은 침례교파와 토론을 한다면, 반드시《성서》에서 풍부하게 인용을 하라. 그것도《신약》보다는《구약》에서,《출애굽기》보다는《스가랴서書》에서 더 많이 인용 하라. 결국 제7일 그리스도 재림교파는 누구나《출애굽기》를 암송하는 것만큼《스가랴서》를 암송할 수 없다.

더욱이 상대방이 무신론자라면 그 영역에서는 얼마든지 꼼짝 못 하게 할 수 있다. 물론 어떤 무신론자는 로마 가톨릭교회의 신앙 조항을 알고 있으며, 신교의 침례교파가 흉내 낼 수 없는 아타나시우스 신조초기 그리스도교의 교부인 아타나시우스의 신조는 삼위일체와 그리스도의 신인양성神人兩性의 신앙으로 신학 사상의 기본 원리이다. 를 줄줄 암송할 수도 있다.

요컨대 독자 스스로가 존경하는 것에 관해서 이야기하고, 또한 상대방의 영역에서 그를 압도하지 않으면 안 된다. 만약 당신이 환전상을 하는 당신의 백부와 이야기를 한다면, 칸트나 괴테를 대화에 올리지 말고 세무서장과 당신의 친구가 의형제라는 것을 설명하라. 그러면 그는 당신을 존경할 것이다. 또한, 세무서장과 이야기를 할 경우에는 공식적인 연회에서 공상희孔祥熙나 송자문末子文 : 두 사람 모두 유명한 재력가을 만났을 때 그들이 어떤 복장을 하고 있었는가에 관해서 이야기하라. 세무서장을 이해시키기 위해서는 공상희는 콧수염이 있는데, 송자문은 없다고 자세히 말하는 것이 좋다. 때로는 당신의 아내가 정부의 요직을 맡은 어떤 관리의 부인과 동창생이 될 수도 있다. 그렇게 하면 당신은 세무서장이 당신을 위해 샴페인을 가져오는 것을 보게 될 것이다.

이러한 심리는 저작에 관해서도 마찬가지이다. 보통의 자본가들을 상대로 중국어가 아닌 영어로 글을 써서 그들을 이해시키려 한다면 자음과 모음을 논할 것을 중지하고 행정부의 각부에서 내려오는 명령을 문제 삼아라. 그러면 당신은 어떤 사람에게나 감명을 주어 결코, 다른 사람들을 지루하게 하지 않을 것이다.

셋째, 당신의 독자를 크게 생각하라.

이 규칙을 무시하는 것이 대부분 지루한 저작들의 공통된 특징이다. 이미 알려졌고 진부한 독자가 이미 알고 있는 사실, 혹은 누구나 동의하는 사실을 말해서는 안 된다.

나는 대학 교수인 내 친구의 논문집을 읽은 적이 있다. 그는 교육 학자이며 사회 학자이다. 그러나 학자로서는 매우 불행한 사람이라고 생각한다. 그 논문의 지루함이란 정말 대단한 것이어서 문장 몇 구절을 모아 보았다

"교육은 내가 보기에 양성兩性의 결합이다."

"중국은 아시아에서 최대국이다. 그것은 수억의 국민을 가지고 있다."

"청년은 공부에 힘써야 하며 정치에 마음을 어지럽혀서는 안 된다"

"중국에 유교가 있는 것처럼 유럽에는 기독교가 있다."

"음주와 흡연은 나쁘다."

거기에 나는 이렇게 첨가한다.

"오트밀은 우유와 설탕을 함께 먹지 않으면 안 된다."

그런데 이런 부류의 저작자들에게 빠져 있는 것은 독자에게 너무 경의를 갖지 않는다는 점이다. 즉, 누구나 어린애 취급을 당하는 것을 좋아할 리가 없다.

버나드 쇼의 희곡에 등장하는 인물 중의 한 사람인 파라메리온이 "보통의 부인과 귀부인의 차이는 그녀가 어떻게 행동하느냐 하는 점이 아니라, 그녀가 어떻게 취급받느냐에 달려 있다." 라고 말했다. 여자는 누구나가 귀부인으로 취급받기를 좋아하는 것과 마찬가지로, 독자는 누구나 자신이 사물에 통달 되어 있다는 생각에 젖어 들기를 좋아한다.

당신이 최루가스의 화학 구성을 말할 경우 '물론 여러분도 아시다시피……' 하는 문구로 시작함으로써 독자를 기분 좋게 하라. 당신은 독자들에게 화학자 비슷한 느낌에 빠져들 게 만든다. 이것은 교양을 위한 일이다. 그것은 훌륭한 저작을 위한 마음가짐 중의 중요한 한 가지이다.

모든 사람이 이미 알고 있는 사실을 생략하면 독자들은 금방 당신을 좋아하게 될 것이다. 농담하더라도 포인트를 설명해서는 안 된다. '특별히'라는 뜻인 '에드 홋'이라는 라틴어를 설명 없이 가볍게 사용한다면 그들은 귀족 같은 행복을 느낀다.

독자가 알지 못한다는 사실을 당신은 알고 있으나, 알고 있다고 가정해서 독자들의 상상에 맡기는 것이다. 마침내 독자들은 아무것도 소유하지 않을 것이지만, 이해하고 있다고 가정하게 하는 것만큼 영혼을 향상 시키는 것은 없다. 그러한 분위기에 잠기면 사람은 곧 학자가 된다.

넷째, 글을 쓸 때는 만약 필요하다면 담배의 힘을 빌려서라도 행복을 느껴라.

자기 자신이 불행한 경우는 독자들을 이해시킬 힘이 없다. 누구도 얼굴을 찡그린 저자를 반기지 않으며, 또한 사람을 '설득하여 꼼짝 못 하게' 하려는 저작자를 좋아하지 않는다. 말은 당신의 충만한 가슴에서 생겨나 흘러나오지 않으면 안 된다. 말이 자연스럽게 흘러나오지 않으면 당신은 비참함을 느끼게 된다. 그러면 그것은 반드시 독자에게도 당신과 똑같은 비참함을 느끼게 한다.

그러나 때로 유쾌한 아침 산책은 자연스럽게 말이 흘러나오도록 실마리를 만들기도 한다. 또한, 한 개비의 담배를 입에 물고 있는 것만큼 괴로운 기분을 신속하게 없애 주는 것은 아마 이 세상에 아무것도 없을 것이다. 그것은 담배를 피울 때 어느 누구도 얼굴을 찡그리지 않는다는 것만 보아도 알 수 있는 사실이다.

아내들은 남편이 정말로 화를 내려고 할 때 담배를 피우게 하면 안개가 아침 햇살 속에 사라지듯이 화난 얼굴이 서서히 풀어져 가는 것을 지켜볼 것이다.

다섯째, 마음이 움직이는 대로 내버려 두어라.

이것은 좋은 저작과 학위논문을 구분 짓는 데 결정적인 역할을 한다. 학위논문이 천편 일률적으로 나쁜 문장이라면, 그 이유는 학위 후보자를 한번도 움직인 적이 없다는 것과 형편없는 어리숙한 개요를 설정한다는 데 있다. 그러므로 전통에 누군가가 책임을 지지 않으면 안 된다.

학위논문의 개요와 환락가의 안내문은 놀랄 만큼 비슷하다. 학위논문은 대체로 다음과 같이 진행된다.

1. 개인과의 관련에 있어서의 X
2. 사회단체와의 관련에 있어서의 X
3. 국가와의 관련에 있어서의 X
4. 우주와의 관련에 있어서의 X

이 'X'를 '연구'나 '치외법권' 혹은 '썩은 중국 달걀'과 바꿔 읽어도 지장은 없다. 그것은 조금도 구별되지 않기 때문이다. 이런 부류의 논문을 당신도 얼마든지 쓸 수 있으므로 철학박사 학위는 이미 당신의 것이다.

환락가의 논문은 다음과 같다.

1. 역사적으로 고찰된 중국의 환락가
2. 지리적으로 고찰된 중국의 환락가
3. 국민적으로 고찰된 중국의 환락가
4. 국제적으로 고찰된 중국의 환락가
5. 생리적으로 고찰된 중국의 환락가
6. 도덕적으로 고찰된 중국의 환락가
7. 지성적으로 고찰된 중국의 환락가
8. 정신적으로 고찰된 중국의 환락가
9. 재정적으로 고찰된 중국의 환락가
10. 사회적으로 고찰된 중국의 환락가

이 개요를 살펴보면 필자가 심혈을 기울이지 않았다는 것이 명료하다.

그것은 아무런 노력도 하지 않은 주문 생산된 원고에 속한다. 적어도 '국제적으로 고찰된 중국의 환락가'를 서술할 때 '정신적으로 고찰된 중국의 환락가'의 경우와 마찬가지로 심혈을 기울였다고 나는 믿을 수가 없다.

여섯째, 피곤하면 중지하라.

이것은 위에서 나열한 규칙으로부터 필연적으로 얻어지는 결과이다. 나쁜 결론을 내리기보다는 전혀 결론 없이 내버려 두는 것이 좋다. 만약 당신의 저술이 걸작이란 걸 알면 미래의 문학 비평가들이 이런 당돌한 종결 방법을 쓴 당신의 완숙함에 경탄할 것이다.

그것은 문학 비평의 관용어로 표현하면 한쪽 팔이 없는 비너스 조각과 같으며 또한 슈베르트의 〈미완성 교향곡〉처럼 미완성이기 때문에 그것만으로 더욱더 가치가 있는 멋진 토르소머리나 손발이 없는 몸통뿐인 조각상인 것이다.

작은 내川의 우여곡절이 나라의 자연적 지형에 의해서 결정되는 것과 같이, 형식은 우리 사상의 복잡함에 따라서 내재적으로 결정된다. 세상의 보통 형식을 고집하지 않으려는 노력은 적은 내를 도랑으로 바꾸는 것에 불과하지만, 그 도랑은 백정과 푸줏간 주인과 촛대를 만드는 사람을 모두 철학박사라는 항구로 신속하고 안전하게 운행할 것이다.

얼굴이란 무엇인가?

중국에서 모든 사람이 얼굴이라는 껍질을 내던진다면, 이 나라도 민주 국가가 될 수 있을 것이다. 그래서 빠른 시일 내에 얼굴을 없애는 것이 모든 사람에게 좋은 일이다. 이러한 일을 생각하면 할수록 내 이야기의 진실함을 점점 굳게 믿을 것이다.

물론 내가 여기서 밝힌 얼굴이란 인간관계로서의 얼굴, 즉 체면을 일컫는 것이지, 결코 생김새 그 자체의 안면이 아니다. 다시 말하면 우리는 지금 심리적인 문제를 논하는 것이지, 결코 생리적인 문제를 논하는 것이 아니다. 중국인의 생리적인 얼굴은 매우 흥미 있는 화젯거리가 되지만 심리적인 얼굴, 즉 체면은 훨씬 더 재미있는 화젯거리를 불러일으킨다.

중국은 세 사람의 신얼굴·은혜·특권에 의하여 지배되고 있다고 어딘가에서 말한 기억이 있다. 오늘날 나는 이들 신이 장개석보다도 훨씬 더 막

강한 권력을 휘두르고 있음을 알고 있다. 그래서 만약 무엇인가가 당장에 이루어지지 않는다면 '얼굴'이라는 신은 은혜와 특권이라는 자매를 동원한다. 그러므로 우리 대표자들이 우리를 위하여 가꾸어 놓은 어떤 헌법의 밭도 밟아서 일을 성사시키고야 만다.

중국을 아는 사람은 누구나 '얼굴_{체면}'이 중국인의 생활 및 정치상에서 무시할 수 없는 요소라는 것을 잘 알고 있다. 중국인을 이해하는 데에 '얼굴'의 중요성을 망각하는 사람은 중국인을 영구히 이해하지 못하는 도저히 어쩔 수 없는 외국인이라는 낙인이 찍힌다.

내가 학창시절에 다니던 미션 스쿨에는 외국인 교장이 있었다. 그 교장은 한 달 월급으로 18달러를 받는 중국인 교사에게 19달러로 인상해 주고는 매우 좋은 일을 했다고 생각하고 있었다. 그러나 그 교사는 우리 학생들을 보며 무척 화를 냈다. "20달러를 주든가, 아니면 올리지 말지. 차라리 내 쪽에서 체면을 세우며 학교 사정이 어려우니 18달러를 받겠다고 머리 나쁜 외국인 교장에게 알릴 방도는 없을까?"

만약에 그의 친구가 월급이 얼마나 되느냐고 물었을 때 그는 어떤 얼굴로 1달러 인상된 19달러라고 말할 것인가? 그 당시 우리 반 학생들은 일찍이 우리 선생님만큼 비참한 모습의 중국 신사를 보지 못했다.

물론 중국에서 얼굴 즉, 체면은 그 이상의 큰 역할을 해 왔다. 몇몇 독자들은 아마도 한 장관의 얼굴을 구제하기 위해서 정부의 모든 각료가 사표를 내게 되었던 일을 기억할 것이다. 그 얼굴은 당연히 감옥에 있어야만 할 정치범이나 사직한 장관들을 위하여 정부의 돈을 지출해 가며 명목상 유럽에 산업시찰 여행을 보냈다.

장군들은 병법에 따라 진군하는 대신 명예 칭호의 약속에 시간을 낭비하여 전투에서는 패하고 국가는 크나큰 손실을 보았다. 치열한 논쟁이 오가고 오랜 시간 합법적 투쟁이 계속되었다 그중 현명한 중재자가 있다면 아마도 공개 해명 이외에 양자를 일치시킬 방법이 없음을 알고 있을 것이다.

그러나 이 '얼굴 싸움'을 서양의 명예 싸움으로 혼동하는 것, 혹은 일반적으로 이 양자를 결합하여 생각하는 것은 중대한 착오를 범하는 것이다.

뺨을 얻어맞으면서도 결투로 도전을 하지 않는 남자는 명예를 잃지만, 얼굴을 잃는 것은 아니다. 그러나 어떤 장군의 못난 아들이 요정에서 창피를 당하고 나서, 그 기생을 체포하고 요정을 폐쇄하는 것은 '얼굴'을 지키겠지만, 명예를 유지하는 것은 결코 아니다.

얼굴이란 무엇인가? 정의를 내리는 것보다는 예를 들어서 설명하는 것이 더 이해하기 쉬울 것이다. 예를 들어 보통 사람은 35마일 이하로 달려야 하는데, 60마일로 달리는 사람은 대단한 위력을 가지고 있다고 할 수 있다. 만약 그가 사람을 치어서 경찰서에 왔을 때 묵묵히 주머니에서 명함을 꺼내 놓고는 은근히 미소를 지으며 당당히 사라진다면, 그는 더욱 '큰 얼굴', 즉 체면을 유지하는 것으로 생각한다.

그러나 만약 경찰관이 그를 알아보지 못하고 운전기사를 파출소로 연행해 간다 해도, 경찰서장에게 전화를 걸어 즉시 운전기사를 풀어주고 위력자를 알아보지 못한 죄로 경관을 파면시키면 그의 얼굴은 더욱 대단하게 된다.

이런 '얼굴'의 예는 얼마든지 들 수 있다. '얼굴'을 유지하는 방법은 다양하며 매우 기묘한 것도 있다. 게시판에는 '잔디밭에 들어가지 말 것'이라고 또렷하게 쓰여 있는데도 그 위를 태연한듯 유유하게 걷는 것도 그 한 가지이다.

금연해야 하는 도서실에서 담배를 피우는 것도 마찬가지다. 남양痛洋의 어떤 백만장자는 무릎까지 오는 풍선 같은 바지를 입고 선 내에 있는 살롱에 들어가 미끈한 허벅지와 발가락을 소파 위에 올려 예의범절에 어긋나므로 벌금을 내고 '얼굴'을 유지하는 방법도 있다.

또한 북경北京 대학 어느 교수에 관한 이야기도 있다. 그는 외국인을 대단히 미워했다. 어떤 외국인 교육자가 도서실에 들어왔을 때 그는 책상 위에 앉아서 방문자가 자기 앞을 지날 때 오만하게 기침을 하며 침을 뱉었다. 이로써 그는 외국인 방문객에게 심각한 치욕을 안겨주려 했던 것이다. 그러나 나는 대체적으로 '얼굴체면'을 가진 사람보다도 '얼굴'을 갖지 않은 사람과 여행하는 것이 훨씬 즐겁다는 것을 알고 있다. 보통 사람들이 시속 35마일로 충분히 만족할 수 있다면 나도 만족할 것이다.

상해上海의 시민들은 저 유명한 기선汽船 대기호大記號 사건을 기억하고 있을 것이다. 유황 상자가 가득 쌓여 있는 화물실에 군인들이 들어가 무역 중개업자의 탄원과 경고를 무시하고 불붙은 담배꽁초를 버림으로써 많은 인명피해를 내고 침몰하였다. 그 무역업자는 아마도 '이 위력자를 알고 있는가'라는 힐책이 두려워서 굴복했을 것이다. 이 군인들은 그들의 '얼굴'은 구제했지만, 자신의 생명은 구제하지 못했다 군인들의 무모와 무지를 변명하는 것은 이 문제를 잘못된 길로 끌고 가는 것이다.

한번은 어떤 유식한 중국 장군이 조종사의 경고를 무시한 채 정량 초과의 화물을 싣고, 게다가 그를 배웅하고 있는 손님들을 위해 장내場內를 선회하라고 명령을 함으로써 자신의 '얼굴'을 더욱 빛내려고 한 적이 있었다.

조종사의 신경이 날카로워졌다. 그러자 비행기는 제대로 이륙하지 못하고 나무에 충돌했다. 결국, 그 장군은 '얼굴체면'의 대가로 다리를 잃었다. '얼굴'이라는 신이 비행기의 정량 초과 화물에 대한 대가를 치른 것으로 생각한다면 다리를 잃은 것쯤은 대단치 않은 일이며 오히려 그것에 감사하지 않으면 안 된다.

그러므로 중국에서 모든 사람이 얼굴이라는 체면을 내던지면 우리도 진정한 민주 국가가 될 것이며 우리가 '얼굴'을 없애는 것이 빠르면 빠를수록 좋다. 어찌 됐든 민중은 '얼굴'을 갖고 있지 않다. 문제는 중국 관리들이 언제 기꺼이 그 '얼굴'을 없애는가에 달려 있다. 교통 경찰로부터 '얼굴'이 없어지면 그때 우리는 교통안전을 얻을 수 있다.

법정에서 '얼굴'이 사라지면 그때 비로소 우리는 정의를 얻게 될 것이다. 끝으로 외국의 위신이라는 이름을 빌린 체면이 혼합 법정에서 사라진다면, 그때 우리는 국제적인 호의와 협력을 얻게 될 것이다.

나는 여자와 이야기하기를 즐긴다

나는 여자와 이야기하는 것을 즐거워한다. 그녀들은 유쾌하며 상냥하다. 그녀들은 언제나 나에게 바이런의 시 한 구절을 생각나게 한다.

남자란 얼마나 이상한 것인가!

그러나 여자란 얼마나 더 이상한 것이란 말인가!

그러나 나를 니체나 쇼펜하우어처럼 여자를 싫어하는 사람으로 생각하면 곤란하다. 그렇다고 해서 셰익스피어처럼 '악한 자여, 그대 이름은 여자'라고 한, 고상한 여성관을 가진 것도 아니다.

나는 낭만화시키지도 환멸을 갖지도 않는, 있는 그대로의 평범한 여성을 좋아한다. 그녀들이 지닌 모순과 경망과 천박함에도 불구하고 나는 그녀들의 상식과 생활본능과 관능에 특별한 신뢰를 품고 있다.

그녀들의 천박함이 생활 밑바닥에는 남자들보다도 더욱 심각한 면이 있으며, 삶을 영위하는 데 있어서 남자보다도 더욱더 왕성한 의욕이 있다. 그래서 나는 그녀들을 존경한다.

그녀들은 삶을 영위한다. 그러나 남자들은 그것을 주장할 뿐이다. 여자들은 남자를 이해한다. 그러나 남자들은 여자를 이해하지 못한다. 남자들은 담배를 피우거나 사냥을 하거나 발명을 하거나 음악을 작곡해서 인생을 낭비하지만, 여자들은 아이를 낳고 아이를 보살핀다. 이것은 대단히 위대한 일이다.

만약 남자 혼자 남겨져 아이를 기르라 한다면 제대로 길러낼 사람은 세상에 한 명도 없다. 이 세상에 어머니라는 존재가 없다면 아이들은 세 살이 되기도 전에 홍역에 걸려 죽든지 아니면 열 살이 되기도 전에 소매치기가 되어 버릴 것이다.

아이들은 학교에 지각하고 아버지들도 출근 시간이 많이 지연될 것이다. 손수건은 세탁한 것이 없으며 우산은 없어지고 버스는 제멋대로 출발할 것이다. 생일 파티도 없어지고 장례식 행렬도 없어질 것이며 어쩌면 이발소조차도 사라질지 모른다.

확실히 산다는 이 영위, 나약한 생명의 빛이 사라질 때까지 살아남는다는 것은 여자들에게서 이루어지는 것이지, 결코 남자의 손에 서 이루어지는 것은 아니다. 그녀들에 의해서, 오직 그녀들에 의해 서만 우리는 우리의 종족 보존과 민족적 동질성과 사회적 연대성을 이루어가는 것이다.

여자가 없는 세상에는 습관이나 전통, 그밖에 존경과 가치를 부여할 만한 존재가 아무것도 없다. 태어나면서부터 존경받을 만한 남자는 없지만, 여자는 모두 존경할 만한 가치가 있다.

여자의 본능이 남자의 논리보다 뛰어나다는 것이 명백하므로 이번에는 내가 여자와 이야기를 나눌 때 왜 유쾌한가를 설명하겠다.

실제 여자들의 대화는 삶의 일부이다. 추상적인 말로 흥미 없는 토론을 하는 대신에 남자들은 잡담하는데 그때 사람들은 매우 현실적이 되며, 파행을 거듭하게 된다.

어느 여자가 사교계에 어류학 교수를 소개할 때 결코 어류학 교수로서가 아니라 그녀가 맹장염의 수술을 받은 후 뉴욕에서 입원하고 있었을 당시 인도에서 죽은 해리슨 대령의 의형제라고 소개한다.

해리슨 대령은 그녀를 데리고 자주 켄싱턴 공원을 산책했다든가, 맹장염을 말할 때는 멋진 긴 콧수염이 있는 친애하는 노 박사를 회상한다든가, 이야기가 어떻게 비약되더라도 여자들은 항상 사실에 입각한다.

그녀들은 무엇이 무익하며 시시한 가정인가를 잘 알고 있다. 이것이야말로 진실한 여자라면 누구나 《신사는 금발을 좋아한다》에 나오는 아가씨처럼, 파리의 벤 돔 광장을 구경하러 가도 기념비는 무시하고 코티 향수나 카스틀데로 같은 유명한 역사적인 인물을 존경한다.

그런데 벤 돔이란 무엇일까? 그리고 코티란 무엇일까? 그녀는 본능의 확실성으로 코티는 인생에 있어서 그 무엇이지만, 벤 돔은 그렇지 않다는 사실을 알고 있다. 마찬가지로 맹장염은 현실이지만, 어류학은 그렇지 않다.

인생은 탄생·병·사망·홍역·코티 향수, 그리고 생일 파티 등에서 이루어지는 것이지 어류학이나 본체론으로 이루어지는 것은 아니다. 물론 퀴리 부인이나 엠마 골드만리투아니아의 여성, 무정부주의자이나 비아트리스 웹 영국의 사회주의자 같은 여자도 있다.

그러나 나는 일반적인 여성을 이야기하는 것이다. 다음에 몇 가지 예를 들어보겠다.

열차 속에서 나는 어느 여인과 이야기를 나누고 있었다.

"이것 보세요. 만약 모르간이나 그 밖의 뉴욕의 은행가들이 영국과 프랑스에 그렇게 많은 돈을 융자해 주지 않았다면 미국은 굳이 전쟁에 참전하지 않아도 됐을 것이 아니에요?"

하고 그녀는 말했다.

"가령 연합군이 패하게 된다면 은행가들의 융자금은 어느 정도 손실될 겁니다. 그리고 민간인들은 까닭도 모르고 전쟁에 참여하게 될 거예요."

"우리가 전쟁에 참여한 것은 나치들이 여자들에게 가한 잔인한 행위 때문이에요."

"조직적인 선전이 없는 상태에서 그와 같은 잔인한 행위가 이루어질 수 있을까요?"

나는 반문했다.

"그래도 우리는 그것을 알 수 있어요. 선전을 하건 안하건 간에 그것은 아주 중요한 일이니까요."

"가령 외국의 도움이 없다면 조직적인 선전이 불가능하니까요?"

"그렇지만 독일군의 잔인한 행동이 극에 달하고 있으므로 융자금은 뒤로 미루서라도 전쟁에 참전한 것이지요."

"만약 신문들이 전쟁에 관한 기사를 보도하지 않았다면 당신은 그들의 잔인한 행위를 어떻게 알았을까요?"

"그게 무슨 상관이에요? 우리는 지금 그들이 저지른 행위를 알고 있고, 저는 그 행위를 중지시키기 이전에 알게 된 것을 다행으로 생각하고 있어요. 또 우리는 그것을 저지시켰어요. 과연 누가 전쟁에 승리한 것일까요? 미국이 아니겠어요?"

나는 여기서 그 여인과 대화를 끝냈다.

"아무개는 뛰어난 시인입니다." 라고 언젠가 열차 안에서 어느 부인과 이야기한 적이 있었다. 그녀는 음악에 천부적인 소질을 가지고 있는 듯이 이야기가 비교적 자연스럽게 풀렸다.

"아무개 말이에요? 그 사람의 부인은 아편 중독자예요."

"맞아요. 그 사람도 가끔 아편을 사용하고 있습니다. 그러나 저는 그 부인이 아니라 바로 그 사람의 말을 하고 있는 겁니다."

"아내가 그 남편에게 가르침을 받았는데 어떻게 그 아내가 남편의 생활을 타락시켰다고 생각해요."

"가령 부인이 고용한 요리사가 어느 집의 여주인과 눈이 맞아 놀아났다면 부인은 그가 요리한 파이를 먹지 않겠습니까?"

"아이, 그건 문제가 다르잖아요."

"같은 이야기가 아닙니까?"

"그건 감상이 틀리는 거에요."

여인이 감정을 토로하는 단계에 이르면 현명한 남자는 대화를 끝낼 순간임을 깨닫고 그 여인에게 박수를 보내야 한다.

"대국이 군대 축소에 참여하지 않는 한 군축회의의 성공은 기대할 수가 없습니다."

"그건 저도 같은 생각이에요. 대국이 긴축하는 것을 반대하는 상황에서 군축회의 존재가 필요할까요?"

라고 부인은 대답한다.

"저는 대국이 군비 축소에 비협조적인 태도를 보일 때 군축회의가 성공할 수 있으리라고 걱정을 하는 겁니다."

"그럼 군축회의는 무엇 때문에 필요하죠?"

라고 부인이 물었다.

"군축회의는 대국이 군축을 좋아하지 않을 때 비로소 성공할 겁니다."

라고 나는 정정했다.

"아니에요. 대국이 군축에 반대하는 한 그 회의는 실패하고 말 거예요. 다른 방법은 없어요. 만약 저들이 싫어한다면 군축회의는 소기의 목적을 달성할 수가 없을 거예요."

그 부인에게는 적敵은 없었다.

나는 어떻게 칫솔을 샀는가?

이 이야기는 고등 교육을 받고 중류층의 양식을 갖고 있는 남자가 1932년 당시의 사회제도 아래에서는 칫솔 한 개를 사는 것도 힘들었다는, 실제로 큰 가치가 있는 중요한 사회학적 기록이다.

그러므로 나는 이 이야기를 에드워드 벨러미^{미국의 소설가}가 쓴 《기원 2천 년을 돌아보며》 속에 덧붙여야만 한다고 생각한다.

1930년대를 살았던 가엾은 선조들은 왜 이런 바보 같은 제도를 참고 있었을까? 후대의 사람들은 그들을 이해하지 못할 것이다.

나는 왜 한 개의 칫솔을 선택해야 한다는 어처구니없는 강박관념에 시달려야 했는지 설명해야 하겠다.

어린 시절에는 칫솔이 있든 없든 나는 너무 행복했다. 그때 내가 칫솔을 사용했는지조차 기억이 없다. 그런 것은 어린이의 행복과는 전혀 관계가 없다.

그것은 또한 습관적으로 침대에서 아침 식사를 하는 런던이나 파리의 귀족과도 관계없다. 그것은 오직 모든 나라에서 교육을 받았지만 비참한 오류를 배운 중류 계급과 관계가 있을 뿐이다.

아무튼, 칫솔이야 있든 없든 나는 튼튼하게 성장했으며 행복했다. 당시의 나는, 걸리지도 않은 병에 대한 예방에는 전혀 무관심했다. 물론 앞으로도 그렇기를 바란다. 나는 현대의 광고 업자들이 교양 있는 자에게 행한 비열하고 경멸할 만한 기만을 생각하면 분노가 치밀어 모종의 사회혁명을 꿈꾸게 된다.

그러나 '인간은 원래 칫솔을 사용해야만 하는 것은 아니다.' 라고 주장하지는 않을 것이다.

인간은 물만 충분하다면 10센트짜리 칫솔로 이를 닦을 수 있다고 말할 것이다. 만약 이것이 불가능하다면 그는 아직 어른이 아니다. 그렇지 않은가?

싱클레어 루이스는《화살촉 대장간》속에서 유명한 의학의 대가에게 이렇게 말했다. '능력 있는 과학자라면 다락방을 실험실로 만들어 이쑤시개와 시험관만으로도 실험할 수 있어야 한다'고 했다.

만약 이것이 진실이라면, 마크커크 연구소의 아름다운 도자기 세면대나 번쩍번쩍 빛나는 도구류는 모두 그것을 기부한 사람의 자존심을 만족하게 하려고 그곳에 놓인 것이다. 이것이 무능하고 창조력 없는 사람의 정신적 공허를 채워 준다는 점에 있어서 마치 커튼과 같다고 생각하지 않을 수 없다.

제임스 와트는 놋쇠 깡통으로부터 출발했다. 에디슨은 창고에서 실험했다. 스토 부인은 포장지에《엉클 톰스 캐빈》을 썼다. 그리고 슈베르트는 〈들어라 종달새〉를 봉투 뒷면에다 작곡했다. 그렇다. 위대한 것은 완벽한 설비를 갖춘 마크커크 연구소에서만 태어나는 것은 아니다.

실제로 나의 치과의사가 최근에 자신 있게 말한 그의 직업적 의견에 의하면 '예방구像防具'를 사겠다고 주장하는, 유복하며 교육을 받은 여성들의 대부분은 그 사용법을 전혀 모른다는 것이다. 이 여자들은, 은행가들이 낚시 가기 전에 낚시복을 준비하고 고기를 수면까지 끌어올리는 바퀴 달린 강철 낚싯대를 가져가겠다고 주장하는 것과 마찬가지이다. 그러나 은행가가 고기를 낚은 적이 있었던가?

진짜 낚시꾼인 존스는 헤이스에게 자신의 도구를 이야기하고 있다.

"그에게 하나의 낚싯대와 몇 야드의 끈을 주라. 그러면 먹이를 찾아온 어떤 고기라도 잡을 수 있을 것이다."

이를 닦는 문제도 이와 마찬가지이다.

그러나 이 모든 것은 3년간의 연구와 경험을 토대로 얻어진 나의 지혜이다. 이미 말했듯이 어린 시절의 나는 매우 행복했다. 나는 칫솔을 바라지도 않았으며, 그 굴곡이 잇몸에 잘 맞는지 어떤지 전혀 개의치 않았다.

그 후 북경에 있는 유명한 대학의 치과의사그는 나중에 자살했다와 가깝게 지낸 다음부터 나는 이 행복을 잃었다.

이 의사는 대담하게 치조농루나 농양, 잇몸 같은 것이 있다고 가르쳐 주었다. 다른 모든 사람처럼 나도 이 지식을 놀라운 마음으로 열심히 새겨들었다. 이 의사는 나에게 우리가 앓고 있는 병의 75%는 나쁜 치아가 그 원인이라고 가르쳤다. 만약 치아에 신경 쓰지 않는다면, 나도 병원에 입원해야 할지 모른다는 것이다.

그 순간부터 나는 행복을 잃고 무거운 마음을 안은 채 과학적인 칫솔을 만들기 위해 3년간의 난항을 계속했다. 그러나 나는 지금까지도 빈손이다.

신神은 의자는 앉기 편한 다리를 가진 의자라야 되는 것처럼 칫솔모의 일률적으로 움직이기 위해서 완전히 평면이어야 된다는 사실을 알고 계신다.

그러나 나는 언제나 앞서가는 남자였기 때문에, 가장 최근에 개발된 것을 찾았다. 최신식 칫솔을 찾아 나서게 된 이래 나는 지금도 한쪽 다리가 긴 의자에 매력을 느끼기 쉽듯이 돋보이는 솔이 붙은 '예방구'에 마음을 빼앗겼다. 나는 그 오목한 표면이 내 이에 꼭 맞는다고 결정했다. '이것은 나를 위해서 만들어진 것이다.' 하고 그 자리에서 결정해 버렸다. 나는 또 손잡이 부분이 30도 정도 안쪽으로 구부러진 것을 골랐다. 그리고 그 후 30도 정도 바깥쪽으로 구부러진 것도 사용했으나 아무리 해도 효과를 얻을 수 없었다. 그래서 똑바로 곧은 손잡이가 가장 맞는다고 생각하게 되었다.

그런데 중요한 것은 내가 3년간 순전히 관습에 의하여 예방학적 인간이 되었다는 점이다. 나는 늘어진 칫솔의 모 이외의 부분은 거의 치아에 닿지 않는다는 단순한 이유로 칫솔의 모가 모든 일을 한다는 것을 알게 되었다.

이것은 어느 날 나의 백부가 돌아가시면서 나에게 3백 달러의 푼돈을 남겼을 때까지 계속되었다.

그때 나는 칫솔을 생각했다. 당장 약국에 달려가서 5달러짜리 지폐를 내놓으며 가장 비싼 칫솔을 달라고 했다. 약국에서는 나에게 웨스트 박사의 칫솔을 보여 주었다. 놀랍게도 나는 거기서 내가 3년간 광고의 먹이가 되었다는 사실, 최신식 칫솔은 오목 면이 아니라 볼록 면이라는 사실, 최신식은 숱이 전혀 없으며 그 대신 모의 양 끝이 가운데보다 짧다는 사실을 발견했다.

또한, 나는 치 위생 분야의 권위자인 웨스트 박사가 오랫동안 칫솔에 관한 연구와 경험을 쌓은 후, 볼록 면은 잇몸 안쪽에만 적합하다는 결론에 도달했다는 것을 알았다. 그것은 뉴턴과 아인슈타인이 대립해 있는 것과 같아서 어느 한쪽이 틀려야만 되는 것이다.

나는 1달러 36센트짜리 칫솔을 사가지고 돌아와서 이 과학적 연구의 성과로 얻어진 칫솔은 이의 안쪽뿐만이 아니라, 바깥쪽도 역시 잘 닦여진다는 것을 발견했다.

드디어 나에게 구제의 순간이 왔다.

나는 제일 가까운 가게로 뛰어가서 완전히 평면이고 손잡이 부분이 곧은 광동제 칫솔을 25센트에 샀다. 3년만에 비로소 신이 결정해 주신 진짜 칫솔로 이를 닦는다는 즐거움에 빠졌다. 그것은 내가 어렸을 때 사용하여 튼튼하고 행복하게 되었던 것과 같은 종류의 칫솔이었다.

과학적 칫솔을 찾아 헤매던 나의 여로가 희비극이라면, 어지러운 광고와 상호모순된 요구를 동반했던 치약의 탐색은 한편의 서사시였다. 그 이야기를 남김없이 쓴다면 한 권의 책이 되고도 남을 것이다.

나는 분말과 액상을 차례로 썼던 일, 라이온 박사의 분말 치약·스킵스 분말 치약·펩소던트·크로던스·콜게이트·러스테린·유씨몰 및 이파나에 이르기까지 여러 가지를 써 봤다. 그러나 그 중의 어느 것도 내 치아를 원래의 오염없는 상태로 되돌려 놓을 수 없다는 것을 깨달았다.

나는 각 제품의 살균력 표를 살펴보았다.

나는 '구멍을 뚫는 칫솔'에 대한 광고에 위협을 받았다. 나는 많은 제조업자로부터 시중에서 판매되는 치약의 10분의 9는 전혀 도움이 안 된다고 경고받았다.

분말 치약은 중요한 법랑질琺瑯質을 손상한다는 말에 바로 사용을 중지했다. 그러나 라이온 박사는 "치과의사가 당신의 이를 튼튼하게 만들려 할 때는 그에 따르라, 분말을 쓰라"고 말했기 때문에 분말 치약을 사용했다.

나는 미주리 주 세인트루이스 제약회사의 광고에 따라, 리스테린 치약을 사용함으로써 매년 3달러를 절약하여 다른 물건을 사려고 했다.

내가 리스테린 크림 치약을 1년간 사용하다가 치약의 효과에 대해 눈을 뜬 것은 "여러분 광고에 놀랐습니까?" 하고 콜게이트가 공중을 향해서, 치약이 성취한 단 한 가지 사실은 여러분의 이를 닦는 일이며, 그것은 신이 치약에 허락한 모든 것이라고 진지하게 말한 때였다.

그다음 눈뜬 것은 이 치아 소동에 더욱 만족한 펩소던트가 공공연히 "이를 튼튼하게 하는 것은 시금치지, 크림 치약이 아니다. 신선한 채소다." 하고 말했을 때였다. 나는 화가 나서 치과의사를 찾아가서 상담했다.

"도대체 치약은 치아에 어떤 효과가 있습니까?"

치과의는 의심스러운 미소를 지었다. 나는 그가 마음속으로 '비참한 오류를 범하는 중류 계급의 시골뜨기여!' 하고 생각한다는 것을 알고있었다.

"어떻습니까? 적어도 크림 치약은 이를 닦는 것이 아닙니까! 어떻게 된 거지요?"

"이것 보시오."

하고 그는 은혜라도 베푸는 듯한 얼굴로 말했다.

"이를 닦는 것은 물과 칫솔입니다. 치약은 단지 그것을 기분 좋게 만들어서 장사하는 것에 불과합니다."

"바닐라나 바나나의 농축액을 몇 방울 떨어뜨려도 마찬가지입니까?"

"당신은 내 말을 알아듣는 첫 번째 사람입니다."

라고 그는 대답했다.

우리는 따뜻하게, 그러나 서글프게 손을 잡았다.

우주의 신비를 잡는 두 영혼처럼.

나는 살인자

나는 내 생애에서 가장 아름다운, 그러나 화가 치미는 대화를 나눈 끝에 살인을 하고 왔다.

크리스마스의 들뜬 분위기와 거리의 장식에 한눈을 팔며, 휴일 기분에 휩싸여 약간 게으름을 피운 덕분에 '리틀 크리틱차이나 크리틱 신문의 칼럼 이름'의 원고 마감시간에 늦었다.

그러나 나는 언제나 시간 관리에 엄격했으므로 이번에는 약간 늦어도 괜찮을 듯한 느낌이 들었다.

연말에는 사람들이 자신의 의무를 잊을 수는 없을까? 만약 《차이나 크리틱》지가 12월 19일 단 하루 발행되지 않는다고 해서 세상이 뒤죽박죽이라도 된단 말인가?

좀 더 오랜 시간 동안 아이들과 장난치며 알코브 깊숙이 앉아 하루쯤 시간을 보낼 수는 없을까?

그러나 나의 강한 의무감은 나를 타이프라이터로 괴로운 눈길을 보내지 않을 수 없게 했다. 나는 군자처럼 일할 자세를 취했다. 《크리틱》지의 직원이 20분 이내에 원고를 가지러 올 것이다.

무엇인가를 쓰지 않으면 안 된다고 느끼면서도 무엇을 써야 할지 영감이 떠오르지 않았다.

그때 사환이 방문객의 명함을 가지고 들어왔다. 그러나 전혀 모르는 사람이었다. 그때는 나도 시간에 쫓기고 있었으므로 만약 옛 친구라면 대충 크리스마스 인사만 나눈 채 작별할 수 있으리라 생각했다. 그러나 이 방문객에게는 무엇인가 절박한 이유가 있을 것 같았다.

나는 사환에게 지금은 매우 바쁘지만, 만약 중요한 용건이라면 몇 분간 시간을 내겠다고 그 신사에게 전하도록 했다. 사환이 나가고 잠시 후 명함 속의 주인공이 들어왔다. 그는 훌륭한 복장을 한 세련된 신사였다. 그것은 송조체宋朝體로 된 그의 명함만으로도 이미 짐작할 수 있었다.

그는 사상과 학식을 생각나게 하는 아름다운 용모의 소유자였다. 턱은 타협적으로 오목했고 두 눈은 사회적인 매력을 얻기에는 너무 작았다. 그는 보통 이를 가지고 있었다.

그 신사는 나의 '고명高名'을 알고 있었다. 내 책을 몇 권이나 읽었다고 했다.

나는 예의범절에 따라 '전혀 소용없는 것인데요'라고 말할 수밖에 없는 느낌이 들었다. 그러나 그렇게 말한 순간 강한 의아심이 생겼다.

나는 그가 찾아온 용건의 본론으로 들어가기도 전에 한 시간의 4분의 1이나 겉치레 인사를 주고받을 것 같은 기분이 들었다. 도대체 이 사람은 무슨 일로 나를 찾아왔을까?

하여튼 나는 이 신사와 여러 이야기를 나누었다. 우리는 상대가 교양 있으면 있을수록 오랫동안 번거로운 인사를 늘어놓지 않으면 안 된다.

왜냐하면, 교양 있는 사람과 처음 만나서 나누는 중국인의 대화는 하나의 예술이다. 그러므로 이런 정식 방문에는 규칙이 있다.

대화가 일정한 품격을 갖추어야 할 뿐만 아니라 기술적인 의미에서 '구성'도 갖추어야만 한다. 완전한 대화는 처음부터 끝까지 베토벤 교향곡처럼 스무드하게 진행된다.

그러나 베토벤의 교향곡과는 달리 테마, 즉 실제 용건이 제1악장에서 나오지 않고 마지막에 나온다. 결국, 4악장은 기상학·역사·정치, 그리고 실제의 용건이 된다.

교양 있는 사람은 막연한 서장적序章的인 가설과 변장을 거치지 않고 갑자기 4악장으로 뛰어드는 짓은 하지 않는다.

이 서장이 길면 길수록 그는 대화에 능숙한 사람으로 인정받는다.

제1악장은 단지 마음가짐을 준비하는 단계로 감정을 가다듬는 것이다. 이 단계에는 겉치레·칭찬·날씨, 또는 그 외의 기상학적인 대화를 나눈다. 그리하여 기분이 적당히 풀어진 후에 제2장이 나오는데, 그것은 '회상'이다.

어디선가 만난 적이 있다든가, 누군가와 공통적으로 친분이 있다는 것으로 대개 서로에게 호의를 느껴 이야기를 계속 진행시키게 만든다. 만약 상대가 북경 국립대학 출신이고 당신도 그와 마찬가지로 같은 대학 출신이라면, 물론 쉽게 여러 교수의 평을 하며 자연스레 같은 화젯거리를 나눔으로써 당신들이 같은 테두리 안에, 즉 아주 가까운 사람이라는 것을 나타내게 된다. 제3악장은 정치 평론으로 이어진다.

중국을 구해야만 하는 것, 어떤 지도자는 가능성이 없다는 것, 새로운 내란에 관한 것, 손문 박사의 일화 등.

이와 관련지어 이 위대한 지도자 손문과의 관계를 끄집어낼 수도 있을 것이다. 나의 경험에 비추어 보면 오늘날 중국의 40대 남자라면 어떤 기회이든 간에 이 위인과의 추억을 가지지 않는 사람은 없을 것이다.

마지막으로 당신이 귀중한 아침 시간을 낭비했다는 느낌에 다다르면, 신사는 차를 마시고 일어나서 모자에 손을 대고 제4악장을 던진다. 그것은 아주 짧으며 이런 식으로 시작되고 곧 끝난다.

"그런데 한 가지 잊고 있었던 일이 있습니다. 당신은 분명 XX대학의 학장을 알고 계시지요? 만약 소개장을 써주신다면" 운운.

나는 이때, 오늘 아침 이 교향곡의 제4악장까지 연주하게 되리라고 느꼈다. 말을 시작할 때 그의 태도에는 한껏 마음의 여유와 악장이 크게 전개되고 있으므로 나는 단단히 각오해야 한다는 사실을 직감했다.

도대체 그는 저 보통이 속에 무엇을 감추고 있을까? 나의 천성적인 예의범절은 거듭 그에게 도대체 무슨 용건이냐고 물을 수도 없었다. 그는 나에게 무슨 일을 시키려는 것일까? 아무튼, 우리는 관례대로 기상학에 관한 대화부터 시작했다. 이 악장은 라르고_{아주 느리게} 조_調로 변한다.

우리가 하늘의 무수한 별을 남김없이 세었다고 생각되었을 때, 그 신사는 오래전 북대_{北大}를 졸업한 사람으로 지금은 매우 유명한 저술가인 부_傅 씨의 이야기로 화제를 돌렸다. 이번에는 회상 장_章인 제2악장으로 매우 숙련된 솜씨로 진행된 것이다.

'아, 이 신사는 얼마나 유쾌한 사람인가 그의 작곡은 매우 훌륭한 힘이 흐른다.' 나는 그와의 대화에 완전히 빠져들었다. 그러나 내 눈은 타이프라이터와 그의 보퉁으로 보였다. 그럼에도 불구하고 마음은 따스해졌다. 그는 제2악장에서 제3악장으로 이르는 부분은 아주 멋지게 연주하였다. 부 씨는 사천四川 출신이며 그리고 보라! 사천에는 지금 이 순간에도 숙부와 조카인 두 장군이 전쟁을 하고 있다.

신사가 말하였다. 사천은 매우 불행한 성省이며 어떤 잡지에 실린 바에 의하면 공화국 건설 이후에 이 성에는 크고 작은 477회의 전쟁이 있었다고. 나는 그의 올바른 견해에 감탄할 수밖에 없었으나, 마음속으로는 '중국에는 쓸데없는 시간도 있구나' 하고 생각하였다. 《크리틱》지誌의 사환은 11시에 올 것이다.

나는 이 신사가 제3악장을 빨리 끝내도록 도와주어야만 했다. 왜냐하면, 나는 이미 악장의 아름다움을 감상할 기분이 아니었기 때문이다. 우리는 이미 반 시간 이상이나 이야기를 하고 있었으므로, 나는 사천의 장군들을 모두 목졸라 죽이고 실제의 용건으로 들어가는 것이 안전하다고 느꼈다.

"S……씨, 오늘 아침 무슨 특별한 용건이라도 있습니까?"

내 목소리의 변화는 좀 당돌했지만, 이야기는 잘 풀렸다.

"선생님께 의논드리고 싶은 일이 조금 있어서……"

하고 그는 드디어 보퉁을 풀었다.

"선생님은 월간 《F. E.》의 편집자와 오랜 친구라고 들었습니다. 만약

이 원고를 그에게 전해 주셔서 이것을 게재할 기회가 있을지 물어 주신다면 매우 고맙겠습니다만……"

"나는 그 편집자를 전혀 모릅니다. 그리고 그런 월간지가 있다는 소리는 한 번도 들은 적이 없습니다."

나는 끔찍한 살인을 한 맥베드 같은 기분으로 대답했다. 그것은 실로 극적인 종결이었다. 그는 나보다도 더욱 그것에 대한 마음의 준비가 없었다. 우리는 두 사람 다 큰 소리를 지르며 소란을 피우고 싶은 기분이 들었다. 그러나 왜 그런지는 알 수 없었다. 왜냐하면, 우리의 가슴 저 깊이에는 잘 준비되었고, 그리고 그렇게 열심히 진행한 대화가 결국은 실패로 끝날 수밖에 없었다는 것에 관하여 깊은 유감을 느꼈기 때문이다.

우리 두 사람 다 인생의 답답함을 느꼈다. 왜냐하면, 나는 아침의 가장 좋은 시간을 낭비해 버렸다고 느꼈기 때문이며, 그는 기상학적·역사적, 정치적 지식을 낭비해 버렸다는 것을 깨달았기 때문이다.

중국의 사망통지서

"자네는 인기가 있나?"

언젠가 미국에서 갓 돌아온 뚱뚱한 어떤 친구가 나에게 물었다. 크고 뚱뚱한 그 친구가 아니면 이러한 질문을 할 수 없다는 것을 누구나 알고 있다. 나도 다소 미국의 교육을 받았으므로 이것을 부정하지는 않는다.

"그렇군, 내가 매달 받는 사망통지와 기부금 의뢰장 수를 추측해 보면 아마도 인기가 있는 것 같네. 나는 지금까지 그렇게 유명하다 고는 생각하지 않았는데, 지난달에는 모르는 사람의 사망통지를 항주抗州로부터 받고 또 사천四川에서도 받았지."

나는 대단히 게으른 사람이다. 내 친구들은 내 타이프라이터가 가장 친하고 오래된 친구들에게 보낼 안부편지를 전혀 쓰이지 않는다는 것을 증명할 것이다. 이처럼 통신을 회피해 버리는 방법에는 여러 가지가 있다. 우선 가장 마음에 드는 방법은, 실제로 그것에 답장을 쓰지 않으면 양심의 가책을 받으므로 '답장을 필요하다는 편지'라고 써서 서랍에 넣고 자물쇠를 채워 둔다.

그런데 이런 경계에도 불구하고 몇몇 사망통지로부터 빠져나간다는 것은 무척 힘겹다. 물론 미국 대령인가 누군가가 시작했다는 아홉 통의 행운의 편지를 가장 친한 친구들에게 계속 보내면 행복을 약속받지만, 만약 이것을 찢어 버리면 9일 후에는 불행이 닥친다고 협박하는 '행운의 편지chain letter'같이 화가 나는 것은 별개이다.

그런데 나는 그 행운의 편지를 가장 존경할 만한 곳으로부터 받은 적이 있다. 그 마지막 것은 1년 전 중국 학문의 전당인 남경의 중앙대학에서 받았다. 그 학원의 누군가가 익명으로 나를 협박하려 했던 모양인데, 이 편지를 누가 썼는지는 풀리지 않는 내 생애의 비밀이다. 그 편지는 보통 내가 할 수 있는 범위에서 제일 나은 방법, 즉 쓰레기통에 버려짐으로써 끝났다.

여기서 다시 사망통지로 화제를 바꾸자, 그것은 중국 문명의 가장 화려한 성과 중 하나이다. 그것은 고인의 사망통지서를 훌륭히 쓸 수 있는 누군가를 남겨 놓으면 결코 허무하게 죽는 것은 아니라는 증거이다. 고인의 경력이 그에 의해서 영원히 기록된다는 것뿐만이 아니라, 살아 있는 자식이나 친척들, 즉 우편요금을 아끼지 않고 사망통지를 보내 준 사람들이 상세하게 자기 일을 쓸 기회를 얻는 것이다.

이런 빛나는 경력과 유명한 친척들의 경력까지 간직한 채 죽은 남자는 반드시 이 글을 읽고 있는 당신에게 인간은 중국에서 살 가치가 있는, 그리고 죽음 또한 죽을 가치가 있다고 느끼게 할 것이다. 최근에 받은 사망통지서의 견본을 전부 읽고 나면 누구라도 왜 사망통지서가 실생활의 목표가 되며, 노년에 있어서는 학수고대하게 되는지 그 이유를 깨달을 것이다.

효과를 최대한 살리기 위해서 우리가 읽고 있는 것을 지그스 부인이 엿듣는다고 상상하라.

'하기下記 불효자식들은 스스로 목숨을 끊지도 못하고 명성 높은 망부亡父에게 화를 입게 하였사옵니다. 돌아가신 아버님은 청조시대清朝時代의 이등관으로 호부상서戶部尙書의 비서, 회하淮河 감시국 감독관, 양광지방 학정사, 황제남방 순찰 수행원을 역임 하여 환관을 쓰는 특권이 있었습니다숨어서 엿듣는 부인은 틀림없이 흥분을 느낄 것이다. 그의 동생은 한림학사 겸 시강侍講으로 폐하의 연회석에 나아가 천자가 지은 시가詩歌를 받는 특전을 입었습니다지그스 부인은 감격한다.

이 동생은 양호兩湖 총독 아무개의 딸을 아내로 맞았습니다만, 그 아무개는 내각학사內閣學士로 병무성 시랑차관을 지냈으며 황 의착용의 특전을 받고 '로열 디터마인드결열한 충성된 신하'의 시호를 받았습니다부인은 머리가 몽롱해진다.

그의 큰아들은 갑자년 진사進士로 여성도대泰城道台 청조의 지방장과 산동성山東省 안찰사이며, 회주도대淮州道台인 사등관 딸 과 결혼했습니다그쯤되면 부인은 인사불성이 된다 그러므로 이후의 일은 모른다. 그의 작은 이들은 부정군관 학교를 졸업하고 감숙군 병창감이 되어, 산업시찰을 위하여 미국·영국·독일·덴마크·벨기에·프랑스·이탈리아·오스트리아·헝가리 등을 순방하고 현재 S외환은행의 총재로서 문호장을 받았습니다.

그의 셋째아들은 코넬 대학 졸업생으로 하버드 대학 하계대학원에서 연수했으며 위스콘신 대학에서 문학수사, 콜롬비아 대학에서 철학박사 학위를 받고 산둥성 교육회 회장을 지냈다. 1909년 동경에서 열린 공업회의 대표, P대학 경영위원, S대학 정치학 부장, 유교 선포회 부회장, 1913년 북경에서 열린 교육회의 대표를 거쳐 현재는 총지대학의 학장이며, 가화장嘉禾章을 받았습니다.

'넷째아들은……' 하고 내용은 계속되는데, 이젠 지그스 부인의 머리에 물을 끼얹지 않으면 안 된다. 모두가 할 수 있는 것은 어깨로 숨을 몰아쉬는 것뿐이다.

이제는 사망통지를 받는 내 인기를 이해하기에 힘들지는 않을 것이다. 만약 사망통지를 받는 내 인기를 살펴보려 해도 나는 안심하고 국민적인 평판을 얻고 있다고 할 수 있다.

또 동양에는 사망통지가 고등정책에 유력한 영향을 주는가? 그것을 이해하는 것도 그리 어렵지 않을 것이다. 예를 들어 늙은 조곤曹錕이 뇌물을 써서 중국 공화국의 원수元首가 된 것은 대총통이 라는 세 글자를 자신의 사망통지에 기입한다는 즐거움 이외에 달리 이유가 없었다는 것은 사실이다. 장작림이 북경통치가 붕괴되기 직전, 또한 같은 동기에서 중국 공화국의 원수가 되겠다는, 사상에 휘말려 초조해 했다는 사실도 확실하다.

그의 개인적인 이해에 관한 한, 이것을 다른 견지에서 설명하기는 곤란하다. 만약 이 풍습이 올림포스에서 행해진다면, 제우스 신 자신이 그 축복받은 지위와 때때로의 연애에 만족하지 않고, 스스로 바다와 육지의 초대신初代神이라는 칭호를 덧붙여서 그의 자택을 히말라야 산에, 여름 별장은 안데스 산에 지을 때까지는 하늘에서 반란을 계속할 것이다. 그렇게 하는 것이 그의 사망통지에서는 훨 씬 좋게 들릴 것이다.

인간의 문제를 지도하고 결정하는 여러 가지의 동기가 이것이다. 결국, 가장 곤란한 일은 신사답게 죽는 일인 것이다.

조지 왕의 기도

《리터래리 다이제스트Literary digest》지는 영국 국왕 조지 5세의 행동 규범을 게재했다. 그것은 국왕 자신이 작성하여 침실에 붙여 놓은 것이라고 한다. 국왕의 기도는 이러하다.

게임의 규칙에 순종하도록 가르칠 것.
찬탄할 정서와 경멸할 감상을 구분하도록 가르칠 것.
값싼 칭찬을 하지 말며 받지 말도록 가르칠 것.
만약 수난을 당하면 묵묵히 그에 따르고 순응하는 동물을 닮을 것.
이길 수 없다면 떳떳한 패자가 될 것.
달에게 하소연하지 말고, 쏟아진 우유를 아까워하지 않도록 가르칠 것.

여기에 영국 국왕의 가슴을 흔들어 놓는다고 생각되는 사상에 관한 직접적인 표명表明이 있다. 중국의 국왕중국에 국왕이 있다면에게는 익숙하지 않은 사상이다. 그 귀인이 매일 밤 이런 식으로 실제 기도를 했는지는 그리 중요하지 않다.

대체로 현대 신사는 매일 밤 기도를 하지는 않는다. 국왕도 현대인에 속한다고 상상해도 틀림없을 것이다.

버나드 쇼가 주장하듯이, 영국 국왕이 사랑을 받는 것은 그가 신사이며 현명한 사교인이기 때문이며 결코 왕의 지적 및 도덕적인 겉치레 때문만은 아니다. 그러나 국왕이 이 문구에 나타나고 있는 아름다운 정서를, 기록해서 침실에 걸어놓을 정도로 사랑하고 있다는 것, 그것은 세상의 모든 밤 기도와 마찬가지로 좋은 것임은 틀림없다.

이 알기 쉽고 분명한 문구 속에는 국민으로서의 영국인을 다른 것과 구별하는 페어플레이, 스포츠맨 십 감상의 혐오, 성격의 강인 함에 대한 이상이 단순하지만 깊은 의미로 표현되어 있다. 그러나 이 아름다운 잠언은 중국에는 적합하지 않다. 중국에서 지배자로서의 행동 규범은 별개의 선에서 설정돼야 한다. 우리의 지배자는 아마도 순종이라는 단어에 집착하며, 그리고 지배자와 규칙에의 '순종' 사이에 아무런 본질적인 모순이 없다는 것을 설명하려면 적어도 25년은 걸릴 것이다. 또한, 게임의 규칙이라는 것을 설명하는 데도 25년이라는 시간이 필요할 것이다.

정서와 감상을 구별하여 이해시키는 것은 불가능하다. 그러므로 나는 처음부터 설명하려 노력하지 않을 것이다. 그리고 '값싼 칭찬을 받지 말며'라는 솔직한 의미를 명한다면, 그는 나를 미워하게 되어 나는 그 이상 진전하는 것을 주저할 것이다. 그는 나에게 왜 값싼 칭찬을 받지 않느냐고 물을 것이며, 나는 설명에 궁할 것이다. 이쯤 되면 나는 성공하여 유명해진 남자에게 익숙치 않은 사상을 설명하기가 싫어져서 차라리 그 원문을 회피할 것이다. 그리고 이것을 이 가공의 지배자가 취미에 맞춰서 개작하고 싶어질 것이다. 나는 다음과 같은 식으로 고칠 것이다.

만약 내가 수난을 당하면 퇴임하리라. 그러나 다른 사람들에게는 비뇨 장애 때문이라고 알려라.

이길 수 있다면 그 방법을 가르칠 것. 이길 수 없다면 기회를 보아 외국으로 떠나서 고전을 읽도록 가르칠 것.

달을 보고 하소연하지 말고, 쏟아진 우유를 아까워하지 않도록 가르칠 것.

그러나 패배했을 때는 '아들이 있고 모든 것을 만족하며, 의무는 사라져서 몸은 가볍노라.' 하며 노래 부르도록 가르칠 것.

서로 다른 나라는 상이한 풍습을 갖는다고 사회학자는 가르친다. 그래서 성공의 길도 각국이 반드시 같다고는 할 수 없다.

확실히 조지 왕이 침실에 써 붙인 기도문은 중국 관리의 승진에는 아무 도움이 안 되며, 또한 단순하게 중국 지배자의 행동 규범으로써도 통용되지 않을 것이다.

만약 《군중론》을 쓴 마키아벨리가 있어서 우리 중국 관리들의 침실에 걸어놓고 매일 아침마다 읽게 할 만한 빛나는 사상의 문구를 쓴다면, 그는 다음 글 속에 포함된 지혜를 합성하지 않으면 안 될 것이다.

모든 장군의 생일과 장군들 어머니의 생일을 나에게 알려줄 것. 그리고 장수하는 어리석은 사람들에게 분에 넘치는 선물을 하도록 가르칠 것.

모든 인간 관계를 정치적 무기로 평가할 것. 그리고 결혼 그 자체를 국가의 신성한 요구로 성화하도록 가르칠 것.

누구에게도 화내지 않고 버터도 내 입에서는 녹지 않는다고 생각되도록 온유와 예의를 가르칠 것.

누구에게나 좋은 말로 대하고 누구나 호인으로 부르도록 변통과 지략을 가르칠 것.

외국인에게는 나의 고상함을 돋보이게 하고, 대중의 항의에 대해서는 용기를 줄 것.

학생 시위운동을 처리하는 데는 담력을 주고 노동쟁의를 저지하는 데는 결단을 내리도록 할 것.

나에게 웅변의 기교를 가르칠 것.

나에게 능필의 법을 가르칠 것.

혀의 능수능란함과 수사력을 부여할 것.

내 말로 적을 낭패시키고 더구나 그것에 대하여 마음에도 없는 말을 할 수 있도록 가르칠 것. 그러나 적의 말을 해석하는 데 신의 지도와 계시를 부여할 것.

선물을 보내는 것도 받는 것도 거절하지 않기 위해서 주고받는 의식을 고취할 것.

햇빛이 있는 동안에 건초를 만들기 위해 인생이 공허하다는 의식을 고취할 것.

무슨 일이건, 나라를 구하는 일이라도 너무 몰두하지 않게, 너무 고지식하게 되므로 나에게 유머 감각을 부여하여 정치 생활의 광대 짓을 볼 수 있는 안목을 줄 것.

나의 죄과를 관대하게 용서받기를 원하고 신하의 죄과를 관대하게 용서하도록 가르칠 것.

대중의 눈으로부터 나를 가릴 것. 무슨 일이 일어나더라도 모르는 척하라.

상해 찬가

상해는 굉장하다. 동양과 서양이 기묘하게 혼합되어 있어서, 천박한 문화에 있어서, 노골적인 마몬 _{신부와 재물의 신}의 숭배에 있어서, 그리고 공허함과 범속함과 악취미에 있어서 굉장하다. 부당한 대접을 받는 여자, 인간 대접을 못 받는 무리, 생기를 잃은 신문, 자본이 없는 은행, 국적 불명의 생물에 있어서 굉장하다.

그 허약함과 더불어 그 위대함에 있어서 굉장하며, 그 괴이함과 사악과 경박함에 있어서 굉장하며, 향락과 추행에 있어서 굉장하며, 눈물과 고난과 타락에 있어서 굉장하며, 해안을 따라서 높이 솟아 있는 석조 건물, 깡통 찌꺼기로 덧없는 목숨을 이어가는 생물의 불쌍한 움막에 있어서 굉장하다.

사람들은 이 '크고 굉장한 도시'를 향해서 다음과 같은 찬가를 부를 수 있을 것이다.

오, 위대하고도 헤아릴 수 없는 도시여, 너의 위대함과 너의 헤아릴 수 없음에 다시 한번 찬미를 보낸다!

동전 냄새와 정맥이 내비치는 피부와 끈적끈적한 손가락을 가진 뚱뚱한 은행가 덕분에 명성을 얻은 이 도시에 다시 한 번 찬미를 보낸다.

인삼즙과 비둘기 죽을 먹이로 하며, 그러나 그 인삼즙과 비둘기 죽에도 불구하고 빈혈에 괴로워하며 인생을 권태로워하는 새가슴의 처녀들이 서로 부둥켜안고 살과 춤추는 살의 도시에.

죽순 같은 다리와 버들가지 같은 허리와 립스틱을 칠한 입술과 누런 이로 요람에서 무덤으로 들어갈 때까지 원숭이처럼 웃기만 하는 숙녀들의, 먹는 육(肉)과 자는 육의 도시에. 정맥이 내비치는 피부와 끈적끈적한 손가락을 가진 뚱뚱한 은행가와, 립스틱을 칠한 입술과 누런 이를 가진, 서로 부둥켜안은 살과 춤추는 살에 심부름하는, 빛나고 매끄러운 머리와 더욱 매끄러운 몸놀림을 가진 호텔 보이의 뛰는 고기와 굽신거리는 도시에.

그대는 위대하여 헤아리기 어렵도다!

고요히 잠든 밤에 사람들은 너의 괴이함을 저주한다. 황푸강의 흙투성이 물고기보다 더욱 흙투성이인 인간의 흐름 속에서, 사람들은 또한 그대의 위대함을 생각한다.

그대 안에서 성공하여 배가 불룩 나온 상인을 보면 그가 이탈리아 인인지, 프랑스 인인지, 러시아 인인지, 영국 인인지, 혹 중국인인지 알 수 없다.

보라! 부정한 재화로 가수와 무희에게 사랑을 구하지만, 그 사랑을 거절당하여 수개월이 지나도 더욱더 성적 갈망은 더해만 가는, 자라 껍질로 만든 안경을 쓴 산양 수염의 퇴직 지방 장관과 비적과 장관과 장군들을 부정한 방법으로 축적한, 죄의 냄새가 물씬거리는 재산이 귀찮은 지급을 도와주는 이 퇴직 장관과 그들의 바보 아들들을. 기름기 번지르르하게 재복을 차려입은 러시아 인을 호위하고 8기통의 순찰차를 타고 거리를 천천히 걸어가는 부유하고 퇴폐한 아편 흡연자들을.

흙탕인 황푸강의 물고기에 섞인 무희와 실연한 청년의, 소위 자살자들의 할당분을 매일 받아들이는 그대의 황푸강을.

V형의 야회복을 입은 백인 여자가 황색의 어린 하인과 회색의 개 와 분홍빛 눈의 토끼와 즐겁게 어깨를 비벼대는, 그때의 황홀한 레이스를.

연회와 드라이브에 눈을 돌린 벼락부자들을.

육군 중령처럼 호텔 보이에게 호령하며 수프를 나이프로 먹는 백만장자를.

항구의 피존pigeon : 얼간이 영어에 열중해서 추하게 'thank you'과 'excuse me'를 연발하는 그대의 모든 보이를.

샌들을 신고 여러 가지 꽃을 꽂은 모자를 쓰고 인력거의 짐 위에 길게 앉아 있는 그대의 여학생을.

오만하며 비신사적인 외국인을. 무시무시한 장화와 소 같은 권력을 가졌으며 또한 그 무시무시한 장화와 소 같은 권력을 필요로 하는 남자.

많은 팁을 주면서도 물가를 불평하는 사람들이 그의 본국어를 몰라서 곤란해하면 무례하다고 느끼는 남자.

사람들은 이런 것들을 생각하며 이상하게 느끼고, 그것이 어디에서

왔다가 어디로 가는지를 이해하지 못한다.

아! 우리의 이해를 단절하는 도시여! 그대의 공허함과 범속함과 악취미는 어떻게 마음에 새길 것인가!

재산을 모으지 못한 비적과 관리와 장군과 사기꾼과 결탁한 퇴적 비적과 관리와 사기꾼과 결탁한 도시여!

아! 걸인조차도 부정직한 중국 유일의 안전한 생활 장소여!

차라투스트라와 광대의 대화

니체의 저서에는 《차라투스트라는 이렇게 말했다》가 있는데, 거기에서 페르시아의 조로아스터교의 교주가 산에서 내려와서 대예언으로 대중에게 설파한다. 그는 지금 바보와 왕궁에 와서 국왕과 수상과 정승들과 왕의 광대와 이야기를 나누고, 그중에서 광대가 가장 현명하다는 것을 느꼈다.

광대만이 왕국에서 무슨 일이 일어났는지를 안다. 광대만이 인생을 희롱하는 것을 허락지 않았다. 그의 웃음 속에는 눈물이 있었으며, 눈물 속에는 웃음이 있었다. 광대는 '도道를 깨달은 남자'인 차라투스트라에게 말했다.

아! 차라투스트라 경! 도를 깨달은 현인이여! 왜 이 화려한 바보의 왕국을, 현명한 사람조차도 올바른 말을 할 수 없는 곳을 왜 왔단 말인가?

분명히 경에게 말하건대 이 도시에서 나의 지혜를 가장 잘 이용하는 방법을 발견했는데, 그것이야말로 올바른 말을 하지 않는 것이었다. 경은 왜 산과 동굴을 뒤로했단 말인가?

경도 또한 고독을 참을 수 없으며 냉정하게 여겨 어쭙잖은 말의 따스함을 얻으러 왔는가?

아마도 경은, 별과 십자와 가화장을 붙인 널찍한 가슴을 보러 왔으리라. 아니면, 그들의 딸들에게 구혼하러 왔는가? 분명 경은 옛날에 공깃돌을 장난감 삼아서 놀았던 것처럼, 지금도 명예와 위엄을 장난감처럼 가지고 노는 긴 수염 달린 아이들에게 경의를 표하러 왔을 것이다. 아니면 이미 자신의 존귀함을 떨쳐버렸지만, 비속함을 떨치지 못한 고위층 시골뜨기 관리들을 방문하러 왔는가?

아! 차라투스트라여! 지혜가 썩어 휴지통 속에서 액화된 도시여! 지혜 그 자체가 종이에 부서져서 신문이 된 도시가 있다.

경은 믿지 않을 것이다 사내다움은 시들고, 고상한 정열이 사라져 버린 도시가 있다는 것을.

'노년老年'은 어린아이 같은 차 심부름하는 소녀를 사랑하며, '엄숙한 청년'은 하찮은 존재로서 조소를 당하는 도시가 있다는 것을 경은 믿지 않을 것이지만, 나이를 먹는다는 것은 교활해지게 만드는 그러한 도시, 거기서 '청년과 순수한 사람'은 '우리의 양심을 어떻게 가려야 할 것이며, 우리의 부끄러움을 어떻게 해야 할까?' 하고 외치며, 노년은 이에 대답하기를 '존경을 배우라! 부끄러움의 가장 좋은 해독제는 유머이다.' 하고 말한다.

나는 나의 광대 노릇과 나의 사색에 지쳐 버린다. 나는 경의 등장을 기뻐한다.

나는 그들 속에서 차가운 사상을 간직했으므로 나는 몽유병자의 혼이 도시에 있는 것처럼 걷는다.

나는 경의 등장을 매우 기뻐한다. 그들을 위해서 내가 언제나 광대 짓을 해 왔다면, 또한 그들을 위해서 공허한 광대의 웃음grin의 기술을 수련해 왔으며, 공허한 광대 웃음은 동료와 팔짱을 끼고 해야만 한다.

I grin, thou grinnest, and he grinneth We grin, you grin, and they grin나는 웃고 그대도 웃고 그러므로 그도 웃는다. 우리가 웃고 너도 웃고 그러므로 그들도 웃는다 이것이 그들의 문법이다.

I grin today, I grinned yesterday, I shall grin tomorrow, I had been grinning yesterday, I have been grinning now, and I shall have grinning tomorrow나는 오늘 웃는다. 나는 어제 웃었다. 나는 매일 웃을 것이다. 나는 어제 웃었다. 나는 지금 웃고 있다. 나는 내일 웃고 있을 것이다.

이것이 그들의 동사 변화이다.

그러나 그들의 광대 웃음은 나의 광대 웃음과는 다르다. 그들은 나의 광대 웃음을 거의 이해하지 못하며, 또한 내 웃음의 깊이를 헤아리지 못한다. 나의 광대 웃음은 타오르며 파괴하는 불과 같으나, 불꽃을 튀기며 기뻐하는 불과는 다르기 때문이다. 내 웃음은 악마적이며 사교적이어서 정승들의 미간을 찌푸리게 하고 대신들의 얼굴을 찡그리게 한다.

'건설적인' 대머리 정승들은 이렇게 노래한다.

"우리는 지금 신을 경배한다."

널찍한 가슴과 흰 다리를 가진 대신들은 "나는 그들의 건설적인 비판과 그들의 살가죽을 파고든다." 해도 그들의 뱃속까지는 못 미친다. 그들은 내 광대를 보신제와 체면제로 만들어 건설을 준비한다. 그들은 또한 나에게 영양과 그들의 신경쇠약을 고쳐줄 무엇인가를 요구한다.

건설적인, 그러나 우리에게 편안한 무엇인가를 달라. 드디어 나는 그들의 소화력을 가여워한다. 내가 웃으며 광대 노릇을 해 올 것은 이 때문이다. 그들 사이에 있으면 진리는 모두 부끄러워 몸을 숨기고 유락의 베일을 쓰지 않을 수 없다.

이렇게 화려한 바보 왕국의 광대는 말했고, 그리고 차라투스트라는 대답했다.

경이 정승들의 소화력을 불쌍해하는 이상으로 나는 경을 불쌍히 생각하며, 또한 경 이상으로 끊임없이 수치를 느끼고 유락의 베일 속에 몸을 숨겨야만 하는 '진리'를 애석해한다. 경은 현자같이 영리하지만, 경의 가장 현명한 말도 경의 공허한 광대 웃음과 광대 짓이다.

나는 경이 건설적인 것을 더 배워야 함을 기뻐한다. 경은 진리가 후궁처럼 폐하의 궁정에 팔려가야 한다고 생각하는가? 그녀는 경의 국왕을 위해서 포스터를 붙이러 거리를 걸어 다녀야 한다고 생각하는가?

"우리에게 건설적인 비판을 주라."

많은 급료를 받아 기름기 흐르는 왕의 정승들은 이렇게 읊는다. 그렇지만 경에게 말하노니, 파괴하는 자는 그로써 건설하게 된다.

그러니 건설하는 자는 먼저 파괴해야만 한다고.

열과 불꽃을 튀기지 않고 타오르며 파괴하는 불이란 있을 수 없으며, 생명에게 생명을 주지 않고 타버리는 태양이란 있을 수 없다.

시민들의 깊은 잠을 방해하기 위해서라도 경의 불꽃을 더 소리 높이 올리고 더 밝은 불꽃을 튀기도록, 그러나 전시全市의 큰불보다도 아름다운 향응饗應은 없으며, 화려한 광대는 없을 것이다.

왜냐하면, 그 재 속에서 '아름다운 도시'가 일어나며, 그 폐허 속에서 '새 왕국'이 지상에 태어날 것이기 때문이다.

왜냐하면 '소생'을 기다리는 만큼 '사멸'을 열망하기 때문이다.

헤어짐에 있어서 내 충언을 들어라. 지금일수록 진리를 감싸고, 유락의 베일이든 간에 의복을 입히라. 알몸의 진리는 정승들이 볼 것이 못 되니라!

차라투스트라는 이렇게도 말했다.

그는 그의 부드러운 강바람에게 작별을 고하고 다시 제자들 사이로 들어갔다. 그는 제자들과 함께 시장에 갔다. 시장의 많은 상인과 제자들과 섞이는 것에 이상한 쾌감을 느꼈다. 왜냐하면, 차라투스트라는 태어나면서부터 민중의 한 사람이었으며, 그래서 다시 그들 속에 있는 것이 그를 기쁘게 했다. 민중의 소란스러움과 소음이 그를 매료시켰다. 왜냐하면, 고독을 사랑하는 차라투스트라에게 있어서는 군중은 기분전환이며, 보양保養이었기 때문이다.

그는 호텔에 들어가서 현대풍으로 꾸민 남녀가 자선 무도회에 모여 있는 것을 보았다. "자선慈善은 좋은 일이다"라고 그는 항상 말했다. 그것은 받는 자보다도 주는 자가 행복하기 때문이다. 즉, 주는 자가 댄스를 하기 때문이다.

차라투스트라는 홀 저만치에 며칠 전 그가 거리에서 강의할 때 보았던 단발머리 처녀가 있는 것을 보았다. 차라투스트라는 첫눈에 그녀를 알아보고 그녀에게 가까이 오라고 했다. 왜냐하면, 차라투스트라는 그녀의 가슴 속에 간직된 것을 예견하고 있었기 때문이다. 단발머리 처녀는 다가와서 그에게 말했다.

아, 차라투스트라! 나는 당신이 산의 쓸쓸한 암자에서 이 거리로 돌아온 것을 알고 있다. 모든 우상의 파괴자여 모든 것을 모멸하고, 모든 신성한 것을 조롱하는 당신이여, 바라옵건대 당신이 우리 여성을 억압하는 우상도 파괴하시기를.

우리는 성性에 예속되는 모든 쇠사슬을 끊고 여성들을 성의 속박으로부터 구출할 것이다. 우리는 남자의 계율을 던져 버리고 정조와 유덕有德의 모성의 묘비를 넘어갈 것이다. 우리는 기생자寄生者의 생활과 기생자의 기쁨과 슬픔에 작별을 고하고, 기생자를 낳는 의무에서 벗어날 것이다. 우리는 '여성 해방의 노래'를 부르며 들에서 들은 남자들은 노동의 기쁨을 맛볼 것이다. 실로 메디안은 홀로 진군하여 변심한 바람둥이 이아손에 대한 슬픔을 잊을 것이다.

아이들을 슬퍼하는 베들레헴의 어머니들의 눈물은 그칠 것이며, 헤카베트로이가 함락될 때 비극의 왕후는 그 19명의 아이에 대한 슬픔에 얼굴을 묻는 일은 더 하지 않을 것이다.

발이 빠르고 몸이 가벼워서 그녀는 고대의 아틀란테그리스 신화에 나오는 빠른 발을 가진 여자 사냥꾼처럼 상대와 대담한 경주에서 선두를 달릴 것이며, 황금 사과의 유혹을 물리쳐 고대의 자매가 당했던 운명을 면할 수 있을 것이다. 또한, 그녀는 다산多産의 데메테르의 신전에도 예배하지 않을 것이다.

보시오, 차라투스트라여. 그녀들은 '부인 의상의 행렬'을 실현하고 있다. 코르셋과 퍼진겔16~7세기경 상류사회 여성들이 즐겨 입던 치마에서부터 부활한 그리스풍의 조끼에 이르기까지, 또한 중국풍의 금비녀에서부터 파리지엔 풍의 하이힐에 이르기까지. 그것은 우리의 해방의 상징이다.

아, 차라투스트라여! 우리는 당신의 해명도 듣고 싶습니다.

그래서 차라투스트라는 미소 지으며 대답했다.

나의 아가씨여, 당신은 마음의 준비가 충분히 되어 있으며 당신의 생각은 훌륭하다. 과연 나는 눈앞에 부인 의상의 행렬을 보는데, 그것은 여성사史의 가장 심각한 한 장章이다. 당신은 그녀들이 변화하면 할수록 똑같이 보인다는 것을 모르는가?

나는 당신에게 말하노니 모든 여성에게는 단 한 가지의 유행 형태가 있고 모든 시대를 초월한 단 한 가지의 유행형이 있을 뿐인데, 그 유행형은 바로 '남자의 즐거움'이라고 이름 지을 수 있다.

나의 사랑하는 아가씨여! 나는 파진겔과 그리스풍의 조끼와 금비녀와 파리지엔풍의 하이힐 사이에 아무런 차이점도 발견되지 않는다.

여자들이 의상을 입거나 벗는 것은 남자들을 즐겁게 하기 위해서이다. 또한, 그녀들의 즐거움은 남자의 즐거움 속에 있다. 아, 이브의 딸이여. 나는 당신의 '해방의 노래' 속에서 성 노예의 흐느낌을 들으며, 지진 단발머리 아래에서 패배한 아틀란테의 재잘거리는 소리와 콧소리를 구별할 수 있다고 생각한다.

흐느낌과 재잘거림, 이것은 당신의 속박 표시이다. 당신은 남자의 의견에 익숙해져서 굴복하며, 또한 사교적 고심이라는 짐승의 집에 연결되어 있다는 것을 나는 알고 있다.

그래서 나는 흐느낌과 재잘거림을 듣는다.

나는 당신에게 해방의 비밀을 가르칠 것이다. 그런 비결을 알고 싶은가? 그리고 당신은 그만한 가치가 있다고 생각하는가?

젊은 여자는 대답했다.

"아, 차라투스트라 경은 외투 속에 무엇을 갖고 있는가. 그리고 그것을 왜 대중에게는 감추었는가?"

"그것은 진리이다."

하고 차라투스트라는 대답했다.

"그것은 범속한 인간에게 줄 수 있는 것이 아니기 때문이다. 당신은 그것에 값할 만큼 성장했는가? 당신은 그것을 보길 원하고, 그 특허를 감히 팔게 하려는가?"

이어서 차라투스트라는 젊은 여자에게 말했다.

성애는 남자에게는 유락이다. 그것은 오후 차※를 마실 시간인 다섯 시부터 시작된다. 당신에게 그것은 직업이 되어 버리며, 그 직업의 상표는 프라이팬과 요람이다.

남자에게 성애란 아름다운 것이지만 그 아름다운 것을 당신은 직업화시키고 말았다. 그래서 나는 당신을 속박된 노예라고 해석한다.

당신이 성애에 굴복하기 때문에 당신은 노예가 되는 것이다. 남자는 성애의 주인이다. 왜냐하면, 오후 다섯 시에 시작되므로……. 가정에서 남자는 거주reside하며 여자는 관장preside한다 당신은 가정에서 거주하는 것To take up residence을 배운 적이 있다면 앞장서기To take precedence 도 배우고 싶어서 할 것이다.

언제까지나 당신은 남자의 뒤를 쫓는 것을 그만두고 남자에게 당신 뒤를 따르게 할 것인가? 실로, 독주하는 곳에 해방이 있으며 뒤를 쫓는 곳에는 없다.

그러므로 나는 당신에게 반역을 권한다. 무엇을 위해 나는 당신에게 반역을 권하는 것일까? 당신은 어쩌면 나를 이해하며, 어쩌면 이해하지 못할 것이다.

진실로 나는 말하노니, 당신의 굴레를 남김없이 부숴버릴 것이다. 나는 당신이 구름 사이로 자유롭게 날아가는 것을 흔쾌하게 배웅할 것이다

초롱 속의 작은 새여.

그대는 이미 길들여졌기 때문에 해방되었다 해도 또다시 집으로 돌아올 것이다. 당신은 자유로운 하늘을 사랑하고 가정의 즐거움을 잊는 수단을 배우지 못했다.

만약 당신이 허락한다면, 당신의 자유를 속박하는 가장 큰 굴레를 부수겠다.

그 굴레란 것은 남자의 의견에 대한 공포이다.

나는 진실로 '새로운 여성'을, 남자와 동등한 말들도 또한 무익하다는 것을 안다. 무엇 때문에 나는 당신에게 반역을 권했던가?

그랬더니 젊은 처녀는 일어서며, 차라투스트라에게 작별을 고했다. 그러면서 그녀는 말했다.

아, 차라투스트라 경은 참으로 이 일에 관해서는 남자다우나, 구식 늙은이이다.

나는 오늘 진기한 이야기를 들었다.

왜 나는 남자에게 즐거움을 주지 않는가. 어째서 남자의 호의에 좌우되지 않는가? 경은 제6감第六感을 갖지 않는다.

경은 생활에 관해서 이야기하지만 우리는 생활 그 자체를 산다. 경은 경의 철학으로 아이를 낳을 수 있지만, 경의 어마어마한 지혜를 아이에게 먹일 수 있다고 생각하는가?

우리는 왜 남자를 즐겁게 하지 않는가?

차라투스트라여……

그러나 차라투스트라는 모든 것을 이해한다. 당신의 프라이팬과 요람으로 돌아가라!

나의 사랑하는 젊은 처녀여, 이브의 딸이여! 당신은 가식 없이 그것을 말했다.

나는 당신의 가식 없음을 사랑한다.

스컹크와 냄새

　최근 여호와와 호적胡適의 학식이 한 노학자인 방방산方方山에 의하여 문제시되었다. 나는 이 노학자에 대해서는 잘 모르지만, 그가 매우 성실하다는 것은 안다. 그는 신학문에 대해서 격분하는 학자 중의 한 사람으로, 가끔 그 격분을 숨김없이 밝히려는 신의 음성을 느낀다. 이는 결코 신기한 일은 아니다. 왜 노인들이 우리와의 싸움에서 패해 가는지 그 이유를 가장 잘 말해 주고 있다.

　그의 발견은 다채로우며 놀랄 만한 점이 있다.

　성聖 바울은 '구약성서'를 위작했다고 한다. 더구나 그것은 모두 진秦의 철학자《장자》의 서편에 관한, 얼핏 보기에도 매우 꼼꼼한 주석 속에 있다는 것이다.

　그 날은 크리스마스였다. 나는 배의 출항을 기다리는 동안 할 일이 없었으므로 배 안에서 볼 책을 샀다.

　매력 있는 장정과 종이에 속아서 샀지만 책 이름만은 마음에 들었다.

　그것은 방방산 이 쓴 《장자천하 편석》 이라는 제목이었다. 장자의 에세이는 순자의 《비십이자편》 이나 한비자의 《오두편》 이나 《현학편》 과 마찬가지로 항상 내가 즐기던 것이었다. 나는 이 중요한 고대 사상의 서설序說에 또 하나의 새로운 해석을 얻었다고 생각했다.

　그런데 나는 아름다운 송조체宋朝體의 문자와 최상급인 종이의 질에 속았을 뿐만 아니라 그 이상으로 출판사의 광고에도 속았다. 그 책을 샀을 때까지는 출판인이 다름 아닌 방 씨라는 사실을 눈치채지 못했다 그 광고는 이 '걸작'에 감탄한 두 사람의 익명의 의견을 인용하고 있었다.

　'남북양거괴독지경위걸작南北兩巨魝讀之驚爲傑作'

　한 사람은 이런 저작을 6년 동안이나 찾고 있었다고 했으며, 다른 한 사람은 이런 탁월한 원고는 어딘가 신비한 나라에서 가지고 온 것임이 틀림없다고 말했다. 그 이외에 저자에게 주어진 찬사는 '고인과 불후를 다툰다'라든가, '명산 대업' 혹은 '광망만장光芒萬丈' 이라고 칭한 모든 것을 모아 놓았다.

　물론 나는 이들 노학자의 수법을 알고 있었으므로 다소 의혹이 없지는 않았다. 그들의 수법에 유일하게 없는 것은 권두에 자신의 초상이나 나이를 넣지 않는 것이다. 그러나 그 책값은 불과 50센트였으며, 만약 내 의혹이 적중했다고 해도 어떤 유쾌한 발견이 있을 것 같아서 그것은 그것대로 재미있으리라고 생각했다.

　말할 것도 없이 나는 실망하지는 않았다. 지금 생각해 보니 그는 고의로 시인 방방산을 모방하여 같은 이름을 붙였던 것 같다. 놀라운 것은 이 가짜 방방산은 공자의 후예가 아니었다. 그러나 그것은 유교의 평판이 나쁘기 때문일 것이다. 지금 우리는 고대 중국 사상의 '사설'을 문제 삼고 있는 것은 아니므로, 이 학자의 독창력을 최고로 증명하는 문장을 빨리 읽어보는 것이 좋을 것이다.

어떤 사람들은 우리의 묵자墨子를 유대인인 여호와에 비교한다. 그러나 여호와의 학식은 천박해서 인류를 구제하지 못했을 뿐만 아니라, 재앙을 자초했다. 묵자의 학식에 비교할 점은 어느 것도 없다. 묵자는 완전한 교양인일 뿐만 아니라 모든 민중에게 인자함을 가르친다. 천박한 여호와를 학식 있는 묵자에게 비교한다면, 전자前者는 훨씬 미치지 못함을 알 것이다.

프랑스의 무신론자여, 기뻐하라! 그 누구도 지금까지 이러한 각도에서 여호와를 공격했던 자가 없다.

우리의 탁월한 학자는 다음과 같이 말하고 있다.

서양의 종교 연구가는 이미 예수는 바울이나 그 외의 다른 사람들에 의해서 창작된 인물이라는 것을 입증했다. 바울은 민중을 속이기 위해서 구약성서도 위작했다. 신약성서는 루터가 위작한 것이라는 사실은 누구에게나 알려져 있다.

그러므로 그 논재는 아주 천박하다. 일반적으로 유럽에서, 그것은 어느 기간 동안 민중의 신용을 얻을 수가 있었다. 그러나 지금은 물질과 지식의 연구가 활발하여 물질의 연구는 통속적인 과학이며, 지식의 연구는 철학이라고 일본인은 칭했다.

이 신앙은 이미 저 밑바닥에서부터 흔들리고 있다. 인도·미얀마·태국· 베트남·중국·한국, 그리고 일본에서는 학자와 신사 사이에서만 신앙이 없는 것이 아니라, 농민·상인·노동자 사이에서도 신도의 수가 극히 적다.

나는 브리태니커 백과사전을 조사해서 우리 늙은 루터1483~1546가 기원 1세기에 태어났다는 것을 발견했다. 방방산은 다마스커스에서 대학교육을 받았는데, 그가 희랍어를 아는 것은 그 때문이다.

루터의 교황그레고리우스였다고 생각한다도 1세기에 살아 있었다. 그리고 루터는 성聖 바울을 조롱하고 성모 마리아에 관해서, 그 위작에 '성모'라는 문구를 사용하지 않았기 때문에 교황의 미움을 받게 되었다. 그 결과 루터는 소아시아의 월트부르크 감옥에 갇혔다.

다른 학자에 의하면, 열렬한 가톨릭 신자였던 네로 황제의 명령에 따라서 교황 그레고리우스가 루터를 그 감옥으로 보냈다.

젊은 루터가 28세 때 신약성서를 위작하려고 했던 것은 실제로 이 선배 사기꾼, 즉 바울의 구약성서 위작이 성공에 다다르고 있었기 때문이다.

이 두 권을 비교 연구하면 루터에 대한 바울의 영향력은 사상이나 용어에 있어서 대단히 크다는 것을 알 수 있다. 여호와에 관해서 말하자면 그의 저서는 세 권으로 되었으며, 두 권은 지금도 전해지고 있어서 근대의 많은 번역서와 마찬가지로 산스크리트어와 고대 페르시아어로 읽을 수 있다. 그는 당시의 최고 유대인 학자였다.

나는 방 씨의 책을 파는 상무인 서관중국 최대의 출판사이 브리태니커 백과사전에서 한 자씩 힘들어서 필사한 이 주註를 번역해서, 저자에게 보내고 그의 과학적 논작의 제2판에 주기註記 시키면 좋을 것으로 생각한다.

현대 중국인의 학식에 대한 방 씨의 불만은 매우 심각해서 이에 대한 공격도 신랄하다.

"전에는 당대의 한유가 이미 크나큰 잘못을 저질렀으며, 강유위가 치명적인 오류를 저질렀다. 스승의 전철을 밟은 야계초는 더더욱 나쁘다."

그러나 방 씨가 자신의 주장을 최대한 발휘하고 있는 것도 당대의 사상가인 호적에 대해서이다.

그는 이 작가를 공격하기 위해서 세 페이지를 할애했으며, 그것으로도 부족했는지 이 책의 끝에 최후의 일침을 가하기 위해 다시 돌아섰다.

다 알고 있듯이 호박사는 《중국 철학사 대강》의 저자로서 《장자》편에 관해서도 언급하고 있다. 방 씨는 그를 약간이나마 인용하려 하지 않는다.

방 씨는 이렇게 주장하고 있다.

태어나서부터 죽을 때까지 호박사는 장자의 말을 결코 이해하지 못할 것이다.

그는 갑자기 노자老子를 말하며, 갑자기 공자를 논하기도 하고, 또 묵자와 혜시惠施와 공손룡公孫龍, 혹은 다시 열자列子를 논한다……. 호박사는 결국 자신이 인용한 문장조차 이해하지 못하고 있다. 호적 같은 빈약한 학자는 무식을 감추기보다는 차라리 자신을 드러내 놓은 편이 더 좋았다. 뻔뻔스러운 호적은 중국의 학문에 혼란을 일으켰고 세계를 기만했다. 그 죄는 그만의 책임이다.

그런데 민중은 무식하므로 그에게 쉽게 기만당했다. 그러므로 민중에도 약간의 책임은 있다.

호박사는 다년간에 걸쳐 명예와 재산을 훔쳐 왔는데, 누구도 이것을 폭로하지 않았다.

아! 어찌하여 나는 이 국어학의 전반적인 쇠퇴기에 있어서 그의 오류를 바로잡고 그의 죄를 탓할 것을 회피할 수 있단 말인가.

그러나 채원배蔡元培에 대한 최후의 돌격은 그 히로이즘heroism에 있어서 돈키호테를 생각게 한다.

발광적인 호적에게 학구적인 문제를 당당하게 토론시키는 것도 우스꽝스러운 일인데, 더욱 놀라운 것은 다년간 북경 국립 대학을 주재해 온 채원배 씨가 그를 초빙하여 교사직을 맡겼다. 그 결과, 이 대학의 문학부 졸업생은 한 사람도 남김없이 엉터리가 되었다. 이것은 우리나라에서 말하는 '맹목의 주인이 맹목의 선생'을 불렀다는 것과 같다.

최씨 자신 또한 매우 나쁘다. 역시 스컹크가 서로 좋아서 냄새를 맡는 것도 그런 이유이다.

이처럼 중국의 노학자의 명예를 옹호하는 것에 만족하지 못하고, 방씨는 그의 최근 작품의 출판 광고를 다음과 같이 맺었다.

"2천 년 동안 학문 부재 상태에서 살아온 독자에게 홀연히 태양이 하늘에 나타나서 무슨 생물을 비추는 것 같은 느낌을 줄 것이다. 우리는 이리하여 독자를 암흑의 심연으로부터 빛나는 태양 아래로 구출할 수 있으리라고 말할 수 있을 것이다."

나는 어찌 되었든 마음의 준비는 되어 있다. 예전에 방씨가 공격한 불운한 대학의 문학부 교수를 지낸 적이 있으므로 두 번 다시 북경에 갈 면목이 없는 셈이다. 그리고 호적에 대한 나의 신뢰는 무너졌으므로, 상해로 돌아가는 즉시 나의 책장 속에 있는 그의 책을 모두 태워 버리지 않으면 안 된다. 오직 나는 상무인서관에 대해서 다음의 사실을 방 씨에게 상기시키도록 요구할 것을 잊고 말았다. 즉 백과사전 시니카의 제14판에 극동 학자들의 최근 연구 결과, 호적 박사의 모든 저작은 16세기에 옥스퍼드에서 교육을 받은 어느 티벳 중의 위작이라는 사실이 증명 되었다.

이 티베트 승은 국제 연맹에 대한 그의 어떤 불손한 논작論作 때문에 빅토리아 여왕1819~1901의 노여움을 살 것을 두려워해서 노트르담 행 비행기를 탔는데, 도중에서 종적을 감추어 소식이 묘연해지고 말았다.

나는 어떻게 덕망을 얻었나?

나는 어떻게 덕망을 얻었는가?

바꿔 말하면 나는 어떻게 하여 중국의 신사가 되었는가? 그러나 아직 절대적인 덕망을 얻었다는 것은 아니다. 길들여진다는 것의 모든 교육적, 사회적 과정에 어느 정도 저항하는 요소가 나의 내부에 존재하고 있다. 우리가 일류 외교관이나 YMCA 이사에게 기대하는 '유화한 버터도 입속에서는 녹지 않으리'라는 풍모를 방해하는 요소가 아직 내게는 남아 있다.

내가 사람들을 즐겁게 해 주기 위해 노력을 하지 않았던 것이 아니라 노력해도 성공하지 못했다는 것을 알고 있다. 단지 나는 그런 성품을 타고나지 않았다는 것을 인정한다. 만약 내가 파산을 했다 하더라도 '철저하게 길들여진 복종할 사람을 구함'이라는 광고가 있어도 나는 그것에 응모하지 않을 것이다. 그것은 YPS一品香의 호텔 보이에게나 통할 것이다.

나는 성격이 어느 정도는 온화하게 바뀌었다는 것을 사람들에게 알리고 싶다. 이러한 특성을 갖게 되면 덕망의 길로 막 접어든 것이며, 또한 성공의 길에 들어선 것이다. 내가 바로 그 길에 서 있는 것이다. 35년의 생활은 나에게 그것을 보상해 주었다.

이러한 결과는 말할 것도 없이 최근 10년 동안 중국 사회에서의 현실적인 고생 속에서 얻어진 큰 성과이다. 나는 약간의 원망도 얼굴에 나타내지 않고 모욕을 당당하게 받아들일 수 있게 되었다. 따라서 이제 나는 완전한 중국 신사이다.

그러나 이렇게 되기까지 나의 사회교육 과정은 매우 고통스러운 것이었다. 꿀벌은 그 동물성에 어떤 폭력이 가해지지만 않는다면 침을 뽑지는 않는다. 그러나 인간의 경우는 지성이 매우 중요한 역할을 해 준다.

그의 지성은 그의 침을 뽑음으로써 사회적 성공의 가능성이 현저하게 높아진다면 그는 약간의 정신적 동요를 희생당하더라도 기꺼이 그것을 뽑을 것이다.

그렇다면 중국의 신사는 무엇인가? 나는 중국의 신사에게 있어서 중국적 교양의 본질을 다음 세 가지로 규정짓는다.

① 거짓말을 할 것. 자신의 말과 감정을 감추려는 진지한 희망.

② 신사답게 거짓말을 하는 능력.

③ 자신의 거짓말과 친구의 거짓말을 유머 감각으로 받아들임으로써 나타나는 정신적 평정을 보여 주려는 것.

이 세 가지 습관을 중국 사회에 적응시키지 않는다면 덕망을 얻을 수는 없다. 그때쯤 되면 그의 교양의 정도는 그의 얼굴에 하나의 징표로 남을 것임이 틀림없다. 우리는 모두 그들의 얼굴을 알고 있다. 그것은 하고자 하는 것은 삶이고, 그렇게 살겠다는 것임을 세상에 말하는 동물적인 고깃덩이, 즉 허망한 눈, 제멋대로인 코, 호색적인 입, 둥근 얼굴과 아래턱인 것이다.

내가 유럽에서 돌아왔을 때 나는 아직 덕망을 지니지 못했었다. 나는 그때까지 중국인의 유머 감각을 전혀 갖추지 못하였다. 나는 자기 일에 너무 진지하였고 어떤 기회에도 거짓말을 하지 않음으로써 노력이 부족하다는 것이 항상 드러났다. 내가 어떻게 교양을 쌓게 되었는가, 이것은 약간의 에피소드로 설명할 수 있다.

예를 들어 나는 과거에 어떤 대학에서 문학부장이라는 직책을 맡고 있었다. 그곳의 내 상사로 해학적인 유머 감각을 지닌 노인이 있었다. 그는 이런저런 학칙을 2주마다 새로이 만들어 내는 습관을 지니고 있었다.

그러나 방문객이 찾아왔을 때 수위는 그를 어디론 가로 안내해야 한다는 것까지 무시하고 있었다. 또한, 날품팔이 일꾼이 지은 것 같은 허술한 기숙사가 있었는데, 그 복도를 건너라면 거꾸러질 것 같이 아슬아슬한 형편이었다. 나는 이것을 못마땅하게 생각하여 노인에게 말했더니 그는 기뻐하지 않았다.

나는 진실을 말함으로써 나중에 나타나는 놀랄 만한 결과에 관해 서는 아직 몰랐다.

우리 대학 기금은 고무 시장과 연관되어 있었으므로 대학의 모든 것이 고무의 성질을 띠고 있었다. 다른 사람들은 꽃을 잘 인용하지만 우리는 고무를 인용하다.

우리의 교내 정책은 고무와 같아서 노인이 순간적으로 생각해 낸 의견에 따라 늘어났다가 학생들의 대자보에 위협당하여 다시 줄어든다. 그뿐만 아니라 우리 직원들의 봉급은 고무줄처럼 믿을 수 없는 탄력성이 있다. 만약 일류 물리학 교수가 있어 말썽이 생긴다면 고무줄을 잡아당기는 것을 잊은 것으로 문제는 해결될 것이다.

또한, 우리는 고무적인 예산을 정하고 있었다. 2개월 전 다섯 번째로 예산을 결정하기 위해 회의가 열렸을 때, 나는 교양을 잊고 노인에게 대들었다. 매주 예산을 세우기 위해 회의를 열었다 해도 외부 압력에 의해 좌절한다면 도대체 무슨 소용이 있겠느냐고, 나는 무례하게 그에게 대들었다.

그것은 나의 인내의 한계를 크게 뛰어넘는 것이었다. 노인은 아무런 대답을 하지 않고 그저 창 밖만을 내다보았다. 다음 학기에 나는 그곳에 모습을 나타내지 못했다. 쫓겨나고 만 것이다.

이것은 분명 내가 겪은 경험을 토대로 얻은 하나의 교훈이다. 그 이후 나는 결코 이상주의자가 되려 하지 않았다. 그리고 중국인의 유머 감각을 스스로 익혔다 나는 교양을 얻어 누구와도 사이좋게 되었다 노인이 준 교훈을 가슴 깊이 새겼다.

그는 유머 감각을 지니지 못한 나를 되지 못한 놈으로 낙인 찍었으며 교육부에 서류를 보내 또 하나의 교훈을 나에게 교묘하게 주려 했다. 그러나 이미 나는 너무 많은 교훈을 얻었다.

그런데 지금 나는 니체가 위험기라고 밝힌 인생의 오후에 안전하게 평

화롭게 살고 있다. 나는 이제 유머 감각을 익혀 누구와도 잘 지내기 때문에 안전하다

어떤 시인이 한 권의 시집을 들고 와서 내 의견을 물었다. 나는 인쇄가 좋고 장정이 훌륭하다고 친절하게 말했다.

또 한 사람이 문학에 관한 사업에 대해 의견을 물었을 때, 장래가 아주 밝으며 행운을 빈다고 대답했다. 얼마 전에 외국인 친구가 풍옥상에 관한 의견을 물었을 때 "나는 중국 신사이므로 의견을 갖지 않는다."라고 대답했다.

그 친구가 장개석 총통이 최근 세례를 받은 것은 어떻게 생각하느냐고 물었을 때, 나는 말했다.

"그것은 좋은 일이다. 다른 하나의 영혼이 구원되었다."

그는 나에게서 무엇도 얻지 못했다. 아마 그 외국인 친구는 나를 비겁한 짐승이라고 생각했겠지만, 이 기회에 나는 엄밀하게 중국 신사가 지켜야 할 법칙에 따랐으며, 앞으로도 나는 중국 사회에서 성공을 바라고 있으므로 나의 교양을 고수하는 것이라고 신이 여, 나에게 축복을 주소서!

공자의 웃음

공자는 성인聖人으로, 그리고 엄격하고 올바른 교사로 알려져 왔다. 이 관념은 극히 일반적이지만 역사적으로는 부정확하며, 그를 한 인간으로서 이해하는 것을 방해한다. 왜냐하면, 우리가 공자에게 가장 감동을 받는 것은 그가 매우 인간적이기 때문이다.

공자는 자질구레한 정의나 교의의 단순한 고수라는 점에서는 위대한 인간이다. 맹자는 공자가 어떤 교의에도 구애받지 않았음을 밝히며, 이것이야말로 그가 진정 위대한 이유라고 말한다. 그러므로 체면과 존엄이 서로 충돌하는 일을 행하곤 하는 공자를 발견하게 된다.

《사기史記》에 나오는 공자의 전기傳記는 그 대표적인 문서이다. 이 전기 속에서는 그 당시의 사람들이 결코 행하지 못할 일들을 그가 해낸 이야기는 수도 헤아릴 수 없을 만큼 많다. 이러한 일은 그의 성인다움보다도 오히려 인간적인 면에 관한 것으로써 우리를 압도한다. 그러므로

《논어論語》 그 자체보다 공자를 더 잘 대변하는 증거는 찾아낼 수 없을 것이다.

그러나 우리는 왜 그의 옳지 못한 행적을 밝히려는 것일까? 그것은 고전에 나타나 있는 옳지 못한 행적을 밝혀내 그 변명을 하려는 것이 아니라, 이것으로써 그에 대해 자세히 알아 마음속의 빛으로 삼으려는 것이다.

이 일은 매우 중요한 것이기 때문에 나도 모든 것에 있어서 정확을 기하려 한다. 될 수 있는 한 신빙성 있는 자료와 정확한 인용을 꾀하여, 상반되는 자료가 있을 때는 솔직히 털어놓을 것이다. 그러나 의심스러운 자료는 필요 없다. 내가 인용할 자료는《논어》와《예기》와《사기》로 한정시킬 작정이다.

나는 상트 보브프랑스의 유명한 문예 평론가가 제시한 방법에 따 라서 공자의 개인적인 행위와 가족 관계 및 그의 됨됨이와 재능을 그리려 한다. 상트 보브는 친구나 주변인물뿐만 아니라 적대시하는 사람에게서도 배울 수 있는 게 많다고 생각하고 있다.

어리석은 사람은 어떤 적으로부터도 친구를 배반했다고 비난 받는 일은 없을 것이며, 기회주의자는 완고하다는 말을 듣지는 않을 것이다. 이 점에 관해서 우리는 오히려 많은 자료를 가지고 있다. 왜냐하면, 공자의 사후 2세기 동안 유학파 이외에 공자를 좋게 말한 사람은 한 사람도 없기 때문이다. 공자는 개인적 야심이 강한 오만 한 거짓말쟁이며, 무례한 이라는 비난이 쏟아졌다.

우선《논어》속에 나타난 약간의 예부터 살펴보자. 《논어》에 수록된 것이 모두 진실은 아닐지라도 공자의 제자가 그에 관해서 말한 것이다.

어느 날 유비가 그를 방문한 적이 있다고 한다. 유비는 고리타분한 시골 사람으로 공자가 덕德의 적敵이라고 말한 향원 중 한 사람이었다. 공자는 아프다는 핑계로 그를 피했다.

그런데 공자는 한술 더 떠서 유비가 아직 떠나기도 전에 일부러 거문고를 뜯었을 뿐만 아니라, 노래도 불렀다고 한다. 그래서 그의 제자들로부터 공자가 항상 정중하고 공평했다는 공허한 찬사를 듣게 되면 나는 이 사실을 말하지 않을 수 없다.

또한, 어느 날 양화라는 사람이 돼지 다리를 공자에게 보냈다. 양화는 권력을 잡고 있던 세도가로서 공자가 아주 혐오하는 인물이었다. 공자는 돼지 다리를 보고는 무척 당황했다. 이 경우 여러분이나 나는 그 돼지 다리를 돌려 보내거나 아니면 그에게 사례할 것이다. 그런데 공자는 자타가 공인하는 외교가였다. 그는 사람을 시켜 양화가 집에 없는 것을 확인하고 그 집을 방문하여 명함을 놓고 왔다. 이리하여 그는 누구도 화나게 하지 않고 자신도 편안할 수 있었다. 이것은 《논어》의 제3장 〈양화편〉과 〈맹자〉에 수록되어 있다. 에디슨이나 뉴먼 추기경이 이럴 수 있을까.

언젠가 공자가 위衛 나라의 왕후를 만난 일이 있다. 왕후는 행실 이 고약하기로 유명했는데, 위나라의 사실상의 통치자였다. 왕후는 태자를 폐하고 자신의 친아들로 왕사를 잇게 하였다. 그 외에도 유교의 교의로는 절대로 허용할 수 없는 많은 일을 저질렀다.

그럼에도 불구하고 공자는 위나라에 옛 친구와 제자들이 있었으므로, 왕이 아닌 왕후의 초청을 받았다. 이 사실은 그를 가장 오랫동안 모셨던 제자 자로子路를 분개시켰으며, 그가 올바르지 못한 행동을 꼬집게 만들었다. 공자는 이에 맹세했다. 만약 그 동기가 불손했다면 하늘이 자신을 벌할 것이라고 그 맹세는《논어》와《사기》에 수록되어 있는데 두 번씩이나 되풀이되어 매우 강력하게 말했다.

《사기》에 따르면, 위나라의 왕후는 종자를 대동하여 말을 타고 시가지를 한 바퀴 행진했다. 왕과 왕후는 함께 앉아서 유교에서 가장 비난할 만한 태도로 시가지를 천천히 돌았다. 공자는 눈치가 빨랐으므로 민중이 공자 자신보다는 아름답고 젊은 왕후에게 눈길을 보내는 것을 잘 알고 있었다.

'사람은 덕을 존경하는 것 이상으로 미를 존경한다'라는 그의 유명한 말은 이 일이 생긴 뒤에 남겨진 것이다. 그래서 그는 민중의 눈길을 뒤로 하고, 곧 이 나라를 떠나서 덕을 갖춘 통치자를 찾아 여행을 떠났다.

이 사례는 공자가 미덕으로 삼았던 실재감을 가장 잘 설명하는 것으로 생각한다. 공자의 제자인 자로의 피를 끓게 했던 것도 이 실재감이었다. 나는 이것을 두 가지의 전형적인 사례로 설명하려 한다.

여러분들은 모두 유교의 교의가 황제에 대한 충성을 가르치는 것으로 알고 있을 것이다. 그런데 공자는 시골의 한 소도시를 점거한 반역자에게 두 번씩이나 초청되어 이에 응하였다. 그러나 이번에도 자로가 그를 설득하였다. 하나는 비의 소도시를 점거한 '공산 불우公山不狃의 난'이 일어났을 때이며 또 다른 하나는 중모의 소도시를 점거한 '비힐의 난' 때였다.

이 반란은 모두 통치자가 강압적으로 진압하려 함으로써 일어난 것이다. 더구나 이전에 공자가 노나라의 정치에 관여하고 있었을 때, 그는 왕의 지위를 강화할 목적으로 비를 공격하려 한 적이 있으므로 이야기는 점점 이상하게 돌아간다. 그런데 비의 한 소후小侯가 노왕魯王을 배반하고 공자를 정치 고문으로 초청했다. 공자는 자신의 철학을 실현할 좋은 기회라는 구실로 주저하지 않고 소후의 초청에 응했다.

공자가 반역자인 중모의 무리에게 가려는 것을 보고 격분한 자로가 다시 공자를 꼬집었다. 이때 공자는 자신의 특유한 유머를 섞어서 이렇게 대답했다.

"진정 굳은 것은 마멸되지 않으며 진정 흰 것은 물들 염려가 없다는 속담이 있다. 너는 내가 벽에 걸려 있는 표주박처럼 먹을 것 없이도 살아갈 수 있다고 생각하는가."

공자는 매우 우아한 취미와 섬세한 감정을 지닌 귀족이었다. 그는 송나라의 왕손으로서, 그의 선조는 이 나라의 고위 관리였다. 그의 가족은 이혼이나 사소한 도덕적 불행이나 서민이라면 도저히 부딪힐 수조차 없는 모든 귀족의 대표적인 고민을 나타냈다. 여러분은 이제 곧, 공자의 이 이혼의 불상사가 대부분은 귀족적인 기질과 너무 세련된 감각의 결과라는 것을 알게 될 것이다.

《예기禮記》즉, 공자의 제자들이 편찬한 책에 의하면 공자의 집 안은 삼대공자, 그의 아들 그리고 손자에 걸친 세 가지 이혼이 기록되어 있다. 공자의 아내도 집을 뛰쳐나가 다른 남자에게로 도망갔다. 그러나 그것은 그의 아들의 결혼에 실패한 사유에는 얼마간 영향을 미쳤다고는 할 수 없다.

공자는 이미 말했듯이, 섬세한 감정과 우아한 취미를 가진 사람이었다. 그가 음악을 사랑했던 것은 알려진 사실인데, 순舜의 고락苦樂을 들었을 때는 너무 충격을 받은 나머지 3개월 동안 음식 맛을 잊었다고 한다. 음악에 모든 것을 건 사람이 아니라면, 공자처럼 정열적으로 음악을 말할 수는 없다.

그러나 그는 음악에 있어서 옛것을 사랑하고 정열을 품었을 뿐만 아니라. 일상 의식衣食에서도 하나의 철학자였다. 그의 이혼 사유 중에는 너무 세련되었던 것이 일조하지 않았나 나는 생각한다.

《논어》제10장〈향당편〉은 음식에 관한 공자의 습관이 매우 명료하게 서술되어 있다. 나는 공자처럼 꼼꼼하며 성미가 까다로운 남자는, 현대 여성 누구도 결혼하려 하지 않으리라 생각한다.

"쌀은 희면 흴수록 좋고, 다진 고기는 곱게 다졌을수록 좋다."

그리고 다음은 공자의 까다로운 음식 습관에 대해 열거했다.

1. 음식의 풍미가 변하면 먹지 않는다.

2. 음식의 빛깔이 곱지 않으면 먹지 않는다.

3. 냄새가 좋지 않으면 먹지 않는다

4. 금방 요리한 것이 아니면 먹지 않는다.

5. 제철이 아닌 것은 먹지 않는다.

6. 고기는 제대로 자른 것이 아니면 먹지 않는다.

7. 본래의 양념이 아니면 먹지 않는다.

8. 집에서 담그지 않은 술과 가게에서 산 고기는 먹지 않는다.

상점에서 사들인 것을 사용하지 않고 저녁상을 준비하려는 독일인 아내들을 생각하라. 열아홉 살이 되기도 전에 시집온 공자의 아내가 이런 가정적 압력을 도저히 참을 수 없다고 생각한 것도 결코 무리는 아니다.

공자는 또 의복에 관해서도 귀족적인 세련미를 나타내었다. 다시 논어의 〈향당편〉을 살펴보자.

"검은 양가죽을 입을 때는 검은 장옷을, 사슴 가죽옷을 입을 때는 흰 장옷, 여우 가죽옷을 입을 때는 갈색 장옷을 갖춰 입는다."

그러나 비색緋色이나 자색紫色의 하의는 입지 않았다. 여름에는 속에 삼베로 된 장옷을 입는다.

그의 실제감은 일을 편리하게 하려고 오른쪽 소매를 왼쪽 소매보다 짧게 만드는 것에서도 잘 나타난다. 잠옷은 자신의 키의 한 배 반 크기로 만들었다.

그가 집에 있을 때는 여우 가죽옷을 입는다고 한다. 우리는 여기서 뛰어난 지혜와 세련된 취미, 예민한 감수성, 그리고 매우 강력한 정서를 겸한 한 인간을 알게 되었다.

그가 친구나 제자의 죽음에 대해 매우 슬퍼했다는 것을 우리는 종종 읽는다. 그의 안색은 상중喪中인 사람을 만날 때마다 변했다.

《예기》는 공자의 이런 정서적인 면을 나타내는 묘한 사건을 수록하고 있다. 그는 여행 중에 옛 친구의 장례 행렬을 만났는데 애곡哀哭에 끌려 격렬하게 통곡했다. 그 후에 부의를 보내야 한다는 생각이 들었다.

그러나 준비가 되어 있지 않았기 때문에 자공子貢에게 부탁해서 보내기로 했다. 공자가 자공에게 그동안의 이야기를 들려주었다.

"나는 우연히 친구의 장례 행렬을 만났다. 그때 갑자기 알 수 없는 슬픔이 엄습해서 눈물이 흘렀다. 나는 이 이유 없는 눈물을 증오한다."

비정서적인 남자가 실제로 이유 없이 눈물을 흘리는 일은 없다. 공자 스스로 자신의 성격을 분명히 나타냈다.

한때 엽공葉公이 자로에게 공자에 관해 물었다는 것을 알고 공자는 자로에게 말했다.

"자네는 어찌하여, 내가 식사조차 잊고 일에 몰두하여 모든 고민을 뒤로하고 늙음이 다가오는 것조차 느끼지 않는 사나이라고 말하지 않았는가."

위에 인용한 논어의 〈술이편述而篇〉에서 우리는 공자의 정서적인 성격을 잘 엿볼 수 있다

공자에 관한 묘사는 같은 시대 사람들에게 준 인상을 제외하고는 완벽하지 않다. 같은 시대 사람이나 2세기 후의 사람들에게 비춰진 공자는 매우 익살스럽다. 색다른 모자와 장옷, 거드름을 피우는 모습, 집요하면서 약간 경솔하게 관직을 찾는 모습, 이 모든 것은 그에게 적의를 품고 있는 사람들에 의해 풍자화되었다. 이 위대한 도덕가에게는 어딘지 모르게 장자莊子 같은 철저한 회의 파의 야유와 폭소를 억제할 수 없는 것이 있었다.

공자와 그의 제자들이 이상한 옷을 입고 큰길에서 소리쳐 학문을 팔면서 영주의 은총을 바라며 이 나라에서 저 나라로 배회하며 그들

의 건방진 태도와 번문욕례繁文縟禮 : 번거롭고 형식만 치른 예문를 휘두른다는 익살스러운 짓을 했던 것은 매우 자연스러운 일이었을 것이다.

그들은 소국小國의 영주나 그 부인의 은덕에 의지하지 않을 수 없었다. 그러므로 그들은 유가에 있어서 경멸의 표적이 되었다.

사람들의 경멸은《논어》에 수록된 어떤 무명의 남자에 의해서 뚜렷하게 나타나 있다.

어느 날 공자는 자로와 함께 시골길을 걷고 있었다. 그런데 자로는 때때로 공자의 모습을 놓쳐 버리곤 했다. 자로는 바구니를 지고 가는한 노인을 만나서 '그의 스승을 보지 못했느냐'고 물었다.

이 노인이 대답하기를,

"자기의 손으로 일하지 않고 곡식도 분간할 줄 모르는 사내…… 너의 스승이란 누구를 말함이냐?"

라고 말하며 거들떠보지도 않고 자기 할 일만 했다고〈미자편微子篇〉에 기록되어 있다.

그러나 실책이나 흔히 저지른 경솔한 행위에도 불구하고, 공자는 매우 의연하며 매력 있는 사람이었다. 그 매력은 올바른 그의 인간성에 있다. 또한, 공자는 유머 감각을 지니고 있었다. 《논어》에 수록된 많은 이야기는 그와 그의 제자들 사이에 오고 간 유머러스한 이야기로, 비로소 정당하게 이해될 것이다.

한때 자공子貢이 그에게 이렇게 말했다.

"여기 보석이 있습니다. 좋은 값을 받기 위해 이 조그마한 보석 상자에 두었습니다"

그러자 공자가 대답하였다.

"팔라, 정말 팔라. 나는 팔리기를 기다리는 한 사람이다."

또 어느 날 공자와 그 제자들은 정鄭의 시가지에서 서로를 잃어버린 때가 있었다. 어떤 사람이 동문東門에 서 있는 공자를 보고 자공에게 말했다.

"머리는 요제堯帝와 같고 목은 고도皋陶와 같고 어깨는 자산子産과 같고, 허리 아래는 우제禹帝보다 세 치쯤 낮은 남자가 동문에 있었다. 그는 잘 곳이 없는 개처럼 기운이 없어 보였다."

그 후 다시 만났을 때 자공이 공자에게 이 말을 하자 그는 이런 게 말했다.

"앞부분에 인용한 말은 옳지 않지만 잘 곳 없는 개 같다는 표현은 참으로 옳도다."

여기서 우리는 진정한 모습의 공자를, 실책을 저지르며 노력하며 때로는 의기양양해서, 때로는 의기소침해서, 그러나 항상 개인적인 매력과 유머 감각을 잃지 않고 농담으로써 웃어넘길 수 있는 공자를 발견했다고 나는 믿는다.

한비자의 눈

중국에서 발생하는 현대의 질환에 관해서 치료법이 활발하게 논의되고 있다. 그중 내가 아는 미국의 저명인사가 제안한 한 가지 치료법으로 우리 중국인들이 미국산 오렌지와 핫도그를 좀 더 많이 먹어야만 한다고 역설했다.

윌리엄스 타운뉴욕의 변두리에 있는 정치가·실업가·학자 등의 별 장지대로, 매년 국제적 강습회가 개최됨에 머무는 어떤 사람은 국제 열강들이 무력적으로 간섭하는 것만이 가장 좋은 방법이라고 까지 말했다. 이로써 우리는 그 나라의 실업 문제가 심각하다는 사실과 월 가뉴욕에 있는 금융가의 상인이 자포자기한 상태에 있으므로 좀 더 유망하고 큰 시장을 찾고 있다는 사실을 알 수 있다.

그러나 이렇게 제안된 요법은 매우 다양하지만, 모든 비관론자를 당황하게 할 정도로 명확하지 않을 뿐만 아니라 허구적이어서 중국의 고민을 해결할 진정한 방법을 발견하기란 여간 어려운 일이 아니다.

나는 기원전 3세기경에 존재했던 고대 정치 철학자를 지하에서 불러 내어 20세기의 예언자나 현대 중국에서 발생하는 여러 질병에 관한 확실한 치료약으로 여러분에게 소개하고자 한다.

즉, 한나라에서는 공자와 같은 인물이며 동문이었던, 진시황제의 재상인 이사李斯에게 죽임을 당한 한비韓非는 근대인 중의 근대인이다. 만약 그가 오늘날 우리와 함께 살았다면 그는 우리가 그의 말을 완전히 이해할 수 있게 현대적인 스타일로 말할 수 있을 것이다. 실제 한비의 두드러진 현대성은, 내가 그를 오늘날 중국의 예언자로 소개하는 가장 큰 이유이다.

그는 현대의 중국과 거의 차이가 없을 만큼 심각한 내란과 정치적 혼란으로 파괴된 사회에 살고 있었다. 그가 당시의 정치 상황 속에서 진단한 질환은 현재 우리가 당면하고 있는 것과 똑같은 질환이었다. 그리고 그의 분석은 아주 적절하며, 그가 제의한 치료법 또한 현대 중국에 있어서 매우 수긍이 가며 실제로 적용할 수 있다.

우리는 그를 혼돈의 진흙탕 속에서 건져내 맑고 깨끗한 정치적 사고의 영역으로 우리를 이끌어 가는 위대한 현대인으로 맞이하고 싶은 것이다.

사실 그가 살던 시대적 상황과 질환은 오늘날 중국의 그것과 너무나 흡사하기 때문에, 그가 만약 현대인으로 다시 태어나 오늘날 우리가 당면하고 있는 여러 문제와 부딪힌다 해도 2천 년 이전에 쓰인 정치사상을 한치도 변경할 필요는 없다.

한비의 생애에 관해서 우리는 거의 알 수 없다. 우리가 알고 있는 것은, 주周나라에 속한 대왕국의 하나이며 후에 진제국秦帝國에 정복된 한나라의 공자公子였다는 사실뿐이다. 그는 후에 시황 제가 세운 진나라의 재상이 되며, 또한 이 나라의 성문언어成文言語를 통일하려고 했던 정책 때문에 심한 비방을 당한 이사와 동문이었다.

한비와 이사는 모두 위대한 유학파의 스승인 순자荀子에게서 배웠다. 이사는 자신 스스로 학문에 있어서 한비에게 뒤진다고 인정하였다. 이 것은 한비가 사상가지만 이사는 좋은 정치가였었다고 나는 생각한다. 때때로 이사는 한비를 의심하여 구실을 만들어서 투옥했다. 한비는 자기 변호를 요청했지만, 그것은 진시황제에 의해서 거절되곤 하였다.

그사이 이사는 독약을 보내어 한비 스스로 목숨을 끊도록 요구했다. 한비는 아마 소크라테스처럼 이사의 뜻을 좇았을 것이다. 그는 진시황제가 오해를 풀고 그를 부르려 한 바로 직전에 죽었다.

이사가 한비의 사상과 그의 저서에서 영향을 받는 것은 분명한 일이다. 또한, 이 책은 한비 생전에 이미 큰 성망聲望을 얻고 있었을 뿐만 아니라 진대秦代 및 한대漢代 초기의 사상가에게 큰 영향을 주었다.

그러나 내가 여기서 한비의 철학 체계를 재해석하려는 것은 물론 아니다. 그것은 이 글의 목적이 아니다. 나는 단지 한비를 현대 중국의 질환을 치료하는 비법의 예언자로 소개하고, 그의 사상을 연구하여 응용해야 함을 밝혀두려는 것뿐이다. 한비는 여러분도 이미 알고 있듯이 법가法家의 사상가였으며, 이 학파 중에서도 그는 최후의 인물이며 최대의 성인이었다.

그는 법가의 사상가로서 유학파가 주장하는 인덕 있는 통치자를 중요시하는 정부보다도 법을 기초로 하는 정부에 뜻을 두었다. 이거야말로 중국이 진정 필요로 하는 것이다.

그가 유학儒學의 부정이나 시대의 정치적 폐해에 대해 내린 분석 속에는 현대 중국에서도 딱 들어맞는 것이 있다. 또한, 그가 주장한 '법法을 기초로 한 정부政府'라는 특수한 사상은 매우 참신한 것으로서, 우리는 그가 얼마나 서양의 정부에 관한 사상에 접근해 있었는가에 놀랄 수밖에 없다.

그런데 한비에 따르면 정치적 식견에서 첫손에 꼽는 것은 모든 도덕적 상투어를 부정하며, 도덕적 개혁의 모든 노력을 피하는 데 있다. 나는 우리가 민중의 도덕적 개혁에 대해 논하는 것을 빨리 중지하면 할수록 중국에 투명한 정부를 수립하는 일이 빠르다고 믿는다.

중국의 많은 사람이 도덕적 개혁을 정치적 폐해의 구제책이라고 믿는 것은 그들의 사상이 유치하며, 정치 문제 그 자체를 정치 문제로써 이해하는 능력이 없다는 증거이다.

그들은 우리가 과거의 2천 년에 걸쳐서 1년 365일을 도덕적 상투 어로 논해 왔음에도 불구하고 나라를 도덕적으로 개혁하지 못하고, 투명하고 선량한 정부를 수립하지도 못했다는 것을 생각해야만 한다. 그들은 또한 도덕파라는 것이 어떤 도움이 되는 것이었다면, 오늘날의 중국은 성자聖者와 천사의 나라가 돼야 했다는 것도 생각해야만 한다.

실제로 나는 도덕적 개혁이라는 논의가 특히 관료에게서 성망盛望을 얻는 이유라는, 그것이 무엇에나 지장을 주지 않는다는 것을 그들이 알고 있었기 때문이라 생각한다. 이것이 꼭 들어맞는다고 할 수는 없을지라도 그리 틀리지도 않을 것이다. 나는 우리 도덕 고조론자는 모두 나쁜 의도를 갖는 것이 아닌가 생각한다.

장종창 장군이나 그 외 유교 부흥을 꾀하는 사람들은 대체로 다섯 명이나 열다섯 명씩의 첩妾을 거느리며, 젊은 처녀를 유혹하는 데 능숙하다는 것을 발견했다.

우리가 "인仁은 선행善行이다." 하고 말한다면, 그들도 또한 "그렇다. 인은 선행이다." 하고 다시 한번 되뇐다. 그러므로 아무도 손해를 보지는 않는다.

한편 나는 우리 관료들이 법法을 기초로 하는 정부에 대해 논하는 것을 들은 적이 없는데, 그것은 민중이 "좋다. 우리는 법에 따라서 제군을 고발하여 투옥시키게 만들겠다."라고 답할 것이기 때문이다. 따라서 우리가 도덕에 대해 논하는 것을 중지하고 법의 엄격한 실행이라는 문제로 전환하는 것이 빠르면 빠를수록, 우리는 이 관료 도덕가가 우리를 기만하며 외국에서 유교의 고전古典을 강의하는 흉내를 불가능하게 만들수 있다.

한마디로 말해 오늘날과 마찬가지로 한비가 존재하던 시대에도 두 가지의 서로 대립하는 정부 관념, 즉 군자에 의한 정부라는 유교적인 관념과 사람보다 오히려 법에 따른 정부라는 법가의 관념이 있었다고 할 수 있다.

유교의 체계는 모든 통치자를 군자로 가정하며 군자로 취급한다.

법가의 체계는 모든 통치자를 악당으로 가정하며, 그가 부정否定을 실행할 수 없도록 정치제도를 준비한다. 말할 것도 없이 전자는 전통적인 견해이며, 후자는 서양적인 견해인 동시에 한비의 견해이기도 하다. 한비가 말하듯이 우리는 민중이 선인이기를 바랄 것이 아니라, 그들이 악인이 되지 않게 해야만 한다

이는 즉 법가철학法家哲學의 도덕적 기초이다. 다시 말하면 통치자들이 군자이며 올바른 길을 걷도록 기대하는 대신, 그들이 장래 감옥의 죄수가 될지도 모른다고 가정하고 그가 민중을 수탈하고 나라를 팔아먹지 못하도록 미리 수단과 방법을 고안해야만 한다.

여러분은 곧 이 후자의 제도야말로 정치적 부패를 억제하는데 있어서 이 관료들의 마음 변화를 기다리는 것보다도 훨씬 유효함을 잘 알 것이다. 그런데 실제로 중국에서는 그와 반대이다. 그들을 악당으로 가정하는 대신에 군자로 가정해 버린다.

유교에서는 그들이 인덕을 갖춘 통치자이며, 민중을 자식처럼 사랑하는 것으로 여긴다. 그러므로 우리는 그들을 군자처럼 대우한다. 우리는 그들의 청렴함을 믿고 있으므로 "공공公共의 자금을 원하는 대로 써라, 우리는 예산이나 결산을 요구하지 않을 것이다." 하고 말한다.

우리는 세무 관리들에게 "우리는 제군이 민중을 사랑하므로 당연히 제군이 양심적으로 민중에게 과세課稅할 것이라 믿고 있다." 하고 말한다. 우리는 또한 외교관을 향하여 "우리는 제군의 애국심을 믿고 있으므로 어떤 국제조약이라도 자유롭게 체결해도 좋다. 우리는 제군이 그 조약 체결의 가부를 우리에게 설명하기를 바라지 않는다."라고 말한다.

또한, 모든 관리를 향하여 "제군이 군자가 된다면 우리는 제군을 기리

는 뜻으로 패루牌樓 : 중국의 거리에 있는 망루가 달린 문를 세울 것이다. 그러나 제군이 악당이 된다 해도 우리는 제군을 힐책하지 않을 것이다."라고 말한다. 어떤 나라이든 관리를 이처럼 자유롭고 신사적으로 대우하는 곳은 없었다. 그런데 한비는 이러한 모든 행동이 잘못된 것이라고 말한다. 그것은 그들의 도덕적 소질을 너무 믿고 있기 때문이다.

만약 오늘날 한비가 살아 있다면 우리가 해야 할 일은 서둘러 그 들을 악당으로 낙인찍는 일이며, 그리고 그들을 향하여 "우리는 당신에게 올바른 길을 권하지 않는다. 또한, 당신이 군자가 된다 해도 결코 패루는 세우지 않을 것이며, 만약 악당이 된다면 감옥에 넣을 것이다."라고 말할 것이다. 이야말로 정치적 부패를 종결시키는 건전 하고도 가장 손쉬운 제도라고 생각한다. 나는《한비자》에서 자유로이 인용하려 한다

한비가 말하기를 "한 나라 안에는 대개 열 명 남짓 한 학자가 있다고 생각하면 된다이것은 다소 많은 편이다. 그렇지만 그 나라의 관직은 아마 백百에 달할 것이다. 그 결과 청렴결백한 학자보다 더 많은 관직이 남아돌게된다. 따라서 그 공석을 메우기 위해 열 명의 청렴결백한 학자와 90명의 악당을 채용해야만 한다. 그러므로 선 보다는 오히려 일반적으로 악정惡政을 베풀기 쉽다.

그러므로 현명한 왕은 제도를 믿을 뿐 사람의 재능을 믿지 않는다. 또한 법을 믿을 뿐 사람의 청렴을 믿지 않는다. 우리가 불가침의 법을 가진다면 관리는 결코 부패할 수 없을 것이다" 라고 했다.

한비는 '어버이 같은 정부'는 결코 있을 수 없다고 부정했는데, 그 말에 의하면 어버이조차도 항상 반드시 자식을 제어할 수 있는 것은 아니

며, 또한 통치자가 민중을 사랑하기를 어버이가 그 친자식보다 더 사랑한다고 예상하는 것은 불합리하기 때문이다.

한비는 냉정하고 유머러스하게 물었다. 공자는 그 멋진 인덕과 정의로움으로 과연 몇 명의 제자를 얻었느냐고, 공자가 수많은 민중 속에서 불과 70명의 제자밖에 얻지 못했다는 사실은 인덕仁德이 무익하다는 명백한 증거가 아닌가.

공자는 왜 매우 평범했던 애공을 섬겨야만 했던가. 애공이 공자를 섬기는 것이 아니라, 모든 통치자들이 공자처럼 덕을 쌓고 또한 모 든 민중이 70명의 제자처럼 덕을 사랑한다는 것은 불합리하지 않았 을까!

여기서 내가 다시 말하고 싶은 것은 그 당시 나라에 만연해 있던 질환에 관한 서술이다. 그것은 오늘날의 정치적 병 증세에 아주 잘 맞는다. 사실 당시의 관리나 민중의 성격이 현대의 중국과 너무나 비슷하므로 우리는 이 책을 읽으면서 그가 혹시 현재 중국을 그린 것이 아닌가 의심이 들 정도이다. 그는 당시 관리들의 부패와 민중의 무관심을 거슬러 올라가 법률적 보호의 부재, 즉 제도의 결함에 모든 문제가 있다고 단정지었다.

그는 비난해야 할 것은 정부의 제도이며 법률적 보호가 없다는 것이라고 역설했다. 모든 문제는 '정당한 법'이 없으므로 문제가 일어난다고 말했다. 그는 당시의 유가를 원망하며 이들을 어리석은 무리라고 불렀다. 이것은 오늘날 우리의 부패 관리들에게 적용할 수 있는 말이다.

그는 당시의 관리에 관해서, 형벌이 없으므로 오히려 부패가 권장되었다고 말했다.

"국토가 완전히 초토화되어도 그들의 집은 부유해졌다. 만약 그들이 성공한다면 권력을 잡을 것이며, 실패하더라도 유복하고 안락하게 은퇴할 수 있기 때문이다."

이 말은 현대의 상해에서 초호화판 은퇴 생활을 즐기고 있는 사람들을 보고 쓴 것 같다. 제도가 아직 갖춰지지 않았기 때문에 권력을 잡은 몇몇 사람들에 의해 한 개인의 성공과 실패가 판가름 났다. 따라서 법을 준수하는 것보다 사교적 향응에 신경을 썼다. 오늘날까지도 이 말이 얼마나 진실을 담고 있는가는 오직 관리와 관리 지망자만이 알고 있을 것이다.

여기에서 공민公民이라는 아주 흥미 있는 단어를 사용하여 민중의 국사에 관한 무감각과 무관심을 설명한 구절이 있다.

"그런데 제군은 민중을 전쟁터에 보낸다. 그들은 앞으로 나가도 죽고 물러서도 죽을 것이다. 전쟁은 그들에게 있어서 매우 위험한 일이다. 제군은 그들에게 자기 일신의 일을 생각지 말고 나라의 부름에 충실히 따를 것을 원한다. 그러나 그들이 가난할 때는 제군의 명령에 전혀 따르려고 하지 않는다. 물론 그들은 가난해진다. 그러나 그 누가 위험하며 가난한 것을 원하겠는가. 물론 그들은 제군으로부터 멀리 떨어지려 한다. 그러므로 그들은 자기 일신의 일에 마음을 쏟고 자신의 집을 짓는 데 더 관심을 가지며, 전쟁을 피하려고 할 것이다. 그들은 전쟁을 피함으로써 안전을 얻을 것이다. 그들은 관리에게 뇌물을 보냄으로써 생활을 보장받을 수 있다. 그런데 누군들 부유하고 평안한 생활을 꿈꾸지 않는 이가 있겠는가. 그리고 제군은 그들이 평화와 부를 원하는 것을 어떻게 방해할 수 있겠는가. 이것이 나랏일을 우선시하는 공민이 적거나 사사로운 이익을 중시하는 개인이 많은 이유이다."

공민이 너무 적으며 개인이 너무 많은 것은 한비가 살았던 당시와 마찬가지로 오늘날도 법률적 보호가 없다는 사실을 인정하는 것이다. 그것은 도덕과 아무 관계도 없다. 결함은 제도에 존재할 뿐이다. 공공정신을 갖는 것이 위험하다면 나라에 대해서 무감각한 태도를 보이는 그것은 매우 자연스러운 일이다. 탐욕과 부패한 관리에게 어떠한 형벌도 내려지지 않는다면, 그들에게 부패하지 않은 것을 바라는 것은 너무 지나친 인간성에의 요구이다.

그래서 한비는 통치자와 비통치자 쌍방에 균등하게 적용되어야만 하는 '불가침의 법'을 수립해야 한다고 생각했다. 그래서 우리는 이 점에서, 한비가 현대 중국에 끼친 적극적 공헌을 인정한다. 한비는 법이 최고의 위치에 있어야 한다는 것, 그러므로 모든 사람은 법 앞에서 평등해야만 한다는 것, 그래서 이 법은 개인적 특권이나 어떤 관계를 떠나서 균등하게 적용되어야만 한다고 생각했다.

이 점에 관해서 우리는 거의 서양적인, 법률 앞에서 만인이 평등하다는 관념을 볼 뿐만이 아니라 거의 비중국적인 것으로써 나에게 감동을 주는 사상의 형태를 보는 것이다.

'예禮는 서민에게 내리지 않으며, 형刑은 대부大夫에게 오르지 않는다.'라는 유교의 금언이 있다. 그러나 이에 "법은 권력자에게 아첨하지 않으며 규칙은 엄격하게 적용되어야만 한다. 따라서 법이 적용되는 곳에서는 지식 있는 자도 이에 복종하고 힘 있는 자도 여기에 저항하지 말고 귀한 자도 형을 면할 수 없으며 비천한 자도 상賞에서 빠지면 안 된다." 하고 법가가 말한 것은 실로 묘하다. 한비는 법으로써 고귀한 자도 비천한 자도 지식 있는 자도 평등하게 보아야 한다고 생각했다.

또한, 한비의 사상에서 흥미를 느낀 것은 법에 따른 정부라는 기계적 관념이 거의 극단적으로 추진된다는 점이다. 이것은 중국인의 사고방식 이라기보다는 오히려 독일인 정신의 전형이라고 할 만한 이론이다. 만약 중국인의 사고에 특징이 있다면 그것은 추상적인 사상에 대한 천성적 혐오이다.

그런데 한비의 법사상은 추상적인 본질을 갖고 있다. '숙달된 사람'을 채용하라는 유교의 가르침에 비해서, 한비의 사상은 '숙달된 사람'을 별로 필요로 하지 않으며 범상한 사람에게도 운용될 수 있는 엄격한 제도를 만든다는 것에 있다. 그는 자기의 스승 신도申陶와 마찬가지로 국가에 대해 추상적인 개념을 갖고 있었다. 신도는 이렇게 말했다.

"나라의 목적을 위해서 왕이 있는 것이지, 왕의 목적을 위해서 나라가 있는 것은 아니다. 우리는 관직을 채우기 위해서 관리가 필요한 것이지, 관리를 위해서 관직을 설정해서는 안 된다."

그의 체계는 더욱 추진되어, 한비는 현명하고 지혜로운 통치자가 필요한 것은 아니라고 생각하기에 이르렀다. 여기에서 그의 체계 가운데 '왕은 무위하다.'라고 하는 도덕적 요소가 나온다. 왕은 무위하다는 것은, 그가 흔히 일반적으로 왕은 아무 일도 하지 않는 것을 보았기 때문이며, 또 선한 왕이든 악한 왕이든 관계없이 정부 기구를 만들어야 한다는 것이다. 영국인은 오늘날 준공식의 테이프를 자르고 사람들에게 작위를 주는 국왕이 있지만, 왕은 근대 입헌 정치의 장식품에 불과하다.

그러므로 선한 왕이든 악한 왕이든, 지혜가 있든가 범상한 왕이든 간에 국민에게는 아무래도 좋다. 왜냐하면, 제도 자체가 운용되게 되어 있기 때문이다.

이것은 한비가 주장한 것처럼 왕의 무위주의의 이론이며, 영국에서 크게 성공하고 있다.

운이란 무엇인가

노자老子 철학은 중국 사람들에게 편안히 사는 생활을 사랑하는 성품을 조성하는 데 많은 공헌을 하였다. 이를테면 이 세상에 행운이나 불운 등은 처음부터 존재하지 않았다는 것이다. 노자 철학은 행위보다는 무위無爲, 영화榮華보다는 인격, 행동보다는 평정을 중요시한다.

마음의 평정은 운명이 바뀔 때라도 전혀 움직이지 않을 때만 얻을 수 있다.

위대한 노자 철학자인 열자列子는 '새옹塞翁'의 우화를 말했다.

말을 아주 잘 타는 사람이 변경에 살고 있었다. 하루는 그가 무척 아끼던 말이 아무 까닭 없이 호胡 나라로 달아나 버렸다. 이웃 사람들은 모두 그를 위로했다. 그의 아버지는 이렇게 말했다.

"이 일이 오히려 복이 될지도 모른다."

그로부터 며칠 지나지 않아 호 나라로 도망갔던 말이 준마를 데리고 돌아왔다. 사람들은 또다시 찾아와서 횡재를 축하했다.

그러나 그의 아버지는 근심 어린 말을 했다.

"아마도 이것이 화가 될지도 모른다."

그런데 호 나라에서 온 준마를 타던 아들이 말에서 떨어져 다리가 부러졌다. 사람들이 또다시 위로했다. 그를 보고 있던 아버지는 이렇게 말했다.

"이것이 복이 될 수도 있단다."

그 후 1년이 지난 어느 날 호 나라의 침입으로 모든 장정이 전쟁에 참여하게 되었다. 전투에 참여한 사람들은 대부분 시체가 되어 고향에 돌아왔다. 그러나 그 아들은 다리를 다쳤다는 이유로 전쟁에 나가지 않고 아버지와 함께 오랫동안 행복하게 살았다. 그러므로 복이 화가 되고 화가 복으로 바뀌기도 하니 인간사는 무한하다.

우리는 이런 노자 철학이 있으므로 좋지 않은 운수도 인내하며 견디는 것이다. 그 이유는 불운 뒤에는 반드시 행운이 올 것이라는 막연한 희망 때문이다.

인생의 비운에도 동전의 앞뒤처럼 또 다른 이면이 있다. 평정을 유지하고 중심 없는 소란을 싫어하고 출세와 영화에 조연할 수 있는 것은 모두 이러한 철학이 있기 때문이다.

'신경 쓸 것이 아무것도 없다고 생각하는 사람은 정말 신경 쓸 것이 아무것도 없다.'라는 것은 철학이 있기 때문이다.

출세와 복이 실패한 공포의 애칭이라고 생각한다면 그것은 쉽사리 사라지게 된다. 사람들은 출세하면 할수록 실패에 대한 공포를 더욱 강하게 느낀다.

명예에 대한 망상이 사라진 뒤에도 도피의 장점을 깨닫게 된다. 노자 철학에서 깨달음을 통달한 사람은 성공을 성공으로 간주하지 않고 실패를 실패로 생각지 않는 사람을 말한다.

그러나 깨달음을 통달하지 못한 사람은 성공이나 실패에 절대적인 진리를 부여한다.

여기서 도교와 불교의 다른 점을 살펴보자. 불교는 무욕無慾을 목표로 삼는다면, 도교는 나에게 무엇도 구하지 말라는 것을 목표로 한다.

사회와 대중들에게 아무것도 요구하지 않는 사람만이 비로소 무애무우無愛無憂한 사람이 될 수 있으며, 또 그렇게 되어야 행복한 인간이 될 수 있다는 것이다.

이러한 정신에 따라 노자파의 철학자인 장자莊子는 '너무 뛰어나지 말라, 능력을 지나치게 지니지 말라, 높은 지위에 오르지 말라'고 경고했다.

돼지가 죽임을 당해 제단에 오르게 되는 것도 살이 쪘기 때문이며, 사냥꾼의 표적이 되는 새도 아름다운 날개를 가졌기 때문이다.

장자는 이와 같은 의미에서 도굴꾼들의 이야기를 소개했다.

두 사내는 사자死者의 앞이마를 망치로 때려 턱뼈를 부순다. 그것은 어리석게도 입안에 진주를 물린 상태로 땅속에 파묻었기 때문이다.

이와 같은 철학적인 사고방식을 좀 더 생각해 본다면 결론은 이런 게 된다.

어리석은 사람들아! 어찌하여 한가하게 마음 편한 삶을 누리지 못하는가!

CHAPTER TWO/ESSAY
에세이

하우스 보이 아풍

나의 하우스 보이는 소년이다. 정신적인 의미에서만이 아니라 생리학적인 의미에서도 그는 어린아이에 지나지 않지만, 상당히 생기발랄한 소년이다.

2년 전 내가 조그만 환전가게에서 그 아이를 데려왔을 때 그는 기껏해야 열여섯 정도로 보일 뿐이었다. 지금은 열여덟 살 정도 되었을 것이다. 그의 목소리는 이제 다 자라 맨 처음으로 새벽을 알리는 수탉을 연상케 할 정도로 변했다.

그러나 기분만은 아직 어린아이 같았다. 그 소년다움에 생기가 더 해져서 집 안에서 모든 규율을 불가능하게 만들었다. 그래서 주인의 위엄을 유지하려는 나의 모든 노력을 교묘하게 좌절시키고 만다.

그는 없어서는 안 될 존재이지만 지금까지 고용한 사람 중에서 제일 유쾌할 정도로 덜렁이이다. 시적일 정도로 잘 잊어먹으므로 비능률적인 사환이다. 그는 다른 사환들이 6개월 동안에 깬 것보다 더 많은 컵을 일주일 사이에 깨뜨렸다. 그러나 그는 부엌에서 좋은 대우를 받고, 여러분에게도 싫든 좋든 자신의 재능을 무의식적으로 칭찬하게 만든다.

그것은 아마 그를 사환으로 내버려 두기에는 아까운 인물이라는 것을 인정하기 때문이리라. 그 하나의 예로 한밤중에 전화를 걸어오는 손님을 대하는 모습을 보면 그가 훌륭한 주인이 될 수 있다는 사실에는 의심할 여지가 없다. 그는 현재 영어를 읽을 줄 모르지만 언젠가는 읽을 수 있게 될지도 모른다는 것을 누가 알겠는가_{나는 그에 대해서 경탄을 금할 수가 없다}?

우리는 그를 아풍阿風이라고 부른다. 물론 아풍은 그의 이름이 아니다. 나는 아풍이 집안의 도덕적 규율을 깨뜨리거나 다른 사환이라면 용서하지 않았을 여러 가지 일들을 왜 용서해 주는지 설명해야만 되겠다. 그가 오기 전에는 타버린 퓨즈나 초인종을 수리하거나 화장실을 고치는 일은 모두 내 일이었다.

그러나 지금은 아풍이 간단하게 해치운다. 화장실을 고쳐 달라는 소리를 듣지 않으므로 차분하게 플라톤의《국가론》을 읽을 수가 있다. 그리고 누군가가 부엌에서 "수도꼭지에서 물이 샙니다." 하고 호들갑을 떨어도 달려가 참견하지 않으므로《상해의 찬가》를 단숨에 써 내려갈 수 있었다. 이 안정감만으로도 아풍이 저지르는 다른 모든 손실을 보상할 수 있다.

그는 기계 조작에 있어서 기상천외하고도 아주 재미있는 고안을 해냈으며 또한 나의 아이들에게 정원에서 옛날 이야기를 들려주는 데 천재적인 재주가 있다. 한번은 내가 더더욱 그를 귀여워하게 된 사건이 있었다.

그는 우리 집에 발을 들여놓은 날부터 내 타자기에 눈독을 들이고 있었다. 매일 아침 그는 내가 잠자리에 있는 동안 서재를 청소하는 데 2시간씩이나 걸리는 듯했다. 사실 그가 태어나서 처음 본 이 근사하게 글씨를 쓰는 기계를 살펴보면서 그것을 장난감으로 생각하고 있다는 것을 알았다.

아풍이 청소하는 시간만 되면 서재에서 묘한 소리가 들려오던 어느날, 타자기가 움직이지 않았다. 나는 2시간 동안 고쳐 보려 했으나 허사였다. 내가 그를 꾸짖었을 때 그는 아무 말도 하지 않았다. 그런데 그날 오후 외출에서 돌아오자 그는 조용히 다가와서 "주인님, 기계를 고쳤습니다." 하고 말했다. 그 후부터 나는 그를 형제처럼 소중히 생각하게 되었다.

그는 여러 면에 없어서는 안 될 존재였다. 그는 전화에 응답할 때 영어·북경 관어·상해어·안휘어 그리고 하문어로 말할 수 있었다.

그중에서도 하문어는 외국인들이 배우려고 용기를 내지만 쉽게 배울 수 없는 방언이다.

그가 어떻게 영어 문장을 외워서 더구나 완전한 발음으로 나에게 들려주는지, 이것은 그와 조물주만의 비밀이다. 그는 중국의 대학에서 가르치고 있듯이 "WAI-T-MEENY-OOT"라고 하지 않고 "WAIT-ERMINIT" 하고 똑똑하게 말한다 wait a minute.

나는 그를 야학에 보내려 생각하고 수업료의 삼 분의 이를 내주겠다고 제안했으나, 그는 학교가 싫은지 별로 내켜 하지 않았다.

이상은 내 관대함의 일부이다. 그런데 내가 그 아이로부터 받는 서비스는 어떤가!

그에게 금속기구를 닦는 주석 가루를 사오라고 하면, 그는 한 시간 반 정도 흐른 뒤에 자신의 새구두 한 켤레와 내 아이에게 줄 메뚜기를 잡아 가지고 나타난다. 그러면서도 주석 가루는 사지도 않는다. 그는 아직 일과 놀이를 구별하는 의식이 없다. 그는 침실을 청소하는 데 3시간이나 걸린다. 왜냐하면, 한 시간 동안이나 새장을 청소하는 척하거나 새로 들어온 세탁부와 장난을 치기 때문이다.

"아풍, 너도 이제 열여덟 살이니까 일도 좀 열심히 해야지."

하고 나의 아내가 야단친다.

그러나 무슨 소용이 있으랴! 그래도 그는 메뚜기를 쫓아 다니느라 접시를 깨기도 하고 나이프를 아궁이 속에서 검게 그을려 놓기 도하며, 냄비를 바닥에 떨어뜨리기도 하고 쓰레기통과 쓰레받기를 응접실 한가운데 그냥 놔두기도 한다.

요즘 한 벌씩 준비되어 있던 세트는 거의 하나씩 없어지고, 또한 그가 아침 식사 시중을 들 때의 시끄러운 소리란! 쿵! 쿵! 뚝! 그는 아침 식사의 시중드는 의무를 요리사의 손에서부터 빼앗아 버렸는데, 아마도 달걀을 프라이하는 것이 재미있어서였을 것으로 생각된다. 요리사는 이것을 눈감아 주고 있다.

이번에는 과부인 요리사의 이야기를 하자.

조금 전 나는 아풍이 부엌에서 좋은 대우를 받고 있다고 했다. 요리사는 올해 스물여섯 살 된 과부인데, 어디에서나 볼 수 있는 우직하고 못생긴 여자이다. 그러나 우직한 이 여자에게도 감탄할 만한 상냥함과 성실함이 있다. 쉴 새 없이 아풍의 이름을 부르는 것을 보면 그 분위기를 알 수 있다.

한 달 전 어느 날 밤 나는 너무 더워서 잠을 깼는데, 계단 밑에 있는 아풍의 방에서 속삭이는 소리가 들려왔다. 아풍은 정원에서 막 들어온 참이었는데 뒤에 요리사가 함께 있었다 그들은 속삭이고 있었다. 나는 온몸을 기울여 귀를 가까이 가져갔다. 그러나 그 후는 고요한 침묵뿐이었다.

그녀는 풍의 잠자리를 깔아 주러 왔던 것이었다. 그것은 어머니 다운 애정 행위에 불과했던 것이다. 그리고 3주일 후쯤에 세탁부가 새로 들어왔다. 그녀는 명랑하고 쾌활하며 아풍을 좋아했다. 지금은 언제나 재잘거리는 웃음소리가 부엌에서 들려온다.

일은 지금까지 했던 것보다 훨씬 엉터리로 되어 갔지만, 웃음소리는 훨씬 더 시끄럽게 들렸다. 아풍은 지금까지보다 훨씬 더 일을 잘 잊어버린다. 방 청소는 점점 더 시간이 연장되었고, 아침에 내 구두를 닦는 것조차 잊기 시작했다.

그에게 세 번씩이나 주의를 시켰는데도 불구하고 효과는 전혀 나타나지 않았다. 그래서 나는 만약 내일 아침 6시 반까지 구두를 닦아서 방앞으로 가져오지 않으면 내보내겠다고 윽박질렀다.

나는 집안의 도덕적 규율을 되찾아야겠다고 생각하고, 그날 밤에 요리사와 세탁부 앞에서 반복해서 해고하겠다고 말했다. 모두가 놀라는 표정이었지만 아풍보다는 요리사와 새로 들어온 하녀가 더 놀라는 것 같았다. 나는 이쯤 되면 말을 잘 들으리라 안심했다.

다음 날 아침, 나는 6시에 일어나서 내 명령의 효과를 참을성 있게 기다렸다. 7시 20분, 새로 들어온 하녀가 구두를 가져왔다.

"아풍에게 직접 가져오도록 시켰는데 왜 네가 이런 일을 하는가?"

"네, 제가 이 층에 올 일이 있어서 오는 길에 가지고 왔습니다." 하고 하녀는 정중하고 싹싹하게 대답했다.

"왜 아풍이 가지고 오지 않았나? 네가 스스로 가지고 왔는지 아니면 아풍의 부탁을 받았느냐?"

"부탁을 받은 게 아닙니다. 제가 스스로 가지고 왔습니다."

나는 그녀가 거짓말을 하고 있다는 것을 알고 있었다. 아풍은 아직 자고 있었다. 그러나 그녀가 아풍을 감싸주는 마음이 내 가슴에 와닿았다. 그래서 기꺼이 내 규율을 깨뜨리기로 하고 이 사건을 종결지었다. 나는 지금은 부엌에서 무슨 일이 일어나도 모르는 척하고 있다

내가 본 남경

　며칠 전 나는 지난 2년 사이에 가장 즐거웠다고 기억되는 날을 남경에서 보냈다. 상해 조계<small>영국·미국·프랑스 등 3개국이 19세기 후반에 중국에 진출한 근거지로서, 천진·상해 등 개항 도시에 마련한 외국인 거주지</small>의 직선적인 시멘트 거리, 우람한 수목의 그늘을 매일 산책하여 자연으로 돌아가는 것이 기뻤다.

　친구에게서 들은 남경의 수도나 전기나 도로 상태에 관한 이야기로 미루어 보면 이 시는 사람이 살기는 무척 힘든 곳처럼 상상될 것이다. 사실 나는 남경 정부의 관리 부인들이 수도에 사는 것을 거부하는 이야기를 많이 알고 있다.

　그러나 나의 이번 여행은 내 생각을 완전히 변화시켰다. 남편과 함께 남경으로 떠나는 것을 거부하거나, 레스토랑에서 식사하게 하거나 갑자기 친구의 집을 차례로 찾아가게 만들어 놓고는, 떠나버린 아내들은 모든 결과를 달게 받아들여야만 한다고 생각한다.

시골 같은 아름다움을 국도에서 감상할 줄 모르는 사람은 저속하고 비非 시인 적인 사람임이 틀림없다.

왜냐하면, 어느 누구도 나에게 이야기해 주지 않았던 색다른 매력과 평화와 안정을 그곳에서 발견했기 때문이다. 나는 중산로나 중산릉손문의 능묘을 보러 남경에 간 것은 절대 아니며, 실제 남경을 보기 위하여 갔다. 특히 유명한 남경의 집오리가 보고 싶었다.

나는 그렇게 함으로써 이 도시의 시골다운 매력의 진수와 그 폭과 역사적 색채, 그리고 그 당당함을 맛볼 수 있었다고 믿는다.

도시 성벽의 장대함, 흔들리는 갈대와 연꽃 줄기가 무성하게 자란 교외의 으스스한 자연 연못, 작은 언덕과 도시 지형의 기복, 양배추밭과 집 울타리, 좁은 가로수 길을 졸린 듯이 터벅터벅 걷는 마차, 그리고 성내에서의 황량함과 극히 시골다움 ― 이것은 모두 마음을 위로해 주며 마음을 벅차게 한다.

이런 것들은 관리의 선전만으로는 불가능하지만, 즉석에서 본능적으로 나를 이 도시에 취하게 했다. 사실 한 마리의 살찐 귀여운 집오리가 양배추밭을 뒤뚱거리며 걷는 광경은 지루한 관청의 뉴스 기사보다 훨씬 선전 가치가 있었다. 나는 또한 중산로 변에 늘어선 집 밖에서 한 남자가 이를 닦는 모습을 보았다.

내가 시골다움이라고 말한 것은 바로 이런 모습이다. 그것은 마음에 평화가 깃들게 하는 것이었다.

우리는 아침 일찍 안개가 깔린 시간에 시내에 도착했다. 나는 마중 나온 사람을 찾지 못하여 자동차를 이용할 수 없게 되어서, 하는 수 없이 택시를 탔다. 운전사는 잠시 엔진을 살펴본 후 투덜대더니 차체를 두세 번 마구 흔든 뒤 가까스로 차를 움직였다. 그러나 인력거와 사람들, 말 사이를 헤집고 앞으로 나가기 위해서는 거칠게 금속성의 경적을 울려야만 했다.

나는 이 차가 오픈카란 사실을 알았는데, 실은 남경제의 포장을 덮은 자동차였다. 포장은 네 귀퉁이를 대나무로 받치듯이 서툴게 꾸며졌고 길에 부딪히면 시끄럽게 삐걱거리는 소리를 냈다.

내가 포드냐고 묻자, 운전사는 자랑스러운 듯이 엔진은 빅크 고물이며 차체는 쉐보레를 개조했고 포장은 앞에서 말했듯이 남경제라고 했다.

나는 이 차가 시속 20마일로 달린다고 상상하며 여행 거리를 대충 계산해 볼 생각으로 속도계를 찾았으나, 바늘은 보이지 않고 미터판만 있었다. 그래도 우리는 신나고 즐거운 여행을 계속했다.

나는 길가의 경치를 자세히 보려고 창문을 열었다. 운전사는 차가운 바람이 들어온다고 불평했다. 길 한가운데에 있던 교통순경이 손으로 지나가라는 신호를 했다. 안개는 급히 걷히고 상점들은 문을 열고 있었다. 아름다운 아침이 시작되려는 찰나였다. 유명한 돌 사자가 있는 교통부를 지나치니 노란색 공장 같은 건물이 보였다.

저것이 무엇이냐고 물었더니 운전사는 사법부라고 했다. 그것은 잘못 알고 있는 것이며 아마도 사법부 관할의 모범 감옥 같은 곳임에 틀림없다고 말하자, 운전사는 완강히 사법부라고 고집했다. 계속 우겨대는 것으로 보아 어쩐지 사실인 것도 같았다.

그때 구두 속에서 무엇인가가 끊임없이 나를 괴롭히기 시작했는데 긁

어도 소용이 없었다. 나중에 일본인에 의하여 그것이 남경충南京蟲이라는 유명한 남경의 벌레 짓이라는 것을 알았다. 나는 이 벌레가 인간의 침대 속에만 있는 것으로 생각하고 있었다.

'이것이 남경이다.'라고 나는 혼자서 생각했다. 나는 자신의 비관론에 열중해 있는 흉凶을 예언하는 사람이나 그 외 기우가들에게 나라의 수도는 태어난 지 아직 3년밖에 안 된다는 사실을 경고하고 싶다.

언젠가 기차 안에서 이야기한 적이 있는 어떤 미국의 명사는 미국이 수도를 필라델피아에서 워싱턴으로 옮겼을 때, 당시의 워싱턴은 닭이나 거위, 돼지가 뛰어다니는 시골이었기 때문에 유럽의 외 교관을 그곳으로 옮기기 싫어했다고 나에게 이야기해 주었다. 워싱턴을 오늘날과 같은 아름다운 거리로 만드는 데는 수십 년이 걸렸다.

남경은 자연의 당당함과 미래의 당당한 수도로서의 종합적인 풍모를 갖추고 있다고 말하지 않을 수 없다. 30년 후에는 어떻게 변할지 그 누구도 예언할 수 없다. 동시에 나는 관청의 선전원들에게 오늘날 남경에서 가장 아름다운 풍경은 집오리의 동산이며 그 황량한 연못과 역사적인 성벽과, 예수가 불친절하게 대했던 흔들리는 갈대와 계곡의 백합이라는 사실을 부정할 필요는 전혀 없다고 경고하고 싶다.

오늘날 남경에서 가장 볼 만한 것은 중산로도 아니며 중산릉도 아니다. 남경은 북경과 마찬가지로 반중세적 도시로서의 매혹적인 매력을 갖고 있다 황량한 아름다움의 주문呪文이 그것을 감싸고 있다. 오랫동안 상해에서 사는 사람들은 수레가 20세기인 오늘날에도 존재한다는 사실을 잊기 쉽다. 그렇다. 그들은 남경에 가서 19세기의 기념물을 보아야만

한다.

거리의 풍경은 마치 북경을 연상케 하지만 훨씬 더러운 시골 같으며 졸릴 뿐이다. 집은 볼품이 없으며 번성한 듯도 하지만 드문드문 떨어져 있을 뿐이다. 중산로는 망망한 벌판이나 뽕밭이고, 그 사이에 농부의 집이나 과수원 혹은 초가지붕 흙집이 여러 곳에 흩어져 있다.

성벽을 따라 강북인의 낮고 음울한 지붕의 작은 집들이 멋진 정력과 비애를 그림처럼 연출하고 있다. 집이 밀집한 지역에는 여관이나 철물점, 대장간, 또는 북경에서 흔히 볼 수 있는 구식 요릿집이 있다. 중산로의 어떤 곳은 합달문 거리와 아주 비슷하다. 자동차는 쉴 새 없이 경적을 울리며 인력거는 아스팔트 길을 힘차게 달리고, 길 양쪽에는 포장되지 않은 인도가 있어서 마음 놓고 왕래할 수 있게 되어 있다.

이 먼지투성이의 길에는 여러 종류의 장사꾼이나 손님을 기다리는 인력거나 돼지를 운반하는 데 사용하는 화물차, 이동 이발소, 구두 수선공, 숯을 등에 지고 가는 사람, 편자를 박는 말, 손님을 기다리는 노새·고양이·개, 그리고 내가 몇 번이나 강조한 멋진 가축들이 있다. 옛날 옛적의 노아도 이 정도로 여러 가지가 갖추어져 있다면 중국의 방주를 만드는 데 만족했을 것이다.

그리고 나는 엉뚱한 방식으로 사촌 동생을 방문했을 때 집에서 그를 끌어내리려고 했다. 아마 기후 탓이었을 것이다. 어쨌든 그의 집은 내마음에 들었다. 아름다운 11월의 태양, 시원하고 상쾌한 대기, 시가지 일부가 내려다보이는 기분 좋은 정원, 멀리 자금산의 아름다운 경치, 마당에서의 애교 있는 주인과의 대화, 이것이 혼합되어 색다른 효과를 주었다.

아쉬운 것이 있다면 단지 가축의 수가 적다는 것, 토마토밭이 없다는 것, 멜론밭이 없다는 것, 특히 남경에 많은 우물이 없다는 사실이었다.

이것은 '완전한 집'이라는 내 사상을 완성하지 못하는 것으로서, 모든 근대적 도시와 마찬가지로 상해의 썩은 것 같은, 그리고 불구不具와 같은 집의 관념과는 아주 많이 틀린 것이다.

나는 몇 마리의 닭, 몇 마리의 토끼, 약간의 멜론밭, 그리고 우물, 이런 것을 빼놓고는 진정한 의미의 집이라는 것을 생각할 수 없다. 우물이 없는 집은 이미 집이 아니며, 그리고 만약 내가 우원로愚園路에 내 집을 지을 수 있을 정도로 돈이 생긴다면, 문을 들어서면 최초로 눈에 들어오는 광경은 몇 그루의 대추나무와 그 그늘에 가려진 우물, 그리고 그 우물에 걸린 두레박과 아이들이 뛰어다니며 노는 뒷마당일 것이다.

많은 사람은 상해에 사는 부인들이 자랑하는 잘 다듬어진 잔디와 연못과 기하학적인 화단을 보지 못할 것이다. 그리고 사람 들은 내가 집이라고 불러야 하는 것으로써, 단추와 문고리와 스위치와 마개와 철삿줄과 도둑을 방지 하려는 장치 외에는 아무것도 없는, 무덥고 답답하고 숨이 막히도록 작은 아파트에 산다는 것은 아무도 모를 것이다.

내 집에 대한 이상을 실현하려면 장소를 넓게 잡아야 한다는 것이 전제되어야 하는데, 현대 도시 문명에서 중류 계급은 우물을 팔만한 재력이 없으며, 별장을 소유하고 있는 계급은 우물을 가지려는 감각을 잃었다고 할 정도로 우물이 단순한 사치가 되어 버렸다.

인생의 좋은 것을 음미하려면 좋은 취미가 필요하다. 그러나 좋은 취미와 별장을 갖는 습관과는 잘 일치되지 않는다. 어쨌든 나는 우리의 애교 있는 주인 부부에게, 만약 집에 우물을 판다면 이 시골을 정기적으로 방문하고 싶어질 것이라고 말했다.

11월 하순의 태양은 상쾌하고도 마음을 흔들어 놓는 것이어서 우리는 영곡사靈谷寺까지 산책하기로 했다. 물론 거기까지 자동차로 갈 수도 있었지만, 그냥 걷기로 한 것이다. 나는 늦가을이라 생각하고 단풍이 아름다우리라 기대했다. 조금 걸으니 중산능中山陵을 지난다는 소리가 들렸다 두 곳 모두 시市의 동쪽 자금산 산기슭에 있었다.

중산능의 유명한 설계자는 이미 죽었다고 한다. 그가 살아서 그의 정신적 소산의 추악함과 불균형을 눈으로 보지 못한 것은 실로 유감이다. 바로 전에 학교를 졸업하고 면허장을 받은 건축가에게 뛰어난 건축 설계를 기대하는 것은 문학 전공의 습작생에게 불후의 걸작을 기대하는 것과 마찬가지라는 생각이 떠올랐다.

이런 걸작은 창조해야 하지 모방해서 도달하는 것은 아니다. 그런데도 나는 우리의 위대한 국민적 지도자에게 적합한, 단순하고 우아하고 웅대한 건축 구상을 지닌 건축 설계상의 천재를 중국 국민이 갖고 있지 못했던 점을 유감으로 생각한다.

사람들이 무엇이라 하든지 오늘날은 중국 건축사상 위대한 시대는 아니다. 중산릉은 고대 중국의 웅대한 모습은 지니고 있지 않다. 그것은 첨단天地가 하늘에 제를 올리는 제단이 보여 준 윤곽의 거대함과 장대함, 그리고 실로 중국적 전통의 특징 있는 우아함과 소박한 자연미의 완전한 융합이 빠져 있다. 그것은 자연 배경과 조화되지 않으며, 왕관에 박힌 하얀 칠이 싸구려 보석처럼 오히려 자연에 거슬려 천박하게 서 있다.

흰색은 산의 자줏빛과 적갈색과 혼합되지 않는다. 설계 속에 파스텔의 자줏빛을 조금만 더 첨가했다면 보기 좋은 효과를 냈을 것이다. 이 빛깔의 돌은 현장에 있으며 그것으로 벼루를 만드는 영각선에서 팔고 있다. 또한, 그것은 서양적 전통을 말해 주는 것도 아니어서 희랍풍의 단순함과 우아함도, 고딕풍의 장중함도, 인도풍의 화려함도 아무것도 지니지 않았다.

그것은 철근 콘크리트의 신독일파 양식인데, 거기에서 힘의 암시를 빼 버린 것이다. 가장 명백한 결점은 균형을 잃은 것이다. 그것은 크고 네모지며 뾰족한 어깨와 작은 머리를 가진 일본 연극 배우의 이미지와 닮았다.

계단은 살풍경하며 허술하게 되어 마치 괴상한 목판화에 나오는 일본 가부키 배우가 뒤집어쓰는 주름이 많은 보자기 같았다. 게다가 나는 그 설계자가 계단의 경사도를 전혀 계산하지 않았다고 들었다. 각각의 공공 건축물 전체의 윤곽이 왜 뾰족한 각을 가져야 하며 완전한 장방형이어야만 하는지.

그 이유를 이해하기가 어렵다. 정면과 정면이 겹치게 해서 모든 각도로부터 구심적으로 건물에 접근토록 하여, 중앙 건물에 신성한 존경심과 충성의 표시를 바치도록 통일할 수는 없었던가?

난간에 붙은 테라스로 그것을 둘러치고 천단을 높게 보이게 하며 또한 태화전宮殿을 엄숙하게 보이게 하는 것과 똑같이 경건한 참배자에게 점차로 중앙의 당우堂字를 소개하도록 할 수는 없었을까? 또한, 중국 사원의 고전적인 지붕의 흐름을 만약 여기에서 모방해야만 했다면, 좀 더 부드럽고 자유롭게 암시할 수는 없었을까?

그러나 인간이 저지른 쓸모없는 일을 뒤로 하면 자연의 모든 것은 훌륭하며 아름답기만 하다. 지는 해는 아름다운 황혼을 자금산에 던지며 형형색색의 가을 단풍잎을 비추었다. 남쪽의 지세는 파형波形을 이루어 멋진 기복을 만들고 있었다. 서쪽은 도시가 적갈색과 청색의 안개에 싸여 있었다.

관리들의 주택으로 모범적인 집성촌이 이 지역에 건설된다는 이야기를 들었는데, 세계의 대도시와는 반대로 장래의 번화가가 동쪽 변두리에 생길 것이라는 사실은 의심할 여지가 없다. 가을의 숲속을 헤집고 들어갔더니 붉은 단풍잎이 약간 남아 있었다.

아름다운 흰 꽃이 서너 줄기 암홍색과 적갈색의 풀 위에 맺혀 있었다. 가볍고 마른 미풍이 나무들을 흔들며 낙엽들을 공중에 날리었다.

내 생각은 지금 내가 걷고 있는 걸음 마다마다 유적을 밟고 있는 저 명나라 황제의 마음으로 돌아갔다. 이때 나는 승마복을 입은 남경 정부의 한 관리와 인사했는데, 거기에서 나는 이 도시에서는 왜 정치가 개혁을 하지 않고 이끌려 오는지 그 이유를 알게 되었다.

태양은 이미 수평선 저 너머의 푸르른 안개 속으로 사라졌다. 나는 가을 숲 속에서의 완전한 하루도 종말에 가까웠다고 생각되었다. 우리는 돌아가기로 했다.

그날 밤, 나는 밤 기차를 타고 문명의 나라로 돌아왔다.

나는 자동차를 갖고 있었다

9개월 동안 차를 소유했던 적이 있다. 그 9개월이 끝나갈 무렵, 나는 도난과 화재와 제삼자의 손해배상 청구에 대한 보험료로 60여 달러를 지불했다. 그리고 그 보험 대리인이 내 친구인데도 불구하고 차는 공중으로 사라져 버리고 말았다.

내가 사기꾼을 만난 것은 물론 나의 운명이었겠지만, 내가 차를 갖게 된 내력은 엄밀히 말해서 사무적이며 매우 과학적인 근거를 갖는다. 그리고 아마도 많은 차주도 나와 비슷한 경험이 있으리라 생각한다.

어느 가을 오후였다. 나는 하루하루 평온하게 살고 있었는데, 갑자기 억제하기 힘든 쾌활한 기분이 내부로부터 솟구쳤다. 왜 갑자기 그런 기분에 휩싸였는지 지금도 설명할 수는 없다. 그러나 내 정신은 한없이 부풀어 올라 이 넓고 큰 세계에 내가 하지 못할 일은 아무것도 없는 것처럼 생각되었다.

나는 마치 방금 학위 수여식을 끝낸 대학 졸업생이 졸업장을 가슴에 안고 집으로 돌아와, 지금부터 세계를 정복할 것인가 아니면 우주를 재편성할까 벼르는 느낌이 들었다.

이것은 우리가 흔히 말하는 '낙천적 기분'과는 많은 차이가 있다! 이 느낌은 실제로 '어떤 일의 정복 계기'가 될 것이다. 만약 장군들이 치열한 전투에 임할 때, 탐험가가 불가능에 도전할 때, 작가나 과학자가 평온한 우리의 상상력을 어지럽힐 만한, 생애를 거는 일에 임할 때 우리가 그 불굴의 정복 정신을 갖고 있다면 가능한 일이다.

예를 들어 이러한 정복 정신을 마음속 깊이 새기고 있을 때 남경의 셋슨 빌딩을 소유하고 싶다는 생각이 든다면 이미 그것을 소유한 것과 마찬가지이다.

"백만 달러나 2백만 달러의 거액이 나에게 무슨 소용이 있으랴?"

정신은 이렇게 자문하지만, 육체가 답할 기회를 주지 않는다. 하물며 중고 자동차를 사는 일에 대해 주저함은 당연한 일일 것이다.

이쯤에서 내가 왜 이런 기분이 되었는지 이야기하겠다. 그것은 가을의 경마 전야의 일이었다. 나는 경마 시작 전날 밤을 크리스마스 이브보다 더 소중히 생각하였다, 왜냐하면 크리스마스 전날 밤은 '추억의 축제'인 데 비하여 경마 전날은 '희망의 축제'가 되기 때문이다. 나는 희망에 부풀어 거리의 쇼윈도까지 산책에 나섰다.

나는 그 거리에서 1924년형 대형 세단과 마주쳤다. 그 순간부터 나는 이미 이 차를 소유했다. 북경에 있었을 때부터 나는 아름다운 세단을 가져야겠다는 욕망이 항상 마음속에 있었다. 물론 자동차의 형태에 대한 기호는 1929년 이후 크게 변했지만, 거리에서 우연히 마주쳤던 세단의 직선적인 단순미는 언제까지나 변하지 않았다.

나는 또한 그 세단에서 영국 작가인 조엣이 연상되기도 했고 한참 동안 바라보고 있으면 플라톤이 생각났다. 결국, 나는 차를 소유해야 하였다. 이것을 만류할 수 있는 사람은 한 명도 없었다. 나는 조금도 지체하지 않고 곧 상점을 찾아가 값을 물었다.

1,400달러. 그때 누군가가 내 소매를 잡아당기는 느낌이 들었다. 그것은 한 달 수입을 생각해 보라는 나 자신의 경고였다. 그러나 나는 차를 사고 싶은 마음을 절대 억제할 수 없었다.

지배인은 마치 장난감 차를 사러 온 아이를 대하듯이 재미 삼아 여름용 스포츠카와 겨울용 리무진은 꼭 있어야만 한다고 말했다. 나는 차가 싸면 사겠다고 말했다. 내 말이 끝나기가 무섭게 지배인은 정색하며 반응을 보였다. 나는 명함을 주고 내일 우리 집으로 차를 몰고 오도록 부탁했다. 경마는 어떻게 되든지 전혀 관심을 두지 않고 오직 차를 사는 데만 정신이 팔려 있었다. 그러나 후회는 조금도 하지 않았다.

지배인은 내 집이 자신의 상상과는 판이하게 달라 실망했을지라도 거래에서는 매우 호탕한 남자라고 느꼈을 것이다. 나는 잔소리를 무척 싫어해서 전혀 흥정하지 않으므로 매우 신사적이라고 생각한다. 사실 그는 나의 너무도 간단한 거래에 감동했는지 새 타이어를 두 개나 제공했다. 나는 그의 친절에 깜짝 놀랐다.

그때는 그가 왜 이런 친절을 베푸는지 몰랐지만, 나중에 그 이유를 알게 되었다. 그리고 그가 네 개의 타이어를 서비스로 내게 준 다 해도 결코 손해 보는 일이 아님을 깨달았다. 아무튼, 나는 오랫동안 소망했던 일을 이루고야 말았다. 이 일은 물질에 대한 정신의 승리였다. 그러나 당장 찻값을 생각해 보니 앞날이 막막했다.

그러나 언젠가 편도 여비와 분명한 양심 외에는 아무것도 없이 아내와 함께 4년 동안 세계 여행을 했는데도 신神은 계속 나를 도와주시지 않았던가! 신은 이번에도 차값으로 700달러를 지급하고 잔액은 3개월 안에 2회로 분할 지급하도록 했다.

그 후 3개월 동안은 당연히 나의 문필적 활동이 활발하게 되었다. 나는 두 권의 책을 썼다. 미국의 비평가 스핑건과 이태리 철학가인 크로체하이네, 그리고 6세기의 중국 음성학에 대해 논했다 이 책이 다른 사람들에게 도움이 되지 못했을지라도 나에게는 많은 책을 읽는 계기가 되었다.

이것은 여러 나라에 관한 연구와 학문에 관한 결과로 얻어진 부산물이다.

그러나 나는 오래지 않아 청구서를 받았다. 그 속에는 여러 가지 항목이 첨가되어 씌어 있었다.

새 타이어 2개 76달러

새 전지 1개 40달러

클러치 호일 수선비 20달러

정비소에서는 나에게 차를 보지도 않고 샀느냐고 물었다.

그런데 나는 독자 여러분이 생각하고 있는 것처럼 얼빠진 로맨티시스트도 바보도 아니다. 나는 오래전부터 차를 사려고 마음먹고 있었으므로 그 시간적 여유만큼 모든 것을 정확하게 계산하고 있었다. 당시의 휘발유는 갤런당 60센트였다. 중형차라면 이 60센트로 다섯 사람을 태우고 15마일 또는 25마일 거리를 두 번 왕복할 수 있다. 이 다섯 사람이 다섯 대의 인력거에 나누어 타고 시내를 두 번 왕복한다면 무리한 흥정이다 해도 8~9달러는 예상해야 할 것이다. 우리가 낭비하는 시간을 돈으로 계산한다면 평균 한 시간에 1달러 나 1달러 반 정도 될 것이다. 그러므로 다섯 명이 네 시간씩 낭비한다면 20달러나 30달러의 손실을 보게 된다.

즉, 추위나 비를 맞고 또한 인력거꾼과의 여러 가지 낯 붉힐 일들을 제쳐놓고서라도 손실이 남게 된다. 그러므로 나는 인력거를 타고 가면서 친구가 자동차로 바람을 가르면서 지나가는 것을 볼 때마다 피가 끓었다.

스피드는 진보를 의미하는데, 나는 홀로 걷고 있었다. 왜냐하면, 친구들은 언제나 싸고 현대적인 교통수단을 이용하였는데, 나는 이 돈 드는 귀족적인 인력거를 현재까지 사용하고 있다는 것이 마음에 걸렸기 때문이다. 어쨌든 나는 한 달에 인력거 이용 비용으로 30달러를 지출하였다. 그러나 쾌적하고 속도가 있고 능률이 오르며 게다가 체면을 유지할 수 있다면 추가로 30달러를 더 지출한다 해도 아깝지 않을 것이다.

그러나 얼마 지나지 않아 내 계산이 완전히 틀렸다는 사실을 발견했다. 전지를 충전하는 동안에 새 전지를 분실해 버리고 나서, 나는 정비소 직원과 친해 질 필요가 있음을 깨달았다. 우리는 곧 일종의 친교를 맺게 되었다. 그래서 나는 그로부터 기화기라든가 내면 팽창 브레이크에 관해서 다양한 지식을 얻었다.

또한, 병든 어린아이의 가족에게 의사가 필요하듯이, 나도 끊임없이 그의 서비스가 필요하다는 것을 신께서 알고 계시는 것이다. 나는 그에게서 나의 소중한 세단이 이미 오랫동안 쓰이지 않은 물건, 실은 완전한 유물이란 것을 배웠다. 내 차의 실제 가치를 물었더니 정중하게 800달러에서 900달러라고 값을 매겼다. 이로써 내 투자의 3분의 2는 이미 증발해 버린 것이었다.

얼마 후에 나는 드라이브를 했다. 나는 한 번도 사고를 낸 적이 없었지만, 어떤 공작의 장례식에 경의를 표하기 위한 인력거와 자동차의 장사진에 갇혀서 꼼짝달싹 못 했던 적이 있었다.

그러던 어느 날 오후 4시 반쯤 강에 놓인 다리 위에서 일이 생겼다. 차가 전차 궤도에 못 박힌 듯 전혀 움직일 수 없었는데 어찌 된 영문인지 진공 탱크에서 휘발유도 나오지 않았다. 교통 혼잡도의 기록이 시市 공보판에 게시되지 않는 것은 유감스러운 일이었다. 만약 게시된다면 나는 언제쯤 교통 체증이 풀릴 것인지 자세히 알고 싶었다.

나는 당황하지 않고 천천히 항상 주머니에 넣고 다니는 수첩을 꺼내 하나하나 고장 원인을 분석해 보았다. 그런데도 내가 마침내 진공 탱크 속에서 원인을 찾아냈을 때는 넥타이가 땀에 흠뻑 젖어 있었다. 그때의 심정은 두 번 다시 생각하고 싶지 않다.

다음날 나는 또 인기로仁記路와 강이 만나는 곳에서 공작의 장례 행렬을 만났다. 이번에는 교통 체증이 그렇게 심하지는 않았다. 나는 인간의 어버이로서 병든 아이에게 해 주어야만 할 일을 모두 했다고 생각하며 이제 그 영혼을 '만물의 아버지'에게 맡기려고 결심했다. 게다가 나는 이제 더 의사인 정비소의 청구에 지급하는 것조차도 곤란했다.

나는 어떤 중고차 판매소로 갔다. 그곳의 남자는 나를 바보 취급했으며 400~450달러라고 내 차에 값을 매겼다. 그러나 그는 내 차를 다시 되판다 해도 기껏해야 650달러밖에 받을 수 없다고 말했다. 또 이 차를 살 만한 어리석은 사람을 발견할 때까지 80달러의 수리비가 필요하다고 말했다. 내 생애에 모욕을 참은 것은 이때가 처음이었다.

내가 2천 달러 이상을 투자한 이 차가 그 정도의 가치밖에 없었던 것일까? 그러나 그는 내게 분명히 700달러 이상의 가치가 있지만 불과 600달러에 팔려고 내놓은 소형 시트로엔을 산다면 내 세단을 500달러에 사겠다고 대단히 호의를 베푸는 것처럼 말했다.

지출액은 매우 소액이었으므로 내게 그것은 고려해 볼 만한 조건이었다. 그래서 나는 세단을 소형 시트로엔과 교환하고 계약대로 100달러를 지급하면서 그 친절에 감사했다.

사흘 후 나는 이 새로운 '아이'가 예전의 '아이'보다 훨씬 병이 깊다는 것을 발견했다. 의사정비소의 청구를 지급하기에도 지쳐서 나는 그것을 차고에 재워 두었다. 친구들은 내가 다시 버스를 타는 것을 보았다. 그들의 질문에 대해서 나는 한결같이 이렇게 대답했다.

"고장이 나서 차고에 있어."

"너라면 이것을 얼마에 사겠어?"

하고 어느 날 나는 차고에서 한 친구에게 물었다.

"아무것도 모르는 시골뜨기라면 600달러 정도 주겠지만 나는 250달러밖에 지급하지 않겠어, 그것도 친구로서 말이야."

나는 시골뜨기라고 말하는 것이 싫었다. 왜냐하면, 600달러는 틀림없이 내가 지급했던 액수였으므로,

"전용 인력거로 교환할 마음은 없나?"

하고 어느 날 한 친구가 동정적으로 물었다.

그러나 나는 옛날의 자장가를 생각했다. 그 노래의 첫 부분은 이러했다.

우리 아버지는 죽었다.

왜 죽었는지 나는 모른다.

말을 여섯 마리 남겨 놓고

쟁기 뒤에 매어 놓고

어이, 이랴 걸어라!

그리고 끝부분은 이러하다.

나는 고양이를 팔고

쥐를 사야지.

쥐는 꼬리에 불을 붙이고

집을 모두 태워 버렸다.

어이, 이랴 걸어라!

나는 무서워졌다 다시 남경로에서 공작의 장례 행렬을 만나는 것이

싫어서 친구에게 250달러를 받고 차를 팔았다. 그러나 밀렸던 수리비로 250달러를 지급하고 나니 아무것도 남지 않았다. 나는 아내에게 새 핸드백을, 딸에게는 유리 보석을, 그리고 내 칫솔을 샀다.

땀을 쥐게 하는 버스 여행

언제나 마찬가지로 나는 이미 부두를 떠나려 하는 배에 가까스로 올랐다. 나는 고향이며 나의 메카_{숭배의 대상이라는 뜻}인 장주漳州로 가는 길이었다. 나는 몇 년 동안 타향을 떠돌았기 때문에, 그 12월 아침 나보다 더 큰 기쁨을 안고 가정으로 돌아간 방랑자는 없을 것이다.

하문에서 장주까지는 약 35마일인데 도로가 포장이 잘 되어 있어서 한 시간 반 정도 걸리는 버스 노선이 있었다. 이것은 나의 대학 시절 이후 이 지방 최대의 발전이라고 나는 생각한다.

배는 하문도에서 장주와 육지로 이어진 본토까지 우리를 실어다 주게 되어 있었다. 배 안에는 20여 명의 승객이 있었다. 번쩍거리는 금테 담배 파이프를 손에 든 남양에서 돌아오는 유치한 차림의 상인이 있었다. 그는 40세쯤 되어 보이는 약간 뚱뚱한 남자였는데 두꺼운 양말을 신고 있었으므로, 하문이 엄동설한이라는 것을 실감 나게 하였다. 그는 누구나 들을 수 있도록 큰 소리로 떠들어 댔기 때문에 전혀 듣지 않을 수 없었다.

"슬라바야, 타이, 베트남, 슬라바야."

잘 닦여진 대리석처럼 거침없이 그의 입에서 흘러나왔다. 그의 옆에는 조용하고 정숙해 보이는 한 부인이 앉아 있었는데, 금팔찌와 금목걸이를 목에 늘어뜨리고 있었다. 그것을 보고 여학생이 킥킥 웃었다. 그녀들은 털실로 짠 커다란 어깨걸이를 스페인 사람들의 숄처럼 어깨에 두르고 있었다.

아가씨들이 미니스커트를 입고 있었기 때문에 어깨에 걸친 숄과 다리 외에는 아무것도 보이지 않아 그 효과는 한층 돋보였다. 그녀들과 남양 상인의 아내들은 묘한 조화를 이루었다. 그들은 마치 '옛날의 중국'과 '현대의 중국'을 대표하는 것처럼 보였다. 그리고 '현대 중국'이 '옛 중국'을 보고 웃고 있었다. 아니 두 사람의 '현대 중국'이 '옛 중국'을 보고 웃고 있었다.

이 부근의 하문수도廈門水道를 건너는 것은 도저히 예측불허였다. 그러나 그날 아침은 다행히도 평온하여, 거대한 거품을 일으키는 파도 대신 고요한 금빛 물결로 미소짓는 변덕스러운 바다를 볼 수 있었다.

배는 4시간 반쯤 후에 승서에 도착했다. 이곳은 바다로 연결되어 있으므로 버스의 종점인 본토의 끝이다. 거인 같은 바위가 바다에 맞닿아 있으며, 그 위에 크고 흰 석유 탱크와 그 석유회사의 주택이 있다. 바다로 이어지는 벼랑은 30~40피트의 높이로, 이 고요한 아침에도 파도가 요란하게 암초를 때리고 있었다.

쾌적한 햇살 속에서 그 벼랑은 매우 아름다운 파스텔 색조의 담청색과 자줏빛의 명암으로 빛나는 벽을 이루고 있었다. 그 절벽의 아래쪽은 밝은 테라코타처럼 변하면서 위쪽으로 갈수록 밝은 희색으로 흐려져서는 결국 작은 언덕의 싱싱한 초록과 푸른 하늘을 뒤덮은 바다 구름으로 덮어 버린다.

그것은 한 폭의 그림이었다. 마치 폭풍치는 캄캄한 밤에 이 쓸쓸한 벼랑을 레안다가 수로를 헤엄쳐 건너와서 암초를 기어올라 수줍고 아름다운 헤로에게 야곡을 보냈다는 오스트리아의 그릴파르처가 쓴《바다의 파도, 사랑의 파도》 ― 그리스 전설을 소재로 한 5막의 비극 ― 의 완전한 무대 장비를 상상할 수도 있을 것이다.

그 상상을 비약해 이 수로를 헬레스폰트 수로로 바꾸고, 해안가의 석유 탱크를 헤로가 레안다를 발견한 탑으로 생각하고, 그들의 격정이 울부짖는 바람과 바다의 거친 포효와 잘 조화된다고 할 수 있을 것이다. 그릴파르처는 다음 날 아침 레안다의 시체가 쓸쓸히 암초 끝에 걸려 있는 것을 본다 해도 별로 놀라지 않을 것이다.

배가 목적지에 도착했다. 우리는 배에서 내려 버스표를 샀지만, 버스는 한 대도 없었다. 세 대의 버스가 있지만, 거기엔 이미 군인들이 가득 타고 있었다. 나는 10여 대의 버스 중에서 8대가 군대에 징발되었다는 것을 알았다.

"버스는 어디에 있죠?"

나는 역장에게 물었다.

"가까운 촌에 숨겨 두었습니다. 곧 이리로 올 것입니다. 지금 부르러

간다 해도 소용이 없습니다. 이 군인들을 먼저 보낼 때까지 기다려 주십 시오"

군인들이 모두 떠나버리자 금방 버스가 나타났다. 승객들은 서로 먼 저 올라 좌석을 차지하기 위해 덤벼들었다. 나는 운 좋게도 처음에 도착 한 차를 타고 앞쪽의 좌석에 앉을 수 있었다. 뚱뚱한 남양 상인과 그의 아내도 나와 같은 버스를 탔는데, 두 여학생은 다른 차를 탔는지 보이지 않았다. 그러므로 '현대 중국'은 '옛 중국'과 헤어지게 되었다.

얼마 지나지 않아 뒤쪽에서 말다툼하는 소리가 들렸다. 두 명의 군인 이 표를 사지 않은 채 차를 탔다. 차장은 그들에게 매표소에 가서 표를 사 오라고 말했지만, 군인들은 거절하며 오히려 돈으로 지급하겠다고 하 였다.

"누구나 버스 안에서 표를 사려 한다면 매표소가 왜 필요하겠어요?"

하고 차장이 말했다.

"시간은 충분합니다."

놀랍게도 군인들은 중얼거리며 각각 1달러짜리 은화를 꺼내어 차장에 게 주었다.

"복건福建은 틀렸어! 교통기관이 이토록 나쁘니!"

하고 그중의 한 사람이 말했다. 뚱뚱한 남양 상인도 승차권 없이 타고 있었다.

"당신은 민중의 심리를 연구하지 않으면 안 돼?"하고 '연구'와 '심리'라 는 새로운 말을 일부러 사용하며 말했다.

"누구나 먼저 자리를 잡아 편안히 앉아서 가고 싶은 것은 당연하지."

이 도덕화의 본능으로 인해 나는 그가 나와 같은 시대 사람이라고 인정했다.

"복건은 틀렸어!"

군인은 다시 중얼거렸으나, 상인에게는 이미 아무런 대답도 얻어낼 수 없었다.

우리의 여행은 처음부터 불운했다. 버스가 출발하려 했을 때, 운전사는 크런치 페달의 용수철에 이상이 있다는 것을 발견했다. 기계 장치에 대해 전혀 모르는 운전사는 페달을 만지작거리며 몇 분을 낭비했다.

낡아빠진 이 페달로는 기어를 바꾸어 넣을 수는 없다. 그리고 완전히 주행하려면 사이드 기어에 의존할 수밖에 없을 것이리라. 이런 생각을 하니 나는 약간 우울해졌다. 처음부터 일이 꼬이다니!

그런데 문제는 도대체 어떻게 해서 버스를 출발시킬 것인가 하는 것이었다. 고심 끝에 뒤에 오는 버스가 우리가 탄 버스를 밀도록 명령을 내렸다. 아무 데서도 찾을 수 없는 밧줄을 쓰는 대신에, 이 두 번째 버스를 이용하여 뒤에서 미는 백 킥back kick을 가했다. 그 백 킥을 가할때마다 우리의 차는 공중으로 튀어 오르며 앞뒤로 삐걱거렸다.

그런데 얼마 후에 회전하면서 도로의 모래땅에 나동그라졌다. 몇 명의 부인과 수녀들은 재빨리 차에서 뛰어내렸고 곧이어 모두 하차하라고 했다. 운전사는 아무것도 아니라고 큰소리를 쳤으나, 차 바퀴 하나가 모래 속에 처박혀서 버스가 조금도 움직이지 못한다는 것을 알았다.

뚱뚱한 상인은 만약 작은 아가씨가 희망한다면 내릴 권리가 있다고 말했다. 물론 차의 무게를 가볍게 하기 위해서는 우리도 모두 내리지 않으면 안 되었다.

버스가 가까스로 모래땅에서 빠져나왔을 때 우리는 다시 차 안으로 올라갔다. 그때 남양 상인은 모두가 맨 처음 앉았던 자리에 다시 앉아야 한다고 소리쳤다.

먼저 있던 운전사와 새 운전사가 교대했는데 그가 이것저것 만지더니 버스를 출발시켰다. 그런데 한번 출발한 다음 멈추지를 않았다. 우리는 여행 내내 이 사이드 기어에 의지했던 셈이다. 조그만 고갯길에 다다라, 나는 운전사에게 어떻게 할 작정이냐고 정중 하게 물었다.

"시속 45마일로 날아갑니다."

하고 그는 웃으며 말했다

그리고 그는 실제로 그렇게 했다. 이 지방은 약간 구릉지이기 때 문에 이런 곳이 계속 이어져 있다는 것을 나중에야 알았다. 운전사는 그때마 다 호놀룰루의 서핑surfing이 파도를 가르는 것처럼 최고의 스피드로 나 는 것을 즐겼다.

"아주 전율 있는 경험이로군!"

나는 장난꾸러기 같은 운전사에게 말했다.

이 상태는 어떤 역에 닿아서 두세 명의 승객이 내릴 때까지 계속되었 다. 그런데 거기에서 차는 다시 출발하지 못했을 뿐만 아니라, 시동이 걸 리지도 않았다.

"상부상조"

남양 상인이 소리를 치며, 두 번째 버스가 당연히 우리의 차를 끌어야 한다고 주장했다.

그러나 밧줄이 어디 있단 말인가 다행히 역에서 적당한 철사를 찾아내어 네 가닥을 합쳐서 두 버스를 30피트 정도 떨어뜨려 연결했다. 그러나 출발하려 할 때 일본의 제분 회사인지 뭔지 하는 달력을 가진 남자가 나타나서 '구력舊曆 구력' 하고 외치면서 무료로 나누어 주었다.

이 공짜 물건 때문에 모든 사람 사이에 쟁탈전이 일어났다. 역장까지 가세해서 한 부를 얻으려 했다. 구력은 금지되어 있는데, 이 지방에서는 아주 인기 있는 물건이다.

그리고 우리는 다시 출발했다. 나는 최근에 중국이 국제 연맹에서 이사 자리도 잃고 과테말라가 이것을 얻었다는 사실을 생각했다. 우리의 고장난 버스를 '중국 공화국', 그리고 앞에 가는 버스를 '과테말라 공화국'으로 이름 지었다. 이 '작은 공화국'에 도덕 고취의 상인과 군인이 있는 것을 볼 때, 나는 이러한 비유가 타당하다고 생각했다. 그리고 붉은 눈에 오렌지 반쪽 모양 같은 털모자를 쓴 운전사를 보았을 때, 나는 함께 탄 승객과 나 자신을 위해 울고 싶어졌다.

'과테말라 공화국'은 '중국 공화국'을 끌면서 의기양양하게 전진했다. 그러나 네 가닥의 철사를 정확하게 똑같은 길이로 맞추기는 불가능했다. 따라서 버스의 모든 무게가 네 가닥에 실린 것이 아니라 단 한 가닥에만 달려 있음을 알았다. 그리하여 내리막길의 급커브에서 '과테말라 공화국'서 심하게 흔들리더니, 결국은 철사가 뚝 끊어졌다.

그래서 철사는 세 가닥이 남게 되었다. 이것은 전보다 튼튼할리 없으므로 곧 또 한 가닥이 끊어졌다. 나머지 철사도 이때쯤에는 꽤 짧아져 있었다. 이것이 여러 번 반복되어 드디어 우리는 '과테말라'에서 20피트

밖에 떨어져 있지 않게 되었다. 두 공화국은 언제 충돌할지 알 수가 없었다.

내 심장은 더 견딜 수 없을 지경이었다.

"조심하는게 좋아요"

라고 나는 '중국 공화국' 운전사에게 소리쳤다.

"걱정 없습니다. 나도 생명이 아까우니까요."

라고 멀건 눈의 소갈머리 없는 운전사가 대답했다.

이것은 남양 상인과 승객들 사이에 도덕적 훈계를 시작하게 하는 계기가 되었다. 결국, 승객이 이겼지만 우리는 점심때까지 장주에 닿으리라는 생각을 포기하고 말았다. 또 하나의 철사가 끊어졌을 때 앞서가던 '과테말라 공화국'을 먼저 보내고 다시 되돌아와서 우리를 태워가도록 합의가 이루어졌다. '중국 공화국'은 길 한가운데 의연하게 서 있었다.

먼저 간 버스를 기다리는 동안 '중국 공화국' 국적 승객들은 낡은 장하철도의 가치에 관해서 토론을 벌였다. 이 철도는 한때 브리태니커 백과사전에도 명예롭게 설명이 된 적이 있다. 그런데 그것은 복주福州의 쥐와 그 쥐의 사촌 형제와 의형제들에게 갉아 먹히고 말았다.

나는 숭서를 지날 때 복주 쥐에게 파먹히고 약간 남아 있는 철도 차량의 잔해가 있는 것을 보았다.

이것은 외부의 쥐들도 지금은 더이상 갉아먹을 필요가 없다는 충분한 증거이다. 나는 반 정도 남은 차량의 해골이 아직 자기 다리로 서 있는 것을 본 듯하다.

아메리카 판版 백과사전 제14판이 아직 이것을 게재하고 있는지는 알 수 없다. 그러나 만약 게재하고 있다면 삭제해야만 한다. 쥐들이 갉아먹어 이미 소화해 버렸기 때문이다.

이 철도에 대해 전해 내려오는 이야기가 있다. 어떤 승객이 기관사에게 레스토랑에서 마카로니를 다 먹을 때까지 기다려 달라고 부탁했다는 이야기이다. 기관사는 기차가 사람을 기다릴 수는 없으므로 먼저 마카로니를 먹고 나서 탔더라면 좋았을 것이라고 가르쳐 주었다고 한다.

오후 두 시에 '과테말라 공화국'이 나타났다. 우리는 그 버스를 타고 두 시 반에 장주에 도착해서 '과테말라'에 이별을 고했다.

그러나 오늘날까지 나는 그 기름진 남양 상인과 '중국 공화국'의 멀건 눈을 가진 운전사의 얼굴을 잊을 수가 없다.

다시 니코틴과 의형제를 맺으며

애연가는 누구나 어떤 하찮은 기회에 니코틴 부인에 대한 충절을 깨뜨리고, 자신의 양심과 잠시 다투다가 다시 의식을 되찾는다. 나는 3주일 동안 금연이라는 멍청한 짓을 하기도 했는데, 그 막바지에 양심이 나를 다시 제정신으로 돌아오게 해 주었다.

'나는 두 번 다시 실천하지 못할 결심은 하지 않으리라.'

그리고 다시 두 번째의 시도에서 어린아이로 돌아가 〈금주 금연 회〉의 할멈들의 먹이가 되지 않는 한 니코틴 부인의 전당에 대한 신앙가나 숭배자가 되리라 마음에 맹세했던 것이다.

불행한 노인이 되어 버리면, 인간은 그 행위에 책임이 없어진다. 그러나 조금이라도 의지력과 도덕감이 남아 있는 한, 그런 계획은 하지 않을 것이다. 그런 부질없는 짓, 담배라는 유익한 발명 때문에 주어지는 정신력과 도덕적 행복감을 거부하고자 하는 모든 비도덕성을 일체 본 일이 없는 것처럼.

위대한 영국의 생물화학자인 홀덴에 의하면, 흡연은 인간문화에 다소나마 심각한 생물학적 영향을 준 인류사상 4대 발명의 하나라고 말했다. 그 밖의 세 가지 발명 중 하나는, 말할 것도 없이 언젠가 우리의 모든 생활에 혁명을 일으킬 원선이식법遠腺移植法이다.

나 자신의 자아에 대해서 비겁하게 굴고 영혼을 향상시키는 위대한 힘에 대한 안정을 고의로 거부했던 이 3주 동안의 이야기는 매우 쑥스러운 것이다. 지금의 나는 당연한, 그리고 합리적인 태도로 그것을 반성할 수가 있으므로 그 도덕적 무책임의 발작이 어떻게 계속되었는지 거의 이해할 수 없다.

이 3주 동안 나의 정신적 오디세이아를 아일랜드 작가인 조이스처럼 써내려 간다면 아마 호메로스 체體의 운문으로는 3천 행行, 산문으로 엮는다면 150페이지는 될 것이다. 물론 그 목적이야말로 애당초 우스운 것이다. 어째서 인류와 우주의 아름으로 인간은 흡연하면 안 된단 말인가? 나는 지금 그것에 답할 수 없다.

그러나 이런 불합리한 기분은, 사고하는 인간이 그 의지에 반反 해서 저항을 극복하는 기쁨을 얻기 위하여 무엇인가 하려 하며, 이리하여 일시적으로 과잉된 그의 도덕적 에너지를 소모시키고 싶어할 때 가끔 일어나는 것이다.

이 이상으로는 금연하려고 하는 당돌하고 부정不淨한 나의 결의 를 설명할 수가 없다. 바꾸어 말하면 나는 사람들이 스웨덴 체조운동의 기쁨을 얻기 위한 운동으로 실제로는 사회에 유익한 일을 가져오지 않는다에 열중하는 것과 같은 태도로 자신에게 도덕적 시련을 부과했다. 내가 자신에게 부과했던 것은 분명 이런 종류의 도덕적 향락이었다. 그리고 그것이 전부였다.

물론 금연을 시작한 이후 3일 동안은 소화기관의 어딘가에, 특히 그 상부에 이상하게 기운이 빠지는 듯한 느낌이 들었다. 이 이상한 감각을 잊기 위해 나는 껌과 고급 차와 약을 먹었다. 드디어 나는 이 감각을 사흘 만에 완전히 정복했다.

이것은 물론 물리적인 방법이었다. 따라서 가장 손쉬운, 내 생각에도 가장 경멸할 만한 부분이다. 여기에 흡연에 대한 부정이 있는 듯이 생각하는 사람들은 사태의 본질을 잘못 파악하고 있다. 그들은 흡연이 정신적 행위라는 사실을 잊고 있는 것이며, 또한 흡연의 정신적 의의를 생각할 수 없는 사람들은 이 문제에 가담할 자격도 없다.

사흘이 지나자 나는 진정한 의미의 정신적 전투가 시작되는 제2 단계에 돌입하였다. 이제 흐릿함은 나의 눈앞에서 걷혔다.

나는 두 종류의 흡연자가 있다고 생각했다. 그 한 종류는 흡연가라는 명분만을 갖는 사람들이다.

이 사람들에게 있어서 제2의 단계는 존재조차 하지 않는다. 약간의 번민도 없이 담배를 끊는 많은 흡연자로부터 우리가 '용이한 금연'의 변辯을 들을 수 있겠는가. 그들이 헌 옷을 내버리듯이 쉽게 이 흡연 습관을 버릴 수 있는 것은, 그들이 진짜 흡연을 배우지 않았다는 증거이다.

사람들은 그들의 '강한 의지력'을 칭찬하는데, 사실 이 사람들은 진정한 흡연가가 아니며 또한 태어나서 이제껏 한 번도 진짜 흡연가였던 적이 없었다. 그들에게 있어서 흡연이라는 것은 매일 아침 세수를 하고 이를 닦는 것과 마찬가지의 물리적 행위이다. 이것은 영혼의 만족을 충족시키지 못하는 단순한 물리적, 동물적 습관이다.

나는 이 그럴듯한 인용이 셸리의 〈종달새에게〉 나 쇼팽의 〈야상곡〉을 명분상의 흡연가들의 영혼에 황홀하게 공명시킬 수 있는지를 의심한다. 이 사람들은 담배를 끊음으로써 잃은 것은 아무것도 없다. 그들은 그저 〈금주 금연회〉의 회원인 아내와 함께 《이솝이야기》를 읽는 편이 훨씬 행복할 것이다.

그러나 진정한 흡연가에게는 〈금주 금연회〉의 아내들이나 이솝 독자인 그 남편들이 예상할 수 없는 문제가 있었다. 우리에게 흡연은 대인 관계에 지장을 초래한다는 것과 감수성을 사라지게 만든다는 것이 곧 확실해졌다. 양심과 이성은 머지않아 이것에 반역을 꾀하게 되고 힐문했다.

사회적, 정치적, 도덕적, 생물학적, 재정적으로 사람은 완전한 정신적 행복, 즉 예민하고도 구상력 있는 지각과 풍부하고도 담수성이 강한 창조 에너지의 조건에 대해 친구의 이야기를 즐겨 듣는 데 필요한, 혹은 프랑스 작가 테오필 고치의 《모팡양》을 읽을 때 진정한 정열을 일으키기에 필요한, 혹은 작가 기질이라고 불리우는 마음으로부터의 말과 사상의 완전한 억양을 낳게 하는 조건의 달성을 방해하기 위해서 일부러 의지력을 써야만 된다는 말인가!

이러한 경우, 사람은 본능적으로 한 개비의 담배로 당연히 손을 뻗쳐야 한다고 느낀다. 그래서 담배 대신에 껌을 입속에 넣는 것은 상상할 수도 없는 것처럼 생각된다. 이럴 때, 나는 여기에 한두 가지 예를 들려

한다.

친구 B가 북평서 나를 찾아온 적이 있었다. 북평에 있었을 때 우리는 정치, 철학, 근대 예술을 논하면서 하룻밤을 꼬박 새우기도 했다. 그래서 밤새껏 담배를 피우며 뜬눈으로 지새웠다. 지금 다시 그가 찾아와서 옛날의 여러 추억을 즐겼다. 우리는 북경에서 자주 논했던 교수들과 시인, 연인들을 모두 이야기하였다. 이야기가 심각해 지면 나는 무의식중에 담배에 손을 뻗쳤다. 그러나 스스로 억제하기 위해 일어섰다가 앉기를 반복했다.

한편 나의 친구는 담배의 몽롱한 연기 속에서 무아지경으로 이야기하였다. 나는 그에게 금연 중임을 말하고, 그의 앞에서 그 계획을 깨지 않으려고 자중했다. 그러나 내 마음속에는 내가 최상의 기분이 아니었다는 사실과 내가 두 영혼의 교류에 화합하려고 할 때는 감정을 완전히 죽인 채 무리하고 냉정하게 보이려는 것에 불과하다는 것을 알고 있었다.

대화는 일방적으로 내가 시작하여 친구가 이어가는 식이었다. 그것은 매우 부담스러웠다. '의지력'이라는 측면에서는 성공했지만, 나는 불행하다고 느꼈다.

며칠 지나서 친구가 편지를 보내 왔다. 거기에서 그는 내가 옛날에 지녔던 감수성이 강한, 몰입하는 성격을 잃은 듯이 생각된다고 했다. 그것은 아마 이 도시에서 받는 영향일 것이라고 씌어 있었다. 오늘날까지 나는 그날 밤 담배를 피우지 못한 것을 참을 수가 없다.

또 어느 날 밤 우리는 어떤 지식인 클럽에 초대되어 갔는데, 그때는 누구나 담배를 맹렬하게 피웠다. 호사스러운 식사가 끝나면 누군가가 원고를 읽는다. 이때 이야기를 한 사람은 C였다.

종교와 혁명을 화제로 삼았는데 그 가운데 멋진 비평이 나왔다. 그 하나는 풍옥상이 북부 감리교회에 들어갔으므로 누군가 남부 감리교회에 들어간 자가 있으리라는 것이다. 어떤 사람은 머지않아 오패부가 서부 감리교회에 들어갈 것이라고도 했다.

이런 비평이 한바탕 끝나고 나면 담배 연기는 점점 짙어져서 나는 이 공기 속에는 짓궂고 포착하기 힘든 사상이 충만하여 있는 것처럼 생각되었다. 시인 H는 가운데에 앉아서 한 마리의 고기가 수중에서 공기의 거품을 내뱉는 것처럼 쉴 새 없이 동그라미를 그려 묵직한 공기 속으로 내뱉고 있었다. 그리고 자신의 사색과 행복감에 젖어 자아를 잊고 있었다.

나만 홀로 담배도 피우지 못하는, 신에게 버림받은 죄인 같았다. 내가 아주 어리석었다는 사실이 점점 명백하게 느껴졌다.

이처럼 분명한 느낌이 전달됐을 때 담배를 피우지 않는다는 것은 정신이 이상한 것으로 생각되었다. 나는 담배를 끊겠다고 결심했던 이유를 되새겨보았으나, 나 자신을 이해시킬 수 있는 것은 아무것도 없었다.

그 이후 내 양심은 나의 영혼을 헐뜯기 시작했다. 나는 나 자신에게 말했다 '공상 없는 사상이란 무엇인가, 그리고 공상은 담배를 피우지 않는 영혼의 잘린 날개를 타고 어찌 하늘로 올라갈 수 있단 말인가?' 하고

그리고 어느 날 오후, 나는 어떤 부인을 방문했다. 나는 이미 정신적

으로는 마음을 바꿀 준비가 되어 있었다. 방에는 우리 두 사람 외에는 아무도 없었다. 우리는 분명 단둘뿐이었다. 이 젊은 부인은 한쪽 팔을 무릎 위에 올려놓고 약간 앞으로 숙인 자세로 담배를 피우고 있었다. 그것은 무엇인가 곰곰이 생각하는 모습으로 그녀가 취할 수 있는 최상의 스타일이었다.

나는 드디어 때가 온 것을 느꼈다. 그녀가 담뱃갑을 내밀자, 나는 심호흡을 하고 천천히 한 개비를 뽑았다. 이 행위를 함으로써 일시적인 도덕적 퇴폐의 발작으로부터 구원되었다는 사실을 자각하면서. 집으로 돌아와서 당장 나는 사환을 시켜 담배를 사오게 했다.

내 책상 오른쪽에는 내가 습관적으로 피우던 담배를 놓아 두어서 생긴 자국이 있다. 아마도 담뱃불로 책상 끝을 2인치 정도 태우려면 8, 9년은 걸릴 것이다.

피우던 담배를 다시 한번 그 자리에 놓으면서 앞으로도 계속 그것을 즐길 수 있게 된 것은 큰 기쁨이라 생각한다.

잃어버린 중국인

중국 공화국 최대의 불행 중 하나는 옛 관인이 사라졌다는 것이다. 나는 대청제국의 유물 속에서 현재는 어디에서도 찾아볼 수 없는 매우 희귀한 신사의 표본을 찾아냈다. 그것은 중국 문화의 가장 화려한 성과이다. 왜냐하면, 그만큼 대청의 관리들은 부패해 있었기 때문이다.

그렇다. 그들은 믿을 수 없을 정도로 부패해 있었다. 그러나 그 청조의 악당들은 최고의 신사였다. 관인이란 수세기에 걸친 교양과 세련과 고통으로 얻어진 것이었다. 그러므로 완전한 관인은 완전한 아름다움과 마찬가지로 아마 찾아보기 힘들었을 것이다.

그것은 사물의 본질에 존재한다. 그러나 각 시대에 따라 적어도 수십 명의 우수한 관인이 있었는데, 오늘날에는 겨우 왕당의 동지가 있을 뿐이다.

그런데 이 동지라는 것은 볼셰비키나 바탕이 좋지 못한 민주주의자를 말하는 것이며, 관인은 이와 달리 진정으로 세련된 신사를 가리 킨다.

우리는 그들을 수십 명 알고 있었는데 그만한 가치는 충분히 있다. 그 영혼은 매우 타락해 있었음에도 그의 존재는 타인을 기쁘게 했으며, 그의 행동거지는 자신뿐만 아니라 그에게 딸을 시집보낸 사람에게도 자랑거리가 되었다.

그의 목소리는 우렁차게 울려 퍼지며, 거동은 균형이 잡혀 온화하고, 말은 예술적이며, 됨됨이는 학식과 부드러움, 일을 처리하는 방법에 있어서 좋은 본보기가 되었다.

관인을 정의하는 것은 신사를 정의하는 것과 마찬가지로 무익한 일이다. 그는 묵묵히 정의를 무시하면서 부정할 수 없는 우주의 사실로 그곳에 존재하고 있다. 그러나 머리 모양을 보고 신사를 구별하는 것과 마찬가지로, 말하는 것을 들으면 관인을 알 수 있을 것이다.

신사의 경우 목소리의 울림과 어깨 동작에서 어딘가 여성을 기쁘게 하고 흥분시키는 분위기가 있다. 그래서 청나라 말기, 이홍장의 수염이나 원세개의 눈에 얼마나 많은 외국인이 매혹되었던가!

그러나 그런 것들은 이젠 이미 존재하지 않는다는 사실이 얼마나 유감스러운 일인가! 진정한 관인을 가려내기 위해서는 그 말소리만 들으면 되었다.

그는 물론 상류층의 표준어로 말했다. 그때는 청조의 표준어로 말하는 것을 하나의 예술로 간주했다. 하지만 그것을 완성하기 위해서는 반생^{半生}이 필요했다. 그것은 상당히 영리한 아이라 해도 3개월 정도면 완전히 외워 버리는 옥스퍼드 방언 같은 악센트만의 문제가 아니었다.

내 기억을 더듬으면 나는 그의 우렁차게 울려퍼지는 목소리, 북경풍의 아름다운 억양의 리듬을 들은 적이 있다. 그러한 완전한 관인의 이야기를 다시 한번 들을 수 있다면 지금 죽어도 좋을 것이다. 왜냐하면, 이들 관인이 민중을 수탈했다고 하더라도, 그들은 수단 좋고 매우 신중하게 수탈하여 모든 과정을 그 자신들에게나 희생자들에게도 즐겁고 세련되게 보여 주었기 때문이다.

그런데 지금은 사정이 다르다. 우리 현대의 관인들은 단지 거짓말뿐, 아주 유치하고 뻔뻔스럽고 무능하고 부도덕한 수법으로 거짓말을 할 뿐이다. 우리가 당연히 수탈당해야 한다면 적어도 그것을 즐길 수 있게 되기 바란다. 그러나 현대에는 그것조차 불가능하다. 이야말로 관인의 멸망이 중국 공화국 최대의 불행 중 하나라는 이유다.

그런데 청조의 표준어를 말하는 것이 단지 악센트만의 문제라면, 그것은 예술이라는 이름을 붙이기가 어렵다. 다른 모든 예술과 마찬가지로 그것은 예술가 측의 지성과 도덕의 배경이 필요하다. 완전한 관인의 이야기에는 모든 것이 조화롭게 이루어졌다. 담화자 의 됨됨이, 방 안의 도구와 예의범절, 목소리의 톤, 완전한 악센트와 세련된 어법, 둥근 비단부채, 관인의 수염과 예복, 이것들이 모두 어우러져 조화로운 예술적 효과를 나타낸다.

예를 들어 서양 옷을 입고 청조의 표준어를 말할 수는 없다. 왜냐하면, 이 이야기에 수반되는 제스처가 모순되기 때문이다. 말하자면 골프복을 입고 둥근 비단부채를 흔든다든가, 청조의 표준어를 이야기하면서 손수건으로 코를 문지르는 것은 그야말로 어리석은 일이다. 코를 문지르는 대신에 기침하며 침을 뱉어야만 한다. 더구나 일정한 규범대로 기침하며 침을 뱉어야만 한다. 다음은 관인의 수염으로, 이것이 적어도 위엄을 나타내게 되기까지는 때로 반생半生이 걸리기도 한다.

이러한 자격을 갖춘 사람으로는 우우임宇右任을 꼽을 수 있다. 공상희孔祥熙 박사는 아직 그것을 이루어가는 과정임을 알고 있다. 손과와 송지문宋子文은 수염이 하나도 없으며 앞으로도 날 것 같지 않다.

세 번째는 이야기를 나눌 때의 부드러운 목소리 톤과 정신의 평형이다. 이것은 위엄 있는 평형이 갖춰진 인격을 전제로 한다. 그런데 이러한 인격은 품격 있는 영혼이 필요하고 또한 학문과 평정과 경험과 용기가 필요하다. 관인은 체면을 잃을 수는 있을지 몰라도 위엄을 잃는 일은 절대로 없다.

그는 우아하게 중얼거리며 재채기를 한다. 만약 마루에 쓰러졌다 해도 천천히 일어서면서 우선 안경을 고쳐 쓸 뿐 경망스러운 행동은 하지 않는다.

우리 현대의 고관들은 여건만 주어진다면 축구라도 할 수 있을 것이다. 그러나 관리들이 축구를 한다는 것은 위엄을 잃은 모습이다. 니문간羅文幹은 궐련까지 핀다.

그런데 담배를 피우면서 어떻게 표준어를 말할 수 있단 말인가? 물파이프로 피우는 것과 같다. 당연한 일이지만 나는 관리로서 누구 한 사람 진정한 표준어를 말하려고 노력조차 하는 사람이 없다는 것을 알고 있다.

마지막으로, 표준어를 말하는 데는 특별한 어법이 필요하다. 그 어법의 일부는 기술적이며 매우 문학적이다. 기술적 방면에 대해서는 지금이라도 정부의 하급관리가 장관을 가르칠 수 있다. 그들은 이야기의 소재를 잘 알고 있기 때문이다. 그리고 만약 장관들이 똑똑하다면 쉽게 그것을 배울 수 있을 것이다. 그것을 실제로 알고 나면 매우 유쾌한 일이다.

예를 들어 자기 자식을 일컬으면 '구아狗兒'라고 부른다. 타인의 자식을 일컬으면 '호자虎子'라고 부른다. 또한, 자기의 아내는 '형처刑妻'에 불과하지만, 친구의 아내는 '부인夫人'이다. 자기 집으로 손님을 초대할 때는 '가마를 굽혀서 왕림하심'을 청하는 것이다. 이런 정중한 행동은 타인이 진정한 교육을 받은 것처럼 느끼게 한다. 그것은 정신을 향상 시킨다.

그러나 어법이 문학적인 한, 나는 고관들에게 그것을 시도하는 것조차 권하지 않는다. 그것은 힘든 공부와 수십 년의 연마가 필요하다. 이야말로 완전한 관인이 완전한 표준어로 이야기하는 것이 매우 드문 이유이며, 그것과 만나면 매우 기쁜 이유이다.

관인에 대해서 어떠한 악담을 퍼뜨려도, 그는 대부분의 경우 중국의 역사와 문학에 상당한 지식을 가지고 있고, 평론집이나 수십 편의 시를 암송할 수가 있다. 진정한 관리의 회화는 문학적인 이야기였다.

관인은 윤리학에도 또한 정치 문제에도 통달해 있었다. 왜냐하면, 중국의 관인은 프랑스형 궁정인은 아니기 때문이다. 그는 본래 학자였다.

그는 공공의 정치 철학과 개인의 윤리 철학을 모두 가지고 있었다. 그는 궁정인과 학자다움을 한몸에 지니고 있었다. 그들은 인류의 관인과 순자管子에 관해서, 묵자에 관하여, 원元의 희곡에 관하여, 송宋의 윤리학에 관하여, 그리고 명明의 도자기에 관하여 이야기를 나눌 수 있었다.

그러나 관인의 시대는 지나갔으며 거짓말하는 기술도 쇠퇴했다. 이홍장 같은 인물 대신에 우리는 베를린 대학 졸업생을, 증국번曾國藩 같은 인물 대신에 장종창長宗昌과 같은 인물이 있을 뿐이다.

우리는 옛 관인이 아닌 평범한 장군들을 가지고 있다. 그들의 첩妾은 '미스 펄' 혹은 '미스 스프링'이라는 기생의 이름을 갖고 있다. 우리가 이러한 남자들에게 수탈당해야 한다니 참으로 불행한 일이다.

얼마 전에 나는 진짜 관인다운 풍모를 지닌 인물을 만났다. 그는 혈색이 좋았다. 그는 손에 사마광司馬光의 《자치통감資治通鑑》을 들고 있었다. 그는 역사와 시와 서書를 사랑하고 있었다. 그리고 그는 완전한 표준어로 자신이 훌륭한 독서인임을 입증하는 능변가였다.

나는 그가 민중의 궁핍, 관리의 부도덕, 영화의 무서운 영향, 유교 윤리의 중요성 및 잘 조직된 문관文官 제도의 필요성에 관해서 이야기하는 것을 들었다. 그것은 즐거운 일이었다. 그의 이야기가 아주 유창해서 나는 혼자 중얼거렸다.

"여기에 관인의 학식과 부드러움과 성장의 본보기가 되는 최후의 관인이 있다."

그는 관리의 거물이 될 수 있었을 것이며, 그리고 부정직할 수도 있었을 것이다. 중국은 그에 의해서 다시 구제될지도 모르는 것이다.

중국인의 지적 생활양식(1)

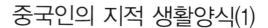

이야기를 시작하기 전 우선 이 토론의 목적을 밝혀두는 게 바람직할 듯하다. 만일 내가 옥스퍼드에 다니는 학생들을 개종자改宗者로 만들기 위해 중국 문화의 사도 역할을 자청한다면, 나는 매우 비중국적인 사람인 셈이다. 그것을 너무 지나친 선교사적 열성으로 치부할지 모르지만 단지 불쌍한 상식 결핍을 의미할 뿐이다.

이 상식 결핍은 중국인에게 있어 교양 부족의 충분한 증거가 된다. 그러므로 나는 여러분에게 복음서를 전하는 듯한 열의 따위는 배제하고 특유의 무관심으로 중국 문화의 정신을 설명하려 한다.

나는 한 나라의 문화를 그 나라 특유의 민족적 기질의 결과라고 생각한다. 어떤 종류의 문화적 이념은 민족이나 국민의 사상을 변화시키지만 국민의 정신적·감정적 구조를 근본적으로 바꿔 놓지는 못한다. 그런 외래의 문화적 이념을 국민에게 강요할 수는 있겠지만, 심오한 본능과 조화를 이루지 않는 한 국민 생활에 영향을 미치는 진정한 요소는 될 수 없다. 근대의 국제 결혼은 그러한 과정의 한계와 개인 반응의 중요성을 우리에게 가르쳐 주었다.

국제 결혼이 빈번히 행하여지면 민족적 기질이 문화를 변화시킨다. 이를테면 게르만인사들은 훌륭한 무예 민족이다. 유태적 종교에의 2천 년 동안의 신앙도 그들의 호전적인 기질을 변화시키지는 못했다. 오늘날 유럽인들이 중국으로 건너와 중국인들에게 기독교의 사랑과 겸양을 가르치는 것은, 중국인들이 영국에 사절을 파견하여 크리켓영국의 전통적 경기을 가르치는 것만큼이나 우스꽝스러운 일이라고 나는 생각한다.

우리가 유의해야 할 것은 이 민족적 하층부, 즉 그 민족의 정신적 기질이다. 이 말은 경이적인 중국 문화가 여러분에게 어떤 가치가 있음을 시사하기보다 오히려 중국인의 인간적 기질 연구라고 생각해 주기 바란다. 그러한 연구를 통해서만 중국 문화를 진정으로 해명할 수 있다. 그럼으로써 우리는 더욱 가치 있는 목적, 즉 중국인의 민족적 기질을 이해하고 그들의 심리와 문화적 전통의 근본에 도달하게 되리라 생각한다.

또 나는 중국 문화의 진정한 정신을 파악한다면 그것을 이상하거나 이해할 수 없는 것으로 느끼는 일이 없으리라 생각한다. 우리는 이 문화 속에서 인문주의 학자들이 고대 그리스를 미화한 것처럼, 중국 숭배자들이 몽상하는 이상적인 완전성을 발견하려는 것이 아니다. 또 문명과 정어리 통조림을 가져다 준 서양 무역 상인들의 은혜를 잊은 비적과 살인자와 같은 국민성을 발견하려는 것도 물론 아니다.

이것은 모두 극단적인 견해이며 이해가 모자란 데서 생기는 것이다.

이에 반해 우리는 매우 인간적인 철학을 지니고, 동시에 많은 단점을 가진 매우 인간적인 국민을 발견할 것이다. 결국, 우리는 중국인이 매우 참신하고 또 매우 인간적이라는 놀라운 발견을 하게 되리라.

그들은 상식을 사랑하고 극단적인 논리를 혐오하며 생활에 있어서 여성적인 섬세한 본능을 가졌고, 또 '어떻게든 뚫고 나간다'라는 위대한 능력을 갖추고 있다는 점에서 영국인들보다도 더욱 인간적이라고 할 수 있다.

중국은 어떻든 역경의 세월을 4천 년 동안 헤쳐 나왔지만, 정견定見이 견고했던 그리스인과 논리적인 로마인들은 먼 옛날에 멸망하고 말았다. 만일 어떻게든 헤쳐 나간다는 이 능력을 영국인들이 가지고 있다면, 나는 그들이 앞으로 4천 년 동안 국가적 명성을 널리 떨칠 수 있다고 보장할 수 있다. 생활에 대한 여성적 본능이 중 국을 보전했듯이 영국을 보전할 것이기 때문이다.

어떻게든 뚫고 나가는 능력의 효과를 여러분이 쉽게 이해할 수 있도록 램제이 맥도날드의 실례를 살펴보자.

램제이 맥도날드는 스코틀랜드인이긴 하지만 위대한 영국인이다. 오랫동안 노동운동을 했던 맥도날드는 다우닝 가 10번지 수상 관저의 계단을 오르내리며 행복감을 느꼈다.

그리하여 그는 오랫동안 간직했던 정치 노선을 바람에 날려 켄싱턴 공원의 런던 템스 강 갈매기에게 먹여 버리고 매우 화려하게 전 향했다. 즉, 1931년에 그는 절박한 재정적 파탄으로부터 영국을 구하기 위해 노동운동가로서의 노선을 바다로 모조리 던져 버리고 노동당을 분열시켰다. 만일 그가 전향하지 않았다면 영국의 재정은 파탄되고, 영국은 부득이 금본위金本位를 이탈하게 되었을 것이다.

하지만 결과는 어찌 되었는가? 영국은 파멸되기는커녕 금본위를 포기함으로써 상공업이 점차 재건되어 이익을 얻었다. 맥도날드뿐만 아니라 영국인들 모두가 어찌하여 자신들이 그렇게 했는지 알지 못했다. 그러나 영국인들은 모든 경제 이론을 무시하고 다시 한번 역경을 뚫고 나간 것이다.

여러분은 램제이 맥도날드의 배신을 나무랄 수 없다. 그것은 그릇된 판단이 아니라 영국식의 무정견일 따름이며, 당당한 태도인 것이다. 무정견은 결점이 아니라 미덕임을 기억해야 한다.

'정견은 소인의 미덕이다.' 이것은 키케로의 말이다. 논리적인 프랑스인들이 영국인이나 중국인의 무정견을 책망한다면, 그들은 단지 자신의 인간 철학에 관한 무지를 나타내는 데 지나지 않는다. 정견이라는 단순한 문제는 우리를 곤혹시키기에는 부족하다.

나는 중국인들이 매우 인간적이며, 중국 문화가 매우 인간적인 문화라는 관점을 확립하고자 한다. 그것은 노인의 문화, 즉 너그럽고 유머러스하고 평화롭고 충족된 원숙한 지혜와, 노년의 허약함을 수반하고 있지만 그런 상황에도 오히려 그 허약함을 사랑하는 문화이다.

중국에 대한 서양의 모멸은 대부분이 젊고 성급한 개혁자가 노인에 대해 갖는 그런 것일 뿐이다. 서양에 대한 중국의 고민은 생활의 귀착점에 와 있는 노인이, 이 젊고 영리한 인간에 의해 난로가의 안락의자에서 끌려 나와 9월 아침에 해수욕을 강요당하는 바로 그런 것이다.

여러분은 아마 내가 왜 서양의 젊은 철학자들에게 노인의 온화한 철학을 강요하지 않는지를 이미 알고 있을 것이다. 그것은, 노인은 9월 아침에 물에 잠기는 장난을 이해할 수 있는 상식이 있지만, 젊은이는 따스한 난롯가의 아름다운 안이를 이해할 만큼의 상식이 없기 때문이다.

어느 쪽이 더 행복하냐는 물음은 분명히 어리석은 질문이다. 만일 여러분이 진정한 중국인이고 또한 인간이라면, 양쪽이 모두 매우 행복하고 또 매우 불행하다고 대답할 것이다.

만일 우리가 중국인의 본성을 검토하면 우리는 일단의 특이한 성격들을 발견할 수 있을 것이다. 그들의 단점으로는 정치적 부패와 사회적 훈련의 결핍, 과학 및 기술이 뒤떨어져 있는 점, 사상 및 생활에서 극단적인 유치함, 속욕俗欲이 많은 점, 그리고 타협하기 쉬운 성향 등을 들지 않으면 안 된다.

반면에 장점으로는 역사적 지속성과 문화적 동질성, 미술·시가·회화·도자기·건축 및 서예의 고도 발달, 극단적인 생활력과 인내, 유머, 지성 학자에 대한 존경심, 단순성, 강한 자연애, 그리고 생활의 진정한 목적에 관한 올바른 관념 등을 들어야 한다. 장단점의 중간적인 성질로는 일반적인 보수성과 평화주의·너그러움, 그리고 극단적인 현실성을 들 수 있다.

이것들은 모두 건전한 성질이긴 하지만 보수성은 당연히 진보를 지연시키는 것이고, 평화를 좋아하는 것은 전쟁에 대한 생리적인 반감에서 오는 것이다. 극단적인 관용은 미덕이라기보다 오히려 결점이고, 현실성은 대체로 이상주의적인 모험에 열중할 수 없음을 말한다.

여러분은 이 모든 자질이 선한 것이든 악한 것이든, 그 중간적인 것이든 간에 다소 소극적인 성질을 띠고 있으며, 또 사업과 진보를 위해서라기보다는 오히려 평화와 지구持久를 위해 건설된 문명을 시사하는 것임을 알 수 있다. 나는 이 자질들을 일괄하여 '원숙'이라고 말하고 싶다.

이 많은 민족적·문화적 특질 중에서, 어떻게 하면 이 민족적 성격의 본원과 본질을 우리에게 이해시킬 수 있는 중국 문화의 진정한 정신을 발견할 수 있을까? 나는 중국의 휴머니즘을 해명하는 일이 중국 문화의 정신을 가장 잘 설명하는 방법이라고 생각한다. 왜냐하면, 중국 문화의 정신은 휴머니즘 정신이기 때문이다.

인간적이란 말은 매우 막연하다. 하지만 중국의 휴머니즘은 내 생각에 비교적 새로운 성어成語이며, 매우 명확한 뜻을 지니고 있다. 즉, 그것은 첫째로 인간 생활의 진정한 목적에 관한 올바른 관념을 의미하며, 둘째로는 이 목적에 완전히 집착함을 의미한다. 셋째로는 이 목적을 달성시키는 데는 인간적 합리성의 정신, 즉 중용의 교의나 상식의 종교라고 할 만한 것에 의거함을 의미한다.

중국의 휴머니스트는 생활의 진정한 목적을 발견하고 또 그것을 의식하고 있다고 믿는다. 중국인에게 있어서 생활의 목적은 사후의 삶에는 존재하지 않는다. 왜냐하면, 기독교가 가르치는 것과 같은, 죽기 위해 산다는 식의 사상은 불가해한 것이기 때문이다. 또 열반涅槃에도 있지 않다. 왜냐하면, 그것은 너무 형이상학적이기 때문이다.

또 사업의 완성에서 오는 만족에도 있지 않다. 그건 너무 교만하기 때문이다. 또 진보를 위한 진보에도 있지 않다. 그것은 너무 무의미하기 때문이다. 그 목적은 바로 중국인들이 이상하게도 명확한 태도로 정하고 있는 것으로 소박한 생활, 특히 가정생활의 향락에 있고, 나아가 조화되고 사교적인 친족 관계에 있다.

중국의 소년들이 처음으로 배우는 시 중에 이러한 것이 있다.

이른 아침의 산들바람에 구름이 머무네.
강 위를 흐르는 꽃잎에 끌려 나는 소요하네.
저 흥겨워하는 노인을 보라고 사람들은 말하네.
사람들은 나의 영혼의 행복감으로 충만함을 알지 못하네.

중국인에 있어서 이 시는 단지 즐거운 시적 정취에 그치는 것이 아니라, 생활의 최고선最高善을 나타낸 것이다. 그건 야심적이거나 형이상학적인 것이 아니라, 현실적인 생활에 관한 이상이다. 그것은 놀랍도록 소박한 이상이다. 놀랍도록 소박하기 때문에 평범한 중국인의 마음만이 그것을 이해할 수 있다.

그래서 우리는 종종 왜 서양인들이 그것을 간과하는지 이상히 여기곤 한다. 중국과 유럽의 차이는, 유럽인들이 많은 물건을 손에 넣고 또 만들어 내는 큰 능력을 갖추고 있지만, 그것을 향락할 능력이 별로 없는 데 반해, 중국인들은 가진 약간의 물건이라도 향락할 능력과 결의가 크다는 점에 있는 것 같다.

이것은 중국 문화의 비밀 중 하나이다. 그것은 '행복이란 만족하는 데 있다.'라는 중국인의 철학이다. 그것은 중국인들의 생활에 있는 이상한 독선, 즉 완전히 만족한 듯이 보이고 의심스럽게 보이는 것에는 결코 성급히 달려들지 않는 태도를 설명해 주는 것이다.

그러므로 그것은 서양적 정신의 조급함과 묘한 대조를 이룬다. 즉, 중국인은 본질에서 실제적인 마음을 가졌으므로 본능적으로 우선 모든 진보의 끝은 어디이고 그 목적은 무엇이냐고 물은 다음 행동에 옮긴다.

이전에 한 미국인이 중국인의 신사에게 새 철도가 준공되면 뉴욕까지 여행하는데 1분을 절약할 수 있다고 말한 적이 있다. 그랬더니 그 중국 신사는 정중하게 "귀하가 그 1분을 절약하면 그것을 어떻게 쓰시려는 겁니까?" 하고 물었다고 한다. 이것이야말로 중국인의 기질을 알려주는 전형적인 예이다.

'무엇에'라든가, '무엇 때문에'라고 묻는 이 습관은 매우 좋지 않은 것으로 비칠 수 있다.

이전에 《펀치》지誌가 이 좋지 못한 중국적인 질문을, 영국인에 게 어울리도록 스포츠에 관한 영국 속담에 적용한 적이 있다, 《펀치》지는 '무엇이 어울리는가?'라고. 내가 알기로 이에 대한 해답이 아직 나와 있지 않은데, 누구나 만족할 만한 해답이 나오려면 시간 이 꽤 걸릴 것이다.

어떤 풍자가는 "만일 우리가 매일 생활을 위해 무엇을 하는지를 알았다면 우리가 그 일을 하겠는가?"라고 물었다. 우리는 여성 해방에 대해 말하기를 좋아하고, 또 그녀들이 자유로워지는 것을 좋아한다. 그러나 중국의 노신시는 아마 안락의자에 걸터앉아 '자유는 무슨 자유인가?'라고 자문할 것이다. 이런 종류의 휴머니스트의 냉정함은 자칫 여성들의 열의를 꺾기 쉽다.

그래서 우리는 일반적인 교육 수준과 지식층의 증가에 대해서도 같은 질문을 던져도 좋을 듯하다. 즉 '무엇 때문에?'라고. 그 대답은 《데일리 메일》 등 비버브루크 경卿의 신문을 많은 사람이 읽을 수 있도록 하기 위해서라는 것일까? 그러한 휴머니스트는 일반적으로 역정의 결핍과 보수성을 증명하는 것이라고 나는 확신한다. 그러면 중국의 휴머니스트와 유럽의 인도주의자 중 어느 쪽이 더 정당한가.

중국의 휴머니스트의 두드러진 점은, 그들이 믿는 생활의 진정한 목적에 집착하고, 또 이와 관계없는 모든 신학적·형이상학적 공상을 완전히 무시하는 일이다. 우리의 위대한 휴머니스트인 공자가 죽음이란 큰 문제에 대해 질문을 받았을 때, "우리의 생生도 잘 알지 못하는데 어찌 죽음을 알 수 있겠는가?" 라고 대답하였다.

미국의 어떤 장로교회 목사가 언젠가 나에게, 태양이 점차 그 에너지를 잃어 수백만 년 후에는 아마 유성 위의 생명이 전멸될 것이라고 말하고, 널리 알려진 천체 이론을 인용하면서 불사不死의 중요성을 이해시키려 한 적이 있다.

목사는 "그러므로 당신은 결국 불사의 문제가 중요함을 인정하겠죠?" 라고 물었다. 그러나 나는 "사실 태연한 느낌입니다"라고 대답했었다.

만일 우주가 앞으로 5백만 년이나 존속될 수 있다면 나는 충분히 만족한다. 만일 인간의 생활이 앞으로 5백만 년이나 계속된다면 실제적인 목적을 위해서는 그것으로 충분하고, 그 이상을 바라는 일은 오히려 불필요하고 지나친 형이상학적 사고이다 더욱이 누구의 영혼이든 5백만 년 이상이나 살고 싶어하고, 또 그것으로 충분히 만족할 수 없다면 분수에 넘치는 것이다.

장로교회 목사가 걱정하는 것은, 나의 무관심이 특징적으로 중국 적임과 동시에 유대적이라는 점이다. 그러므로 중국인은 기독교 개종자로서는 매우 빈약하며, 개종하면 모두 퀘이커파가 되어버린다. 왜냐하면, 이것이 그들이 할 수 있는 유일한 일이기 때문이다. 불교 자체도 교양 있는 중국인에게 흡수되면 일종의 심리학 체계로 변하였다. 송대 철학의 본질이 바로 그것이다.

인간적 합리성이라는 정신은 중국의 휴머니즘에 있어 가장 중요한 가르침이다. 아리스토텔레스는 인간은 추리하는 생물이긴 하지만 상식적인 생물이 아니라고 말한 듯한데, 중국인의 철학은 이를 수용하고 있다. 그러나 인간은 단순히 추리할 뿐만 아니라 이상적인 생물이 되려고 노력해야 한다는 것이다.

중국인에게 있어서는 상식적이라는 것은 이성보다 높은 수준에 놓인다. 왜냐하면, 이성은 언제나 추상적이고 분석적이고 이상적이고 또 논리적 극단에 빠지기 쉽지만, 합리성의 정신, 즉 상식은 언제나 현실적이고 진실한 상태를 진정으로 이해하고 평가하는 것이기 때문이다. 이 합리성의 정신은 두 개의 요소 즉 정情과 이理 또는 인정人情과 천리天理로 이루어진다. 서양의 사상가들은 도리만을 중요시하지만, 중국의 사상가들은 언제나 인정과 하늘의 뜻이라는 두 요소를 중요시한다. 서양인에게 있어서는 전제가 논리적으로 옮겨지기만 하면 대개 충분하게 여긴다. 그러나 중국인에게 있어서는 전제가 논리적으로 타당하다는 것만으로는 불 충분하며, 동시에 인정도 옳아야 한다. 실제로 인정에 합당하다는 것은 단순히 논리적이라는 것 이상으로 중요하다. 중국인들은 도리에 벗어나는 일은 별로 싫어하지 않지만, 인정에 합당하지 않는 일이라면 받아들이지 않는다.

이 두 요소에 의한 불가사의한 연금술로부터 중국인들의 인간적 행위의 모든 동기가 풀려나오는 것이다. 따라서 인간적 합리성이라는 이 정신은 주로 직관적이며, 실제로는 영국인의 상식과 같은 것이다. 사실 모든 중국인은 상식이라는 종교의 신도라고 해도 좋다. 중국인들의 고전교육의 목적은 이전부터 언제나 교양의 견본으로 서의 이성적인 인간을 양성하는 일이었다.

교양 있는 인간은 특히 이성적이어야 한다. 이성적인 사람의 특징은 언제나 상식과 중용 및 절제를 사랑하고, 또 추상적인 이론과 논리적 극단을 혐오한다. 상식은 보통 사람들이라면 누구나 갖고 있다. 학구적인 학자는 지나치게 이론적으로 되기 쉽다.

이성적인 인간, 즉 교양 있는 중국인은 과도한 이론과 과도한 행동을 피하지 않으면 안 된다. 이를테면 역사가인 플루드_{옥스퍼드 대학의 역사학 교}수는 헨리 7세와 아라곤의 캐더린과의 결혼을 순전히 정치적 이유에 의한 것이라고 말하였다. 그러나 플레이턴 승정은 완전히 동물적인 욕정에 의한 것이라고 주장했다.

그러나 상식적으로 보면 양쪽의 생각이 모두 타당하다. 버틀란트 러셀은 중국인에 대해 "예술에서는 정묘함을 추구하고 생활에서는 이성적이고자 한다"고 말하였다.

중국에서는 상식적인 종교가 중용의 도_道라고 불린다. 이성적인 사람,

즉 상식을 사랑하는 사람은 누구나 극단을 피한다. 영국에서는 이성적인 사람이라는 말이 흔히 엉뚱한 요구를 하지 않는다는 말과 같은 뜻으로 사용된다. 타인에게 이성적으로 하라고 말하는 것은 다소 인정을 헤아려라, 너무 강요하지 말라는 말과 같다.

버나드 쇼의 희극《피그메일리어》속에서, 꽃 파는 아가씨의 아버지인 도리틀은 히긴즈 교수에게 5파운드만 달라고 조르면서 이렇게 말했다.

"이성적으로 되어 주세요. 당신이 나의 딸을 댁으로 데려간다면, 나는 딸의 아버지로서 어디로 가야만 합니까?"

여러분도 아시겠지만, 이성적인 호소란 언제나 인정에의 호소이며, 이 경우는 딸의 아버지로서 그의 감정에 대한 호소이다. 이처럼 끊임없이 이성적인 것에 호소함으로써 중국인들은 타협의 능력을 발달시켰다. 바로 거기서 중용의 가르침이 생겨났다.

한 영국의 아버지가 그의 아들을 옥스퍼드 대학으로 보낼지 케임브리지 대학으로 보낼지 결단을 내리지 못하다가 버밍엄으로 보내기로 결말을 지었다고 하자. 그래서 그 아들이 런던을 떠나 브레칠 레이에 이르러 동쪽인 케임브리지나 서쪽인 옥스퍼드로도 향하지 않고 곧바로 북쪽인 버밍엄으로 간다면, 이것이 곧 중용의 도道를 행하는 일이다.

그는 곧바로 북쪽인 버미엄으로 떠남으로써 옥스퍼드나 케임브리지 쪽이 모두 노여운 생각을 갖지 않도록 한 것이다. 만일 여러분, 이 중용의 이러한 가르침을 이해한다면 중국의 모든 정치 방식을 이해할 수 있을 것이다.

중국인의 합리적인 정신이나 거기서 생겨나는 논리적 극단에 대한 중오감의 바람직하지 않은 영향은, 한 민족으로서 중국인의 제도를 신용할 수 없게 만든다. 왜냐하면, 제도나 기구라는 것은 언제나 비인간적이고, 또 중국인은 비인간적인 것이면 무엇이든 증오하기 때문이다.

중국인들이 법률 및 정부에 관한 기계적인 견해를 너무 증오하기 때문에, 중국에서는 법률에 따른 정부 운영이 불가능했다. 준엄한 법률의 정치 또는 실제로 비인간적인 법률을 운용하는 일이 중국에서는 언제나 실패로 돌아갔다. 물론 실패한 원인은 민중이 이를 좋아하지 않기 때문이다.

법률에 따른 정부라는 관념은 이미 기원전 3세기의 사상가들에 의해 제안되고 또 전개되었다. 그것은 놀라우리만큼 유능한 행정가였던 상앙 商鞅에 의해 시도되었는데, 결국 상앙은 그 능력의 대가로 목숨을 잃게 되었다.

그것은 한조 초기에도 시도되었지만 얼마 후에 중지되었고, 감숙의 좋지 않은 만주국 나라였던 진秦에서 시행되었다. 그리고 이 나라를 매우 유능한 전쟁 기계로 만들어 중국 전체를 정복할 수 있도록 만들었다. 이를 대중적으로 중국 국민에게 적용하자 3세기 만에 무참히 멸망되고 말았다. 장성長城의 축조가 매우 유효하긴 했지만 너무 비인간적이었기 때문에, 진시황은 그 제국의 멸망을 보게 된 것이다.

한편 중국의 휴머니스트들은 인격적인 정부에 의한 통치를 주장 하였으며, 중국의 민중은 언제나 그러한 영향을 받았다. 신사에 의한 통치라는 것은 매우 대담한 사상이다. 그것은 세계를 통치하며 운용할 수 있는 많은 신사가 있음을 가정하고 있다. 그러나 나는 그것도 민주주의의 이론, 즉 평범한 사람들에 의한 통치에 비하면 그다지 대담하다고는 생각되지 않는다.

이것은 또 자기 자신의 생활조차 처리할 수 없는 평범한 사람들이 타인의 생활을 지배하는, 큰 일을 할 수 있다는 것을 가정하고 있다. 신사에 의한 통치라는 것은 이해할 수 있고 또 이성에 합당한 것임에 반해, 평범한 사람들에 의한 근원적인 통치, 즉 민주주의가 시행되는 생활은 견디기 어려울 것이리라.

양쪽의 제도는 모두 분명히 불완전한 것이지만, 인격적인 제도 쪽이 언제나 중국 휴머니스트들의 기질과 중국인의 개인주의와 자유를 사랑하는 본질에 합당했다.

그러나 이 합리적인 정신은 중국인들이 서양인의 정부를 만들어 내는 데는 방해가 되었지만, 한편으로는 개인의 자유와 개성이 광범위하게 허용되는 문화의 한 장르를 만들어 내었다. 즉, 그것은 평화를 사랑하고 타인에게 간섭하지 않으며 타인을 지배하거나 자기주장만 고집하지 않는 새로운 문화의 형태를 만들어 낸 것이다.

이처럼 절제와 겸양을 애호하게 됨으로써 생활의 모난 단면들이 다리미질을 당하듯 한결 매끄러워졌다 이 문화는 평화적이다. 왜냐하면, 이성적인 기질과 호전적인 기질은 서로 대립하는 것이기 때문이다. 이상적인 인간은 언제나 되도록 투쟁을 피하려 하고, 강요되지 않는 한 절대 싸우지 않는다. 중국인들은 타협의 능력을 발휘하려 하지만, 그러한 태도가 서양인들의 눈에는 겁쟁이로 비치는 수가 있다.

중국인들이 논쟁할 때 흔히 상대방에게 퍼부어지는 비난은 이 성에 따르지 않으면 안 된다는 것을 가정하고 있다. 모든 정상적인 인간이 투쟁이나 논쟁을 할 때와 마찬가지로 교제를 할 때도 이성적 정신의 진수가 되는 것은 셰익스피어의《베니스의 상인》에 나오는, 정의는 자비로서 완화되지 않으면 안 된다는 포샤의 외침으로 대표되는 '살고 또 살게 하라'는 철학의 일종이다.

중국의 장군이 적장을 패배시켰을 경우는 서양의 저널리스트로서는 이해할 수 없는 이성의 형태를 나타낸다. 패장을 유형流刑이나 금고禁錮 또는 참형斬刑에 처하는 손쉬운 방법 대신에 대개 그 군대를 귀순시키기 위한 수단을 강구하고, 요코하마나 파리행行 1등 선실을 계약하여 수만 달러의 경비를 주어 국제적 회의의 정식 대표로 참석하게 한다.

여기에 체면을 세워 준다는 원리가 작용하고 있다. 무슨 일이 일어나든지 사람의 위신을 세워 줘야 한다는 게 중국인의 신념이다. 체면을 세운다는 이 원리는 운명의 수레바퀴가 끊임없이 돌고 있어 사람들을 너무 궁지에 몰아붙이면 결국 비극이 돌아온다는 구시대의 지혜이다. 그리하여 실제로 분쟁에 말려들기를 싫어하고 언제나 화해를 하려고 하는, 극단적으로 평화를 사랑하는 기질이 생겨나는 것이다.

따라서 교양 있는 중국인은 자기의 의견을 너무 주장하거나 남을 궁지에 몰아붙이는 행위를 매우 나쁘고 현명치 않은 일로 생각한다. 이를 적에 대해 '퇴각의 여지를 남겨 두지 않는 일'이라고 말한다. 그리고 적에게 퇴각의 여지를 주지 않는 일은 교양, 즉 함양이 부족한 증거가 된다.

따라서 중국인에 따르면 베르사유 조약은 정치가적 식견이 부족한 것일 뿐만 아니라, 극단적인 악취미이다. 만일 프랑스인들이 중국인이 말하는 함양, 즉 교양을 좀 더 갖추고 있었다면 오늘의 걱정을 덜 수 있을 것이다.

그러나 나는 중국인의 합리적 정신이 그리스인의 온유·명지明知와는 다르다는 것을 지적해야겠다. 그것은 속세를 약간 초월한 것이다. 즉, 상식의 종교이다.

중용에 대한 아리스토텔레스의 가르침과 공자의 가르침 사이에는 확실히 많은 공통점이 있다. 그러나 그리스의 사상이 근대 유럽 사상과 비슷하고 중국 사상과는 동떨어져 있다는 것만큼 분명한 것은 없다. 그리스인은 논리적·분석적으로 생각하지만, 중국인은 종합적·직관적으로 생각한다. 이 상식의 종교는 논리적인 이론의 혐오감과 직관적이며 거의 여성적이라고 할 만한 사고방식을 함축하고 있다.

논리적 추리가 분명히 빠져 있다는 점에서 직관이 여성의 독점적 영역에 속한다는 것을 여러분은 기억해야 한다. 중국 여성의 직관력이라는 것도, 주머니에 1프랑만 있으면 맞혀 보려고 몬테카를로에 모여드는 노부인들이 상당히 있는 것을 보면 매우 의심스러운 것이다. 그러나 중국인과 여성들의 사고방식에는 그 밖에도 유사점이 있다.

여성은 생활에 대한 확실한 본능을 갖고 있는데 중국인 역시 그렇다. 예컨대 여성은 어류학과 교수를 소개할 때, 그녀가 뉴욕에 있을 무렵 인도에서 죽은 해리슨 대령의 형제라고 소개할 뿐 어류학 교수라고는 하지 않는다.

근대 유럽의 여러 나라 중에서 상식을 신뢰하는, 대체적인 짐작으로

사물을 처리하는 점에서 영국인이 가장 중국인에 가까우리라 고 생각
된다. 그러나 영국인이 제도에 대해 더 많은 존경심을 기울이고 또 실제
로 그러한 면에서 크게 성공을 거두고 있는 점, 이를테면 영국의 은행제
도나 보험제도, 우체국, 아일랜드 경마에 있어서 의 전표 계산 제도 등이
중국인과 다르다.

하지만 실제적인 상식과 초 논리적인 능력 면에서는, 영국인은 무지개
다리를 놓고 그것을 불안감 없이 건널 수 있으리라고 생각된다. 영국의
역사를 살펴보는 동안 무엇보다도 나를 놀라게 한 것은 이어붙이기 세
공細工의 걸작인 영국의 헌법이었다. 분명히 그것은 이어붙이기 세공에
지나지 않지만, 그래도 프랑스나 미국의 경우보 다 더욱 훌륭히 국민의
시민적 자유를 보호할 능률적인 기구와 민주주의의 근원적인 형태를 어
떻게든 보존하고 있다.

하지만 옥스퍼드 자체가 괴물처럼 비논리적인 집합체이지만, 세계에서
가장 훌륭한 학원 구실을 하는 데는 아무런 방해도 되지 않는다는 사
실을 여러분은 기억하기 바란다. 그러나 평행선은 여기서 정지된다. 중
국인에겐 이러한 신념이 빠져 있다. 중국인들은 2천여 년 전에 하나의
정치철학을 전개하여 완전히 유동적인 정부 기구를 수반한 비 능동적
인 통치자를 갖는 것을 이상理想으로 삼을 만큼 충분한 것이 못 되었다.

영국에서는 비능동적인 통치자를 수반한, 완전히 유동적인 정부 기구
가 큰 성공을 거두고 있다. 이러한 것들은 모두 예외가 곧 원칙이라는
점과 중국인의 상식 종교가 실제로 세계적으로 유례가 없는 것임을 나
타내는 것이다. 나는 만일 영국인이 생활을 향락 내지는 관조하는 큰

능력을 중국인으로부터 배우고, 또 중국인이 영국인으로부터 제도에 대한 큰 신뢰를 배운다면 양국에 매우 유리하리라 생각한다.

중국인의 지적 생활양식(2)

나폴레옹은 중국인을 '잠자는 용'이라고 표현한 적이 있다. 그러나 정확히 어떤 의미로 이런 비유를 했는지 알 수 없다. 만일 그가 우리 국민의 느린drag on:질질 끌고 지연함 성품을 능력이라 의미한 것이라면 매우 적당한 말이다. 그리고 '느릿느릿한draging on' 또는 '용 같은dragoning'의 경향은 확실히 우리 중국인들의 특징인 듯하다. 왜냐하면, 4천 년 동안이나 느릿느릿 빈둥거리며 세월을 보낼 수 있었던 국민은 우리 중국인밖에 없었으니까, 이러한 설명을 제외한다면 나폴레옹의 표현은 전혀 맞지 않는다. 중국 민족과 용의 유일한 공통점은 신비함을 간직했다는 사실이 세상에 거의 알려지지 않았으며, 이해되지도 않는다는 것이다. 현재까지 용의 정체를 밝힌 사람이 없는 것처럼, 중국인의 특성을 세상에 해명할 수 있었던 사람도 없었다고 나는 생각한다.

만일 내가 세계를 떠도는 여행가로서 상해에 들렀다면, 나는 망설이지 않고 중국인을 위대한 국민이라고 말할 것이다. 그러나 종종 위대하다고 말하는 것은 오해받기 일쑤이다. 누군가를 위대하다고 할 경우, 그것은 그 사람을 이해할 능력이 없음을 의미한다.

여기 한 중국인이 있다. 그는 아마 세탁부이거나 인력거꾼일 것이다. 그는 활기도 없고 초라한 모습이지만, 그래도 영광스러운 로마인이나 유명한 그리스인들도 해낼 수 없었던 위업을 이룩한, 즉 4천 년 동안이나 명맥을 유지해 온 민중의 한 사람이다. 그는 자신이 지닌 여러 가지 결함에도 불구하고 오랜 역사와 낡은 문화와 실천적인 생활 철학과 미술 및 문예의 전통을 지니며, 인류의 역사에 진실로 유례가 없는 사업을 성취한 민중과 민족의 한 사람이다.

그들은 모든 사회학자의 궁금증인 사회적 소멸 문제를 해결하였다. 생물학적으로 보아 그들은 하남의 유대인을 포함한 모든 민족 정복자들을 흡수했는데, 이는 유럽인들도 일찍이 해낼 수 없었던 일이다. 그들은 다른 어떤 민족과도 비교될 수 없는, 오랜 세월 동안 역사의 지속과 광대한 지역에 걸친 문화와 동질성을 유지해 왔다. 우리는 그들이 거센 시련에도 살아남기에 적합한 민족이라는것, 그리고 문화는 많은 결점에도 불구하고 계승될 만한 가치를 지녔다는 것을 인정해야만 한다.

4천 년 동안에 걸친 개화된 생활이 어떤 점에서는 약간의 흔적과 퇴폐적 징후를 남겼다. 유흥에 지친 파리의 늙은 귀족들을 보면, 문화적 국민이 안락한 생활을 영위하는 것이 인간에게 어떤 영향을 미치는지 쉽게 짐작할 수 있다. 오늘날 영국의 희망은 종교나 의회에 있지 않고, 국민 자신이 야외 스포츠를 애호하는 데 있다.

며칠 전 미국의 한 축구 코치가 자동차와 조용한 생활 습관 때문에 옛 미국 대학생들이 지녔던 튼튼한 다리를 볼 수 없게 되었다고 한탄했다는 신문 기사가 있었다. 만일 한 세대 동안 끊임없이 머리를 땅에 조아리며 "네, 그렇습니다."라고 되풀이한다면 그것은 그 민족에게 약간의 영향을 끼쳤음이 틀림없다.

문명화된 생활이 인간에게 미치는 긴장이란 주로 머리를 땅에 조아려 절하며 "네, 그렇습니다."라고 말하는 류의 긴장일 것이다. 오랜 세월 동안 이러한 행동을 계속하면 누구나 둥근 턱이 발달하게 되는데, 나는 이것을 민족적 퇴폐의 가장 불길한 징후라고 생각한다. 물론 둥근 턱에는 유리한 점도 있을 것이다.

중국에서 가장 개화된 지방인 강소성 사람들은 다른 지방 사람들보다 얼굴이 더 둥글다는 점에 주목할 필요가 있다. 또 사람에게서 가장 먼저 눈에 뜨이는 것은 피부와 모발인데, 그것은 분명히 습관에 의해 세련되어진다.

중국 여성의 피부가 서양 여성보다도 아름답다는 사실은 의심할 여지가 없다. 어떤 점에서는 만약 야만족의 피가 끊임없이 섞이지 않았다면, 중국인은 아마 훨씬 나쁜 상태에 빠졌을지도 모른다는 것도 인정해야만 한다. 물론 사람들은 곧 키가 크고 골격이 우락부락한 북방 중국인과 남방 중국인의 차이점을 생각하게 될 것이다.

중국의 역사는 약 5백 년간 평화와 번영의 시대가 계속되고 그 사이에 민족이 약화되어 북방의 침략 시대가 2~3세기 동안 계속되는 규칙적인 주기를 보여 주고 있다. 한조와 진조秦朝 후에, 그리고 진조 말기의 쓸

데없는 논쟁과 따분한 생활에 몰두한 후에 약 150년에 걸쳐 야만족의 침입이 있었다. 또한, 당조 및 송조 치하 500년 동안의 평화롭고 고요한 생활 뒤에는 몽골인의 침입이 있었다. 이러한 주기는 아주 규칙적인 것 같다.

오늘날 우리가 필요로 하는 것은 아마도 새로운 몽골인의 피의 혼합이다. 아무튼, 역사적으로는 이 민족 혼혈로 가장 이득을 본 것 같은 북방 중국인이 그 후 왕조의 시조始祖가 된 모든 제위의 찬탈자를 배출했다. 이처럼 왕위에 오른 이는 남방 중국인에서는 한 명도 배출되지 않았다. 실제로 모든 제위 찬탈자는 어느 한정된 지방, 즉 농해 철도 부근에서 나온 것 같다.

감숙성甘肅省 출신인 당조의 시조를 제외한 다른 왕조의 시조는 모두 이 지방에서 나왔다. 농해 절도의 한 지점을 중심으로 그 반 경을 정하는 일이 곤란하지는 않을 것이다. 한조의 시조는 패현沛縣에서, 진조晉朝의 시조는 하남에서, 송조의 시조는 탁현에서, 명조의 주홍무는 봉양에서 나왔다. 그래서 나는 친구나 친지들에게 사위는 농해 연변에서 얻으라고 충고를 하곤 한다.

근대에도 우리 장군들은 대부분 하북·산동·안휘 및 하남, 즉 농해를 중심으로 하는 지방 출신들이다. 산동 지역은 오패부·장종창·손전방·노영상을 낳았다. 하남은 원세개를, 그리고 안휘는 풍옥상과 단기서를 배출했다. 절강 출신의 장개석은 동떨어진 곳에서 혜성처럼 등장했으므로 항상 고독한 별이었다. 강소 지역은 저명한 장군을 한 사람도 배출해 내지 못했지만, 몇몇 미남 호텔보이를 낳았다.

그러나 이처럼 지역적으로 세분화하지 않고 중국 민중을 하나로 본다면 당연히 하나의 국민이라고 부르기에 적합한 문화의 동질성이 존재하고 있다. 중국은 오늘날에도 어떤 공통된 민족적 특징을 갖고 있다. 여기에서 우리는 중국인 특유의 심리적, 정신적 특징을 밝혀야만 될 처지에 처했다. 나는 이러한 특징은 경제적·문화적·역사적 환경의 성과라고 믿는다.

나는 현재 문화적인 성과에 많은 흥미를 느끼고 있다 만약 오늘날 중국 민중의 주요한 성질을 선악의 양면에서 말해야 한다면 다음과 같다. 즉, 절제·소박·자연 사랑·다산多産·노회老獪·인내·무관심·근면·가정생활에서 사랑·쾌활·호색 등이다.

이것은 모두 소극적인 성질로써 일반적으로 오래된 문화를 가진 전통 민족의 특징이다. 이것들은 모두 '노숙老熟,'이라는 단어로 정의할 수 있다. 하지만 그것은 청춘의 기백과 로맨스보다도 오히려 평온하며 소극적인 힘을 시사한다. 이들 특징 속에서 특히 용을 연상시키는 것은 하나도 없다. 따라서 나폴레옹의 표현은 잘못된 것이다.

나는 용이 특별히 절제한다든가 인내심이 강하다든가 냉정하며, 그리고 근면한 동물인지는 잘 모른다. 그러나 용이 다산多産으로 명성을 얻고 있는 것은 아님을 알고 있다. 이 다산성은 오히려 기니피그실험용 쥐를 생각나게 한다. 그리고 또한 그 용이 4천 년 전에는 용감한 뿔을 달고 있었다 하더라도, 오늘날에는 그 뿔이 아주 작아져 오히려 큼직한 여드름을 연상시키는 정도라는 것은 확실하다.

중국 민중의 10가지 성질 중에서도 가장 현저한 세 가지 특징, 즉 인내와 무관심과 노회老獪가 어떻게 생성되었는지 검토해 보자. 나는 이 세 가지 특징을 문화적, 사회적 환경이 미친 영향이며 따라서 반드시 중국인의 심리적 구조의 일부는 아니라고 믿는다. 그것이 오늘날까지 존재하는 까닭은 우리가 4천 년 동안에 어떤 문화적, 사회적 영향 아래서 생활해 왔기 때문이다. 그러므로 여기서 얻어지는 당연한 추론은, 만약 이 영향이 없어진다면 이 특징도 소멸하리라는 사실이다.

다시 말하면 그것은 중국인으로서 경험한, 그리고 중국에서 성장한 사람이라면 누구나 체험으로 얻을 수 있는 교육 과정이다. 나는 약간 인내심이 강하고 무관심하고 노회하게 되었다. 내 경우 이 과정은 쉽게 이루어지지 않아 의식적으로 노력해야만 했다. 그러나 그만큼 자기 분석 때문에 명료하게 볼 수 있게 되었다.

이런 내 경험은 중국의 모든 사람의 경험이라고 나는 믿는다. 강한 인내심은 주로 가족제도 속에서 발달하였으며, 무관심은 법률적으로 보호를 받을 수 없는 상태에서 일어나며, 노회는 도교적 인생관에 바탕을 둔 것이다. 물론 모든 결과와 원인은 실제로 서로 관련이 있다. 즉, 하나의 원인이 결과라는 어떤 성질을 낳는 그것은 단지 서술을 간단하고 명료하게 하기 위한 것이다.

강한 인내심이 중국 민중의 미덕이라는 것에 관해서는 누구도 반대하지 않을 것이다. 그러나 강한 인내심은 점점 과잉되어 오히려 단점이 되고 있다. 그것은 서서히 당연한 것처럼 인식되고 있다.

그 한 예로 쓰촨성의 어떤 지방은 1955년까지 조세를 선납 당했다. 그러나 이 부당한 대우에 강력한 항의는커녕 집안에서만 비밀히 불평을 소곤거릴 뿐이었다.

그리스도교의 인내도 중국인의 인내에 비하면 오히려 약한 것 같다. 이러한 인내심은 중국 청자와 마찬가지로 그만의 독특한 특이함을 지니고 있다. 진정한 개성은 모방할 수 없는 것이므로 세계 여행자는 중국 청자와 함께 중국인의 강한 인내심을 배워서 돌아가면 좋을 것이다. 우리는 마치 작은 물고기가 큰 물고기 입속으로 헤엄쳐 들어가는 것과 같은 안이함으로 폭정과 악정을 견뎌 왔다.

만약 우리의 인내력이 더욱 심약했다면 폭정과 악정도 보다 적었을지 모른다. 그러나 사실 이 인내력은 인내라는 이름 아래서 더욱 미화되었으며, 또한 유교 윤리의 기본 덕목으로 가르쳐 온 것이다.

그러나 나는 이 인내력이 민중의 위대한 특질이 아니라고 말하는 것은 결코 아니다. 예수는 '온화한 자는 행복할지니, 그것은 대지를 계승할 것이기 때문이다'라고 말했지만, 나는 중국인들이 어떻게 인내력을 발휘하여 대륙의 반을 계승하고 유지할 수 있었는지는 확실하게 말할 수 없다. 중국인도 또한 이것을 의식적으로 최고의 도덕으로 가르칠 뿐이다.

그러나 이 미덕을 더욱 체계적으로 확고히 배우는 곳은 바로 대 가족 제도를 통해서 그곳에서 많은 며느리와 형제, 그리고 아버지와 아들이 매일 서로 의견의 불일치를 보지만 인내함으로써 이 미덕을 배우는 것이다. 각 개인이 마음대로 행동할 장소를 거의 갖지 못한 대가족에게 있어서는, 누구나가 어떤 필요와 양친의 훈계에 따라서 유아 시절부터 서로의 관용과 인간관계의 순응을 배운다.

옛날 장공일長公一이라는 대신이 있었는데, 9대 자손이 한집에서 생활하여 세상 사람들이 모두 부러워했다. 하루는 당의 고종 황제가 그 비결을 물었다. 장공일은 붓과 종이를 청하여 '인내' 혹은 '견인堅忍'이라는 의미의 말을 백 번 썼다는 것이다. 중국인은 이것을 가족제도의 비극으로 해석하기보다는 후세에 길이 그를 부러워하며, '백 번 참는다百忍'라는 말이 유행어가 되기도 했다.

그러나 중국 민중이 강한 인내력을 지녔지만 무관심도 지니고 있다. 이 또한 사회적 환경의 산물이다. 중국 민중은 어떻게 이 무관심을 발달시켰고, 중국의 어머니들은 어떻게 공공의 문제에 관여하지 않는 것이 좋다고 아이들에게 가르쳐 왔는가?

그것은 개인의 권리에 대한 법률적 보호가 없는 경우에는 무관심을 가장하는 편이 훨씬 안전하다는 생각을 하기 때문이다. 그리고 사실 무관심은 상당한 매력을 지니고 있다. 그것은 우리 문화의 의식적인 사물이며 구시대의 지혜가 가르쳐 준 것이다. 그러므로 나는 교양 있는 중국인은 누구나 이 무관심을 배울 필요가 있다고 믿는다. 적어도 내 경우에 있어서 그것은 나 자신을 한 걸음 더 진보시키는 계기가 되었다.

중국 청년은 외국 청년과 마찬가지로 공공 정신에 불타고 있으며, 공공의 문제에 참여하고 싶은 마음은 누구나 가지고 있다. 그러나 25세에서 30세에 이르는 사이 이러한 생각은 저절로 아주 현실적으로 변하며, 결국 중국어로 말해서 '쉐카이랴요學乖子'이다. 그리고 그들의 노숙과 교양에 무관심을 얻는다. 어떤 사람은 선천적인 재능으로 그것을 배우며, 어떤 사람은 경험으로 배운다.

노인은 누구나 모두 안전하게 행동한다. 그것은 개인의 권리가 보장되지 않으며, 여러 가지 크고 작은 경험을 함으로써, 사회에 대해 무관심을 보임으로써 이익을 얻는 방법을 오랜 세월 동안 터득했기 때문이다. 그런데 이 무관심은 개인의 권리에 대해 보호가 없는 상태에서 직접 생기는 것 같다. 사람이 공공 문제, 즉 소위 '쓸데없는' 일에 너무 관심을 두는 것은 위험한 일이다.

우리의 위대한 저널리스트였던 소표평蘇票平과 임백수林伯水가 왕기와 장종창에게 총살당하자, 다른 저널리스트는 당연히 곧 무관 심의 미덕을 배우고 그대로 실천에 옮겼다. 중국적인 의미로 말한다면 그들은 교양을 얻게 된 것이다.

얼마 전에 있었던 일이다. 어떤 사람이 나에게 중국인은 언제쯤이면 민주주의의 준비가 될 수 있겠느냐고 물었다. 나는 "우리 나라의 관리는 언제라도 민주주의의 준비가 되어 있으며, 또한 우리 민중도 역시 그렇다"라고 대답했다.

우리의 개인적 권리를 침범하고 재판 없이 사람을 사형에 처하는 중국의 관리가 자기 방위를 위해서 법정에 출두한다면, 그 희생자 측의 관계자들이 하룻밤 사이에 그 관리를 법정에 호소할 정도 민주주의의 준비가 되어 있다는 것도 확실할 것이다. 그러나 이 권리가 보호받지 못할 경우, 구시대의 지혜인 무관심이 개인적 자유를 지키기 위한 최선의 보장이라는 것을 가르친다. 다시 말하면 무관심은 고상한 도덕은 아니지만, 법률적 보호가 없어서 필요하게 된 사회적 태도이다.

그것은 마치 거북이가 자기의 등을 발달시킨 것과 같은 자기 방어의

한 형식이다. 이 사실은 법률적 보호에 의존하지 않는 도적과 비적이 이 무관심을 조금도 발달시키지 않고, 오히려 우리가 아는 한, 가장 공공 정신이 투철한 의협적인 계급이라는 사실에 의해 증명된다.

호협豪俠이라는 중국의 기사도는 소설《수호지》에서 가장 잘 표현되고 있듯이 항상 도적과 연결되어 있다. 결국, 강자는 힘이 있으므로 공공 정신에 투철하며, 민중의 대부분을 차지하는 약자는 자기 보존의 필요를 느끼기 때문에 무관심하게 된다. 이것은 위나 진晋나라의 역사에서 가장 현저하게 나타나고 있다. 즉, 당시의 학자는 국사에 무관심함으로써 존경받았다. 그러나 그 결과 국력이 쇠퇴하게 되었으며 야만족인 북중국에 정복되었다.

국사에 무관심하며 술을 마시고 고상한 이야기에 심취하며 도인道人의 꿈을 추구하고, 불로불사의 영약을 탐구하는 것이 위조나 진조 시대 학자들의 유행이었다. 이때는 주한시대周漢時代 이후의 중국 민족이 가장 저조했던 시대였으며, 중국 역사상 처음으로 야만족의 지배에 복종한 민족의 점진적 퇴화의 종말을 나타내는 것이었다.

이 무관심이 자연적인 것이었든, 혹은 그렇지 않았든 간에 그것은 어떻게 생겨났을까? 역사는 명료하게 우리에게 말해 준다. 그 이유는 분명히 법률적 보호가 없다는 사실과 정치에 관심을 둔다는 것이 위험하다는 사실에서 연유된 것이었다.

동한東漢 시대 말기 중국학자들은 절대 무관심하지 않았다. 사실 정치 비평은 이 시대 최고조에 달했다. 일류학자와 3만을 헤아리는 학도는 시사 정책의 여러 문제를 자주 논쟁하며, 정부에 대한 용감한 저항 때문에 환관이나 황제의 분노를 사는 것도 개의치 않았다.

그런데 법률적 보호를 게을리했기 때문에 이 운동은 환관에 의해서 완전히 실패로 돌아가게 되었다. 200~300명의 학자와 그 가족 전체가 사형·유형, 혹은 투옥에 처했다. 이 사건은 서기 166~169년 사이에 일어났다. 그것은 '당고黨錮의 화'라고 알려졌다. 그 숙청 방법이 매우 잔인하고 철저하였으며 또한 대규모로 이루어졌기 때문에 모든 운동은 이로써 중단되어 버리고, 더구나 그 여파는 1세기 후에도 영향을 미쳤다.

이어서 이에 대한 반동으로 무관심 풍조와 술·여자·시·선몽仙夢이 널리 유행하기 시작하였다. 학자는 입산하여 출입구가 없는 움막을 짓고 죽을 때까지 창문으로 음식을 들여보냈다. 또 어떤 학자는 나무꾼으로 변장하여 사람들의 눈에 띄지 않도록 했다. 죽림칠현竹林七賢이나 칠성七星이 나타난 것은 그 직후의 일이었다.

대시인 유령劉怜은 술에 며칠씩 취해 있기 일쑤였다. 그는 술병과 삽과 묘를 파는 남자 한 명과 함께 마차를 타고 여행을 했다. 묘를 파는 남자에게는 내가 죽으면 언제 어디서든지 그 자리에 묻으라 말했다. 사람들은 그를 칭송하며 현인이라 불렀다.

당시의 학자는 모두 농부로 변신하든지, 아니면 미친 사람처럼 추태를 부리거나 천박한 짓으로 위장했다.

대시인 원함은 그의 노비와 불륜의 관계를 맺었다. 어느 날 연회에 참석하였다가 그의 아내가 노비를 내쫓았다는 사실을 알고는, 그 자리에서 손님의 말을 빌려 타고 그 노비를 쫓아가 결국에는 모든 손님의 면전에서 노비를 말에 태워 돌아왔다. 이것이 현자라고 칭해졌던 사람들의 행동이었다. 민중은 마치 작은 거북이가 큰 거북의 두꺼운 등껍질을 칭찬하는 것처럼, 이것을 칭찬했다.

이제 중국인의 노회老獪 기원에 관해서 논해 보자. 이것 또한 교양과 노령의 산물이다. 어떤 이는 40이 넘은 사람은 모두 악당이라고 말한다. 어쨌든 사람은 나이를 먹음에 따라서 부끄러움을 모르게 된다는 것은 부정할 수 없는 사실이다. 스무 살 난 처녀가 돈을 목적으로 결혼하는 일은 드물지만, 사십이 넘은 여자가 돈 이외의 다른 목적으로 결혼하는 일은 드물다.

그리스 신화에 나오는 젊은 이카로스는 너무 높게 날아서 날개의 백랍이 다 녹아 버려 바다로 떨어졌다. 그러나 늙은 아버지 다이달로스는 아주 낮게 날아서 무사히 고국으로 돌아왔다고 전해지는데, 결코 터무니없는 이야기는 아니다. 사람은 나이를 먹으면, '낮게 나는 재능'이 발달하며, 이상주의는 냉정하고 평범한 상식과 파운드나 실링에 대한 감각 때문에 온유하게 된다.

그래서 이상주의가 청년의 특징인 것처럼, 사실주의는 노인의 특징이다. 사람이 사십이 넘어서도 악당이 되지 않는다면, 그는 허약 체질이거나 문학의 천재일 것이다. 후자에 속하는 사람이 톨스토이. 스티븐슨과 제임스 밸리영국의 극작가와 같은 위대한 어린아이로서, 그들은 천성적인 동심과 체험이 한데 어울려 우리가 불로불사라고 부르는, 영원한 청년다운 능력을 갖추게 된 것이다.

그런데 이러한 능력은 개인과 마찬가지로 국민에게도 역시 마찬가지이다. 미국의 여성은 어른이라도 슈미즈 차림으로 무릎을 간들간들 흔드는 것을 좋아하는데, 이것은 미국 국민성이 젊기 때문이다. 중국의 청년은 점잖으며 용의주도한데 이것은 우리 국민성이 노숙하기 때문이다.

노회老獪라는 것은 고매한 이상주의를 불가능하게 하며, 생활의 공허함을 조롱한다. 그리고 모든 인간 행위를 단순한 소화기관이라는 수준, 혹은 그 이외의 단순한 생물적 요구로 환원해 버리고 만다. 맹자는 위대한 노회한으로서, 인류의 중요한 욕망을 음식과 여자, 즉 영양과 재생산의 두 가지로 환원시켰다.

고인이 된 대총통 여원홍黎元供도 또한 노회한이었다. 그는 중국 정치 문제의 해결 방법으로, 모든 사람에게 '먹을 것이 있는 경우 먹는 데만 집중하라'라는, 진심으로 환영받는 방법을 제시했다. 여원홍은 자신도 느끼지 못할 무서운 리얼리스트였다. 그가 중국 현대사의 경제적 해석을 이렇게 내렸다면 그의 발언은 그의 지식 이상으로 현명했던 셈이다. 역사의 경제적 해석은 중국인에게 전혀 새로운 것이 아니며, 또한 에밀 졸라에게 있어서 그것은 지적인 방황이지만, 중국인에게는 국민 심리의 문제이다. 사람은 리얼리스트가되는 방법을 배울 필요가 없다. 중국에서의 인간은 태어날 때부터 리얼리스트이다.

대총통 여원홍은 두뇌가 별로 우수한 남자는 아니었다. 그러나 그는 한 사람의 중국인으로서 모든 정치 문제가 빵 문제에 불과하며, 또한 그래야만 한다는 것을 본능적으로 감지했다. 그는 한 사람의 중국인이었기 때문에 내가 일찍이 들어보지 못한 가장 심각한 중국의 정치에 관한 해석을 이렇게 단순화할 수 있었다.

이것은 노인과 노국민만이 도달할 수 있는 매우 빈틈없는 인생관이다.

여러분 중에 25세 이하의 사람들은 그 본질적인 진실함과 건전함을 인정할 것이다. 그런데 이것은 모든 이론과 실제에 있어서도 순전히 도교적이다. 나는 여러분이 노자의 《도덕경》의 5천 어 이상으로 노회한老獪漢의 인생 철학을 잘 표현한 것은 없다는 내 의견에 찬성하리라 생각한다. 그리고 나는 또한 노자는 그 이름에서 연상되듯이 노인이었다는 사실을 상기시키고 싶다.

중국인은 교양에 의하여 유교의 제자가 된다. 그러나 도교는 천성에 의하여 그 이론과 실제에 있어서 약간 노회한 초탈이며, 가공할 만한 퇴폐적인 회의주의이며, 모든 인사人事 간섭의 무익함과 모든 인위적 제도법률·정부 및 종교의 결합에 대한 조소이며, 이상주의에 대한 불신을 갖는다. 이것은 역량의 부족에 의한 것이 아니라, 오히려 신앙의 부족에 의한 것이다.

국민으로서의 우리는 제왕 법전을 제정할 만큼 위대하다. 그러나 또한 법률가와 법정을 신뢰하지 않을 정도로 위대하다. 법률적인 분쟁의 95%는 법정 밖에서 해결된다. 우리는 예의범절을 만들어 낼 만큼 위대하지만, 또한 이것을 인생에서 만날 수 있는 큰 장난의 일부로밖에 간주하지 않을 정도로 위대하다.

우리는 사악을 공격할 정도로 위대하지만, 또한 그것에 얽매이지 않을 정도로 위대하다. 우리는 대학에서 정부를 어떻게 운영해야만 하느냐는 정치학의 학과를 청년에게 교수하는 것이 아니라, 시 정부나 중앙 정부가 현실적으로 어떻게 운영되고 있는가를 일상의 사실과 실례에 따라서 그들을 교육한다. 우리는 공론적空論的 신학에 참을 수 없음과 마찬가지로 비현실적인 이상주의에도 관심이 있다. 우리는 청년에게 신의 아들처럼 되라고 사물을 가르치는 것이 아니라, 올바른 인간이 되도록 가르친다.

중국인은 본질적으로 휴머니스트이며, 그리스도교는 중국에서는 성공할 수 없으며, 만약에 인정되려면 철저히 변모되어야만 한다고 믿는 것은 바로 이런 까닭이다. 그리스도교의 교훈 중에서 중국에 뿌리를 내릴 수 있다고 생각되는 유일한 점은 '비둘기처럼 온순하게, 그러나 뱀처럼 약삭빠르라'라는 그리스도의 가르침이다.

그 한도 내에서의 중국인은 이미 그리스도의 제자이다. 왜냐하면, 이것이야말로 노회의 속성이기 때문이다. 한마디로 말해서 우리는 인간의 노력이 필요하다는 것을 인정하지만, 동시에 또한 그 무익 함도 용인한다. 이 일반적인 마음가짐은 자칫하면 수신愛身의 방위전술을 발달시키기 쉽다.

"대사大事는 소사小事로 화하며, 소사는 무無로 화할 수 있다."

이 일반 원리에 근거해서 중국인의 모든 논쟁이 해결되며, 모든 기획이 입안된다. 그러나 모든 개혁 강령이 개개인에게 평화와 빵이 보장되기에 이르기까지에는 너무나도 믿음직스럽지가 못한다.

'일동一動은 일정一靜만 못하다'라는 격언이 있는데, 이것은 '사람을 방해하지 말라'라든가. '잠자는 개는 깨우지 말라' 하는 것과 같은 의미이다.

따라서 인간의 생활은 최소의 투쟁과 최소의 저항에 따라 움직인다. 이것은 일종의 평범한 심경을 발달시키며, 사람으로 하여 무례를 참고 견디며 천지와 화합한다는 기분을 느끼게 해 준다. 그것은 또한 일종의 수신 방위전술을 발달시키는데, 이것은 어떤 공격 전 술에도 미치지 못하는 가공할 만한 것이 될 수도 있다.

여러분이 배가 몹시 고파 레스토랑에 들어가서 요리를 주문했는데, 좀처럼 나오지 않는다면 여러분은 다시 한번 웨이터에게 주문할 것이다. 만약 그 웨이터가 버릇이 없다면 여러분은 가만히 있지 않고 지배인에게 항의할 것이다. 그러나 만약 그 웨이터가 정중한 태도로 "지금 곧 가져옵니다. 지금 곧⋯⋯." 하고 대답은 하지만 요리가 나오지 않는다면, 여러분 또한 정중한 태도로 기도를 하든지 저주를 하든지 할 도리밖에 없을 것이다. 결국, 이것이 중국인의 수신력, 즉 가장 강하게 느끼는 자가 가장 잘 인정하는 힘이다. 그것은 즉 노회의 힘이다.

여성의 결혼과 삶

　지금은 노동 주간이다. 그러므로 나는 '직업으로서의 문학'을 주제로 이 글을 쓴다. 그러나 나는 직업으로서의 문학을 신용하지 않는다. 여기에서 내가 그것에 반대하는 두 가지 이유를 밝히려고 한다. 첫째, 문학은 직업이 될 수 없다. 문학에 자신의 모든 생애를 바칠 각오가 되어 있는 사람은 우선 문학이 아닌 다른 방법으로 의식주를 해결해야만 한다.

　문학은 고통을 넘어서야만 얻을 수 있는 여유의 소산이다. 그런데 생활 대책을 번민해야 하는 사람이 어떻게 문학을 논할 시간을 가질 수가 있으랴! 물론 삼류작가가 되어 생활비 마련을 위해 주문대로 시나 에세이를 창작할 수는 있을 것이다.

　영국의 위대한 비평가인 아놀드는 삼류작가를 일컬어 진정한 작가가 아닌 '문학의 직공' 이라 하였다. 이런 삼류작가는 인간이 택할 수 있는 직업 중에서 최고로 나쁜 것이라고 나는 생각한다. 세계는 클럽 가련던의 가난한 문사들의 거리의 슬픈 이야기가 화젯거리가 되고 중국도 예외는 아니다.

1천 자의 원고료가 5센트라는 매우 극단적인 예도 있다. 그러나 헤벨독일의 시인이자 극작가의 경우는 매우 현명했다. 그가 비엔나의 돈많은 여배우와 결혼을 하여 가난과 곤궁에서 벗어났을 때, 그 의 창작이 얼마나 풍부하게 되었으며, 그의 천재성이 얼마나 빛을 발했는가!

중국에도 이러한 예가 있다. 중국 최대의 여류시인 이청조李淸照：송나라 여류시인는 부유한 남편을 만남으로써 적어도 생활고에서 벗어났기 때문에, 위대한 시작詩作이 가능했다. 만약 그녀가 생활의 한 방편으로 시를 썼다면 생계를 잇기 위해 시를 팔 수도 있었을 것이며, 더구나 졸작은 수없이 썼을 것이다.

그러나 이와 반대되는 때도 있다. 포의 글은 1세기가 지난 후에도 언제나 비장하고 아름답다. 그런데 여러분이 포처럼 비참하고 곤궁한 생활을 한다면 결코 아름답지도 유쾌하다고도 생각지 않을 것이다. 만약 포가 돈 많은 여자와 결혼을 했었다면, 그 이상 아름답지는 않더라도 더 중요한 문학적 유산을 세계에 남겼으리라.

또한, 직업으로서 문학을 믿지 않는 두 번째 이유는 여러분의 가장 좋은 직업이 바로 결혼이라고 믿기 때문이다. 여러분은 직업, 즉 생계를 이끌어 가는 것과 생활에 의의를 부여하는 것을 분명히 구별해야만 한다.

직업이란 의식주를 해결하는 수단이라고 정의할 수 있다. 그러므로 직업적 사진작가란 사진을 찍어 자신의 생계를 이끌어 가는 데 비해, 아마추어 사진작가는 사진을 찍는 행위 그 자체를 사랑하는 사람이다. 전자는 순전히 경제적 문제이며, 후자는 마음과 영혼의 문제이다.

그러나 이 두 가지를 동시에 만족하게 할 수 있는 직업도 있다. 그러나 나는 여러분이 경제적인 여건에 관해서 좀 더 생각하기를 바란다. 내가 결혼을 권하고 직업으로써 문학을 선택하는 데 반대하는 것은, 여러분의 궁핍을 원하지 않기 때문이다. 여러분은 현재의 결혼제도와 사회에서의 남녀의 경제구조의 불평등에 대해서 항의하는 것도 매우 좋다.

그러나 경제구조도 여러분이 이미 알고 있듯이 남성과 여성 사이에 매우 불평등하게 이루어진다는 것도 사실이다. 여교사는 단지 여자라는 이유로 남자 교사보다 대체로 보수가 적다. 이 세상에는 수많은 직업이 존재하는데 여자에게 그 기회는 훨씬 적다. 그나마 남자가 만든 이 사회에서는 보수나 기회, 재능 면에서 남자는 여자들에게 위협의 대상이 된다는 것은 새삼 말할 필요가 없다.

오늘날 뛰어난 요리사나 의상 디자이너는 거의 남자들이다. 또한, 미혼 여성은 사회로부터 남자들보다 많은 제약을 받고 있다. 자신의 생활비를 스스로 벌고 있는 여성들은 현재의 제도가 그녀들에게 얼마나 불공평한가를 뼈저리게 느낄 것이다.

남자들과 경쟁이 없는 유일한 직업은 결혼이다. 따라서 결혼은 왜적으로는 남성이 여성보다 유리하다. 그러나 결혼은 여성 여러분들이 남성보다 매우 유리하다. 이것이 현재의 사회 구조이다.

여러분은 나의 현실적인 결혼관에 항변할지도 모른다. 그러나 현재까지 나는 경제적 측면에서 논하고 있다는 사실이다. 어떤 직업도 그 자체로서 고귀하지도 비천하지도 않다. 일한다는 관점에서 본다면, 가정을 이루는 일이 거리에서 두부나 호떡을 파는 것보다 천한 일이라고는 할 수 없다.

상해의 일류 백화점인 영안공사에 가면 문을 열고 닫아 주는 남자가 있다. 그는 그것으로 생활을 하고 있으며, 앞으로도 몇십 년 동안, 혹은 죽을 때까지 그 일을 계속할지 모른다. 그것을 훌륭한 직업이라고는 할 수 없을지 모른다. 그러나 생계를 위한다는 점에서 본다면 모든 직업은 똑같이 고귀하거나 똑같이 비천한 것이다. 정직한 일을 하고 그 대가로 돈을 버는 것은 결코 부끄러워할 일이 아니다. 물론 여러분은 자신의 직업을 창피하게 여겨 사회가 여러분에게 주는 위안과 보호에도 전혀 가치가 없다고 생각할 수도 있다.

오늘날 상해거리를 활보하는 유한 부인들이 사회에 기여하는 것은 고작 화장하고 마작 패를 조직하는 것밖에 없다.

이런 여성은 사회에서 전혀 필요로 하지 않는 손실만을 초래하는 사람들이다.

그런데 또한 직업에 해를 끼치는 남자도 있다. 유학에서 돌아온 사람이 상사에게 철저히 아부하고, 외국 사회에서 받은 교육의 답례로 아무 외국인과도 악수하고 아이스크림을 나르는 것으로 세월을 보내는 사람도 있다. 그러므로 남성이나 여성, 가릴 것 없이 문제는 모두 다 있다.

남자가 자신들의 일을 잘 처리할 수 있도록 만들어진 반면 여성 대부분은 행복한 가정을 꾸려 나가는데 적합하다. 남자들은 때때로 아무런 준비도 없이 직업에 뛰어들기도 한다. 만약 여러분이 남자 세계의 무능력함을 자세히 살펴본다면 이 말을 이해할 것이다.

그들 중에는 대학의 학장보다는 차라리 거리에서 연설하는 것이 오히려 어울리는 사람들이 있으며, 엘리베이터 보이가 훨씬 더 어울리는 관리들이 있다. 그러므로 정부 기구는 원활하게 운용되는 것이 아니라, 아무 쓸모 없이 움직이고 있다. 중국에서는 해마다 이런 관리들의 무능과 졸렬과 좁은 식견 때문에, 수백만 달러의 국고가 손실되고 수백만 명의 민중이 희생되고 있다.

여러분은 마음과 영혼이라는 단어가 좋은 의미로 느껴질 것이다. 그런 의미에서 결혼은 보통 남자들의 직업 이상으로 그 일과 여자의 마음과 영혼 사이에 밀접한 접촉이 있다. 여러분이 어린아이에게 재미있는 이야기를 해 주거나 우는 아이를 얼러서 달래는 일은 세상의 모든 아버지가 쉽사리 해내지 못한다.

나는 여러분들이 대개 결혼을 희망하고 있다고 생각한다. 최소한 90%가 그럴 것이다. 물론 남자들의 90%도 또한 결혼을 희망하지만, 그들은 결혼하면 가족을 부양하기 위한 생활수단을 마련해야만 한다. 그러나 여성 여러분은 이런 부담은 없다. 그러므로 불공평은 남자와 여자 모두에게 주어져 있다.

만약 사법부가 내일이라도 기혼 여성에게 가족 부양의무를 떠맡겨 남자들에게 그 걱정에서 해방될 수 있는 법률을 만들어 준다 해도 나는 조금도 이의가 없다. 아무튼, 현재의 사회 제도 아래에서 남녀의 직업의 문제는 차등이 있다. 그러므로 여성 여러분의 최상의 직업은 곧 결혼이라는 결론에 도달한다.

그다음의 문제는 여성 여러분이 결혼생활을 어떻게 유지해 나가는지에 있다. 나는 단순히 생계를 꾸려나가는 것만이 생활을 의미하는 것은 아니라고 이미 말했다. 나는 결혼을 경제적 측면에서 본다면 매우 불공평한 계약이지만 아무튼 생계유지를 해결하도록 충고했다.

이제 여러분이 자유롭게 도덕적·지적·정신적으로 의미 있는 생활과 이 사회에 기여할 수 있는 방법을 살펴봐야 한다.

나는 지금 남편에게 음식을 마련해 주는 일이나 양말을 꿰매는 일, 아이를 키우는 것을 말하는 것이 아니다. 그것은 결혼에 있어서 하나의 기계적인 측면에 불과하다. 나는 대학 졸업생이 좋은 비서나 교사가 되리라는 것을 알 수 있듯이, 여러분이 좋은 아내가 될 것은 자명한 일이다.

그런데 문제는 그보다 심각하다. 일단 결혼을 하고 나면 대부분 여성은 의의 있는 생활을 제쳐두고 오직 아이를 낳는 기계로써 존재한다.

그녀들은 그 남편과 가문과 문중을 위해서 아이를 낳아 기름으로써 자신의 의무를 다했다고 생각하며 일생을 보낸다. 물론 남자 중에도 그런 사람이 있다. 그들은 그저 현재의 생활에 만족하여 마음의 수양이나 사회에 기여할 방법은 전혀 생각하지 않는다.

나는 대학 교육까지 받는 여성은 아내나 엄마의 역할도 중요 하지만 나름대로 독립된 생활을 할 필요가 있다고 생각한다. 러셀은 이렇게 말한다.

"여성은 25세에 결혼하여 3, 4년 터울로 세 아이를 낳고, 35세 정도가 되면 다시 사회에 기여 해야만 한다."

적당히 산아제한을 한다면, 아이를 기르면서도 사회에 공헌할 수 있다. 그런데도 대부분 여성은 그렇게 하지 않는다. 그녀들은 생활이 보장

된 것만으로 만족한다. 이것은 단지 생계를 유지하기 위한 하나의 직업적인 결혼관이다.

러셀은 두세 명의 아이를 키운 35세 전후의 중년 여성은 미혼 여성보다 초등학교 교사나 유치원 보모에 더 적당하다고 생각하고 있다. 그녀들은 연륜에 따른 경험과 원숙함과 젊은 미혼녀가 갖지 못하는 어린이의 심리와 행동에 관한 지식을 가지고 있기 때문이다. 간호사였던 여성은 다시 간호사로서의 일을 할 수 있을 것이며, 의학도는 병원의 의사나 원장으로서 그 일을 다시 시작할 수가 있을 것이다.

평론가는 논문을 쓰고 정치를 논할 수가 있을 것이다. 그리고 여류 작가는 더 좋은 작품을 쓰기 위해 전념할 수 있으리라.

지금까지 중국의 여성은 시 정도만을 써왔다. 그녀들은 왜 조금 더 경제학에도 눈을 돌려 산업노동의 실태를 연구하려고 하지 않는 것일까? 모든 우리 여성들은 어디로 갔단 말인가?

참으로 안타까운 일은 미혼 여성이 결혼을 기다리는 동안만 직장 생활을 할 뿐 다시는 직업 전선에 뛰어들지 않는다는 유치원의 보모가 되려는 것이다. 그녀들은 사회로부터 모습을 감추어 버린다.

여성에 대한 경고

여러분은 미국의 비평가이며 독신주의자였던 멘켄이 여류작가 헐트양과 결혼했다는 소식을 들었을 것이다. 이 소식은 많은 사람들에게 흥미를 불러일으켰으며 특히 미국 문단에서는 더욱 관심의 초점이 되었다.

그러나 모든 여성에게 열렬히 독신 생활을 주창했던 멘켄의 이 배신 행위는 여성들의 승리라고 생각할 것이다. 왜냐하면, 결혼은 곧 여성의 승리를 의미하기 때문이다.

멘켄은 지금 노경에 접어들고 있다. 그가 독신 생활을 청산한 것은 바로 그 때문이다. 그가 아무리 강력하게 자기 변호를 한다 해도 이 확신을 무너뜨릴 수는 없다.

나는 솔직하게 그의 저서 《여성의 변호》를 다분히 젊은 시절의 산물로 생각하며, 그가 쟁취한 결혼이라는 이 최후의 행복을 성숙된 나이의 인간이 할 수 있는 지극히 정상적인 행위라고 볼 뿐이다. 그가 자연의 위력에 굴복하여 최후로 맞이한 행복에 비한다면 그의 화려한 글도 보잘것없이 작게 보인다.

우리는 여기서 독일의 작곡가 바그너를 생각지 않을 수 없다. 그의 마이어에 대한 채워지지 않았던 욕망과 코시마에 의해 채워졌던 욕망을 생각해 보자. 마흔아홉 살의 바그너가 마이어에게 보낸 편지를 보면 실로 감동하게 하는 무엇인가가 잘 표현되어 있다.

"나는 가정을 갖고 싶습니다. 특별한 위치에 있는 상류층이 아닌, 평범한 나의 개인적인 가정을. 올해 5월에 나는 쉰 살이 됩니다. 나는 가정을 원합니다. 귀여운 어린아이가 아침 식사를 침대로 가져오고 당신이 시중을 들어주는 것 외에는 아무것도 나를 방해하지 않을 가정을. 그리고 당신은 간단한 점심을 만들어 줍니다. 그리고서 나는 외출하여 사람들과 만나고 모든 것이 순조롭게 진행되면 저녁에 내 가정으로 돌아옵니다."

그러므로 위대한 독신자였던 성聖 바울이 말했던 것처럼 결혼은 불타오름을 회피하는 것은 결코 아니다. 결혼한다거나 불타오르는 것은 현실에 안주하려는 것이 아니다.

아무튼, 사람은 나이가 들면 결혼을 하든지, 아니면 고독한 생활을 계속할 것인지 결정해야 한다. 물론 일부 위대한 천재는 독신을 고수했다. 성 바울·니체·쇼펜하우어·버틀러 등.

예수는 결혼한 적이 없으며 공자는 아내와 이별을 했으며 석가는 집을 버렸다. 그러나 이들은 예외이다. 나는 여기서 보통 사람을 논 하는 것이다.

결혼은 생물학적, 정서적인 동기를 수반한다. 이 결혼의 생물학적, 정서적 동기는 남성보다 오히려 여성에게 더 크다.

여성들은, 결혼이란 남성의 이기적인 소유본능을 만족하게 하려고 만들어진 제도라고 생각해 왔다. 그러나 나는 이보다 더 잘못된 생각은 없다고 본다.

그 점에서는 남자들이 미인을 얻기 위해 마치 물불을 안 가리는 것처럼 여성들도 한 남자를 소유하기 위해 귀르케니 고양이두 마리의 고양이가 서로 물어 뜯어 꼬리밖에 남지 않았다는 전설 속의 고양이처럼 싸우지 않는가! 그러므로 결혼은 남성과 여성 모두에게 생활을 보장받는 하나의 방법이다. 이 보증은 특히 여성에게 강한 생물학적, 정서적 동기가 된다.

결혼에는 여러 종류가 있음을 우리는 흔히 발견하게 된다. 여성의 관점에서 바라본 결혼에는 세 가지 유형으로 나눌 수 있다.

첫째, 신데렐라 콤플렉스를 지닌 여성들이다. 그녀들의 궁극적인 목적은 갑부인 남편으로부터 신분 상승과 경제적인 욕구를 충족시키는 것이다.

이 결혼은 단순히 경제적인 측면을 부각하므로 결혼을 하나의 영리적인 사업으로 전락시킨다. 그러나 오늘날 이런 결혼은 계속 늘어가는 추세이다.

미국의 여론은 채플린에게 도덕과 정조에 대한 보상이라는 명목으로 전처에게 백만 달러를 지급하게 했다. 만약 내가 채플린이었다면 그녀에게는 한 푼도 줄 수 없다고 세상에 공표했을 것이다. 여론이 채플린을 박해한 방법은 미국 국민의 치욕이며, 그것이 누구의 정조이든 간에 백만 달러의 가치가 있는 것은 결코 아니기 때문이다.

둘째, 혁신적인 의식을 가진, 여성 해방을 주장하는 여성들이 있다. 그들에게 결혼이란 평등한 두 영혼의 결합이며 성적 욕구를 정당화한 것으로 생각한다. 그러므로 완전한 사랑과 지적 일치를 기초로 대등한 관계가 영원히 지속하여야 한다고 믿는다. 이런 사람들은 경제적인 측면을 전혀 고려하지 않으며, 결혼 서약도 필요로 하지 않는다. 만약 이것이 실행될 수만 있다면, 가장 이상적인 한 형태라고 할 수 있다.

셋째, 평범한 보통의 결혼을 들 수 있다. 이 결혼은 경제적 측면과 로맨틱한 동기가 묘한 조화를 이룬다.

이처럼 결혼에 이르게 되는 동기는 신데렐라 콤플렉스를 간직한 유형에서부터 여성 해방론자에 이르기까지 모두 다르다. 그러나 결코, 우리가 생각하는 것만큼 큰 차이가 있는 것은 아니다.

어떤 존경할 만한 결혼이 신데렐라 콤플렉스를 가진 여자의 함정에 빠져 이루어진 예도 있으며 또한 완전히 이상적 결합이라고 생각되었던 결혼이 그 필요성을 잃고 별거 상태에 이르는 사람도 있다.

나는 신데렐라 콤플렉스에는 관심이 없지만, 두 번째 유형인 '여성 해방론자'와 그 결혼에는 흥미를 느낀다. 이 경우 남자보다는 오히려 여자에게 많은 부담이 안겨진다.

신여성, 즉 여성 해방론자들은 새로운 결혼의 이상 때문에 흔히 남자보다 손해를 보게 된다. 그녀는 모든 일에 동등한 동반자가 되어 사회에 기여하는 사람이 되려 한다. 그러나 많은 여성이 그렇듯 주부가 되어 갓난아기를 돌보는 운명을 결코 비껴갈 수가 없다.

그녀가 꿈꾸던 이상은 그 어디에서도 발견할 수가 없다.

게다가 그녀는 부유한 생활만을 갈망하는 여자와는 달리 의협심이 있으며, 또한 그 의협심 때문에 자주 손해를 본다. 그녀는 미래의 남편을 향하여 이렇게 말할 것이다.

"사랑하는 그대여, 나는 우리의 결혼이 평범하리라고는 믿지 않습니다. 결혼은 완전한 사랑과 지적 일치만을 기초로 하며, 그것이 지속하는 동안은 계속될 것입니다. 나는 당신의 의협심에 호소하는 일은 하지 않겠습니다. 그리고 또한 내가 그렇게 되더라도 그처럼 당신에게 기대합니다. 우리의 동반에 어린아이는 필요 없습니다. 우리는 두 사람이 같이 생활비를 벌어서 같이 가정을 꾸려 나갑시다"

그런데 이러한 입장이 언제까지나 같을 수는 없다. 페미니스트인 아내는 75%의 일을 하게 될 것은 확실하다. 즉, 가사에 관해서는 완전히 50%를 분담하고 그 외에 가정을 유지하기 위한 사회생활에 25%를 발휘할 것이다.

이것은 명백한 진리이다. 나는 여기에서 또 다른 두 사람이 이와 비슷한 결혼을 계획하고 끝내는 이별을 했다는 스트린드베리의 소설을 인용할 생각은 없다.

얼마 전의 일이다 나는 《하퍼》지誌에 게재된 미스 사이므스의 매우 계몽적인, 매우 사실적인 글을 읽은 적이 있다. 그 부제는 '약간 피곤해진 어떤 페미니스트의 반성'이었다.

이 이야기 속의 여성은 페미니스트에 속하는 이상주의자였다. 그녀는 대학 교육까지 받았으며 매우 아름다웠다. 그 이야기를 조금 인용하자.

존과 제인은 10년 동안 결혼생활을 하고 있었다. 그들은 서른 여덟 살로 동갑이었다. 존은 시인이고, 제인은 큰 광고 대행업체의 타이피스트였다. 그녀의 일은 고되고 매우 신경을 쓰기 때문에, 존 보다 열 살쯤 더 늙어 보였다. 그들의 관계는 제인의 페미니즘과 존 의 모더니즘이 일치되어 서로 비슷한 입장이었다.

그들은 제각기 똑같은 금액의 돈을 가정용 금고에 넣었다. 이론상으로 그들은 일주일에 두 번 오는 가정부의 일을 제외하고 가사를 반씩 나누기로 되어 있었다. 그러나 실제로 이 부담은 거의 제인이 도맡았다. 존은 대부분 남자와 마찬가지로 지저분하거나 난잡한 것에는 무관심했다.

그의 요리는 달걀프라이에 한정되어 있으며, 또한 그는 결코 세탁물에 손대는 일이 없었다. 그래도 그들의 결혼생활은 10년간 지속하였으며, 빠듯한 수입으로 살아가는 대부분 부부처럼 가끔 고상한 취미도 즐기고 그런대로 행복했다.

그런데 존이 스무 살의 젊은 아가씨를 사랑하게 되었다. 그는 그녀에게 프러포즈하였다. 그들이 그 사실을 제인에게 말했을 때, 제인은 자신의 신조인 우아함을 잃지 않기 위해서 가재도구의 반을 꾸려서 집을 나갈 수밖에 없었다. 그다음 날 그녀의 눈이 약간 충혈되고 약간 야위었다 하더라도, 그 누구도 그녀가 그날 밤 뜬눈으로 밤을 지새웠다는 것을 생각해 주는 사람은 없었다.

그런데 그건 매우 불공평한 일이다. 오늘날의 윤리에 비추어 서른여덟 살의 존이 스무 살의 아가씨에게 마음을 준다는 것을 물론 나쁜 일이 아니다. 존과 같은 나이인 제인은 가사와 가정을 꾸려나가기 위해 사회생활을 하는 탓에 조금 더 늙어 보였다. 그러나 만약 제인이 스무 살이나 스물다섯 살의 남자와 교제했다면 사람들이 과연 그녀를 비웃지 않았을까?

그녀가 외로움을 달래기 위해서는 친구이건 연인이건 자신과 같은 나이의 남자에 한정된다. 그런데도 남자들은 대체로 젊고 아름다운 아내를 찾고 있다. 그녀는 자신의 전 생애를 그런 남자의 규칙에 따랐다. 법률의 보호도 위자료도, 그녀는 이 모든 것을 연약한 여성이 남성에게 기대게 된다고 경멸해 마지않았다. 그리고 그녀의 지성으로 볼 때 그런 것은 옳지 않았다. 그러나 이런 경우에는 지적인 견고함이 냉정한 위로가되어 주었다.

이것은 이미 1년 전의 일이었다. 만약 제인이 지금도 존을 사랑하는 것이 아니라면, 복수를 하는 것이리라. 존과 그의 새 연인은 외국으로 갔다. 그는 가끔 제인에게 편지를 보내 그녀의 훌륭한 인격을 강조했다. 그 편지는 새 연인의 무능함과 차라리 귀여운 연약함과 질투를, 편지를 쓰려고 할 때의 시끄러운 잔소리를, 그리고 그녀가 완전히 그에게 기대고 있다는 사실을 길게 쓰고 있었다.

존은 그녀와 헤어질 수는 없을 것이다. 그녀는 그만큼 그를 필요로 하고 있으므로 이런 편지를 읽을 때마다 제인은 자신의 능력을 한탄하며 눈물을 흘렸다.

또 다른 이야기인 세리아의 문제는 제인의 경우와는 매우 다르다. 그러나 한편으로는 아주 똑같기도 하다. 세리아는 19세 때 아무런 능력도 없는 젊은 남자와 사랑에 빠졌다. 결혼 후 그는 한 신문사에서 일했으며, 그녀는 대학에서 연구를 계속했다.

불행히도 그녀는 임신 했으므로 아이가 태어나기 6개월 전에 대학을 자퇴했다. 그리고 아이에게 지출되는 비용이 많아지자, 세리아 역시도 평등한 입장이라는 고상한 관념에 따라서 일을 하러 나섰다. 여자라는 이유로 그녀의 급료는 같은 일을 하는 남자보다 3분의 1이나 적었다.

그것은 지금으로부터 12년 전의 일인데, 그녀는 아직도 그 일을 하고 있다. 아이가 만 두 살이 될 때까지 그녀는 가정일로 밤잠을 설쳤다. 또한, 직장 일이 무척 힘들었으므로 점차 몸이 쇠약해졌다. 그 후로는 완전히 건강을 회복할 수 없었다. 애인은 그녀를 도우려 했지만, 그들이 살던 서부지방에서는 가사를 도와주어야만 하는 일이 너무 많았다. 그러나 가사와 아기 돌보기는 아무래도 남자 에게는 불가능한 일이 많았다.

그 후 8년 동안 그녀는 신경질환을 두 번 앓았다. 두 사람은 불화가 잦아 이혼했으며, 그 위자료와 어린아이의 부양비를 평등하게 부담하기로 했다. 내가 최근에 세리아의 병문안을 갔을 때, 그녀는 그 부담분을 당분간 이행하지 못할 것에 대해 번민하고 있었다.

"아마 남자 쪽에서 당분간 전부를 낼 수 있겠지."

라고 내가 말했더니 그녀는 우울한 듯이 대답했다.

"아마 그렇겠지요. 나는 당신에게까지 그것을 인정하게 하고 싶지는 않지만, 그것이 싫어서 괴로워요."

다음은 '현대 여성이 구시대의 여성이 지은 죄 때문에 손해를 본다'는 루스의 이야기이다.

루스는 갓 이혼한 남자와 결혼했다. 이혼의 죄는 전처 쪽에 있었지만, 그는 신사였으므로 그 아내가 고소하는 것을 막았다. 그녀는 이것을 이용하여 위자료를 요구했는데, 봅은 자기가 불리하도록 만들어진 증거를 승인한다기보다도 오히려 그녀를 청산하기 위해서 그 돈을 지급했다.

전처가 편안히 생활하게 하려고 봅과 루스는 함께 벌어야만 했다. 루스는 어차피 각오가 되어 있지만, 만약 봅의 수입에 이 무거운 부담이 걸려 있지 않았다면 그들은 더욱 유쾌하게 살 수 있었을 것이다. 두 사람 모두 아이를 원했지만 불가능한 일이었다. 병원비와 뜻하지 않는 비용은 루스의 급료에서 지급되어야만 했다.

최근에 나는 눈물과 분노로 범벅이 된 그녀가 직장을 그만둘 생각이라는 말을 들었다. 봅의 전처가 모피 외투를 사겠다고 3백 달러를 요구했기 때문이다. 루스는 그 돈을 보내려고 했다. 왜냐하면, 남편이 전처는 돈 버는 방법을 모르지만, 당신은 그것이 가능하지 않으냐고 말했기 때문이었다. 그녀는 이렇게 울먹였다.

"그렇다면 나도 지금부터 당장 그 돈 버는 방법을 잊도록 하겠다. 그 철면피 같은 기생충을 1년 동안 부양해 준 것으로 이미 충분하다. 나도 이제부터 그렇게 되기로 작정했다."

나는 이 모든 증거를 토대로 아내를 기생물로 취급한 구식 결혼이 제일 좋은 선택이라고 결론을 내려야 할지, 혹은 이들 현대 여성의 이상주의적인 기도가 실패한 것을 이유로 그런 결혼의 찬가를 불러야만 할 것인지 알 수 없었다. 만약 그렇게 한다면 여러분은 결코 나를 용서하지 않을 것이다.

이런 기도가 실패한 것은 이 재능 있는 페미니스트인 필자가 스스로 시사하고 있듯이, 신여성들이 시대에 앞서서 살아가려고 하며 남자들이 아직 소년티를 완전히 벗어나지 못한 데 비해 그녀들은 성숙하고 교양 있는 부인으로서 행동하려고 했던 점에 기인한다. 그러한 행동이 완벽했다는 것도 나는 안다.

그러나 내가 주장한 것은 자연의 섭리 속에도 또한 깊은 뜻이 있어서 아이를 낳고 기르는 일과 젊고 아름답게 보여야만 한다는 의무 모두가 여성에게 부과되었다는 사실과 관련된다. 남자들은 여성들이 어떻게 아이를 낳는지, 음식은 어떻게 하는지 알지 못한다. 그러나 남성은 여성처럼 젊고 아름답게 보일 필요는 없다는 사실을 부정할 수는 없다.

그것은 생리적인 사실이다. 그리고 정서적인 면에서 남자는 여자보다도 일부일처제를 지키기가 힘들다. 그러나 기혼 여성이 이혼이나 별거 후에 만족할 만한 성적 결합을 발견한다는 것은 대체로 무척 어려운 일이다. 정절은 여성을 지배하는 특색이기 때문이다.

아이라는 중대한 문제를 고려하지 않는다 하더라도, 여성은 남성보다도 결혼과 결혼에 의한 보증이 필요하다. 그리고 또한 특별한 경우를 제외한다면 원칙적으로서 여성은 그만한 가치가 있다.

남자에게 있어서 구식 결혼은 매우 불공평한 것이 되리라는 생각이 든다. 적어도 사회 윤리가 변할 때까지는 그럴 것이다.

그래서 나는 분별 있고 여러 가지 경험을 쌓은 후에, 진실하고 영원히 함께한다는 마음으로 행해지는 결혼을 신용한다.

중국인의 리얼리즘과 유머

하나의 풀리지 않는 의문이 있다. 그것은 내국인이나 외국인 모두가 똑같이 느끼는 의문이다. 최근에 나는 그 의문, 즉 우리 중국이 나타낸 이상한 현상에 관해서 주의 깊게 관찰을 해 보았다.

이 현상은 바로 지난 주에 중국이 국제연맹 이사회 가입에 실패했다는 것과 과테말라와 같은 소국이 이것을 획득했다는 소식이다. 이렇게 되기까지는 어떤 이유가 있겠지만, 이 사건은 오늘날 중국이 직면하고 있는 현실 그 자체 속에 존재한다.

나는 혈기 넘치는 한 중국인으로서 국민 혁명 이래 행하여진 갖가지 변화에 큰 기대와 열의를 가지고 있었다. 그러나 지금은 쓰디쓴 실망과 불만으로 지켜볼 뿐이다. 이 나라에서 벌어지는 모든 일 들은 완전히 불합리하여 거의 감을 못 잡을 정도이다.

나를 실망하게 하는 또 한 가지는 진보와 개혁을 목표로 하는 모든 인간의 노력을 수포가 되게 한다는 것이다. 무엇이 그렇게 만드는지 그 요소들을 찾아내기 위해서 개인적으로 분석을 시도해 보았다. 왜냐하면, 변화의 실패 요인에 대해 여러 가지 변명은 있었지만, 솔직히 말해 19년 전 중국 공화국을 설립하기 이전의 생활과 달라진 것이 없기 때문이다.

원인을 알 수 없는 묘한 질병이 중국 사람들에게 들러붙어 있는 것 같다. 혹은 우리 조국의 운명에 무슨 악령이 붙어 있단 말인가?

분명히 우리의 심리 속에는 진보와 개혁을 방해하는 어떤 요소가 존재하고 있다. 그 요소가 무엇인지 밝혀내기 위해 나는 곰곰이 궁리해 보았다. 그래서 얻은 결과는, 중국을 뒤떨어지게 하고 국민을 파멸시키는 큰 원인은 유머감感, 즉 모든 이상理想을 농담처럼 웃어넘기며 죄조차도 인생의 필요한 부분으로 인식하여 미소를 띠고 바라보는 유머라는 것을 발견했다.

중국은 모든 개혁과 노력을 웃어넘기며 가장 긴박한 국가적 정책을 슬로건과 미사어구로 적당히 얼버무리는이것을 정치가들은 서로 연쟁하며 일반인들은 코웃음을 친다 무서운 방법을 가지고 있다. 우리 사이에도 노회한이 있어서 모든 정치적 개혁을 소극적으로 만들며, 모든 인위적 제도를 단순한 농담으로 취급한다.

중국인은 가장 호탕한 리얼리스트임과 동시에 지구상 최대의 유머로 무장한 사람들이다. 바로 이것이 우리가 국제연맹에서 과테말라에 패배한 이유이다. 그리고 나는 나의 분석이 옳다고 굳게 믿고 있다.

한마디로 말해서 중국이 파멸에 임박하고 있는 것은 불평등 조약에 의한 것도 아니며, 또한 비적과 군벌에 의한 것도 아니며, 관리들의 비문화 주의에 의한 것도 아니다.

중국이 파멸에 이른 것은 비적과 공산당과 관리 모두가 유머러스하기 때문이다. 그리고 그들이 수탈하는 민중도 또한 유머러스하기 때문이다. 게다가 그들의 부패에 관해 우리가 유머러스하게도 너무 관대하기 때문이다.

관용은 유머에서 생긴다. 지구상의 그 어떤 것도 중국인을 화나게 하지는 못한다. 죄악과 탐욕과 부패는 단지 우리를 코웃음 치게 할 뿐이며, 고상하고 아름다운 이상은 우리를 더욱 웃음 짓게 할 뿐이다. 그것은 여유자적한 방랑자를 닮은 생활 태도로써 이렇게 말한다.

"바보 같으니라고! 우리가 사는 이 세상은 상당히 바쁘게 돌아가지만, 무엇 때문에 그것을 고민한단 말인가? 기운을 내게, 그래서 태양이 비추는 동안 빨리 건초더미를 만들게."

이것은 어떤 이상주의자도 가슴속으로 품을 만한 호탕한 리얼리즘과 유머이다. 또한, 중국처럼 아주 오랫동안 지속하여 온 문화의 결과인 관대하고 어리석은 노령에서 생긴 생활관이다.

중국이 파멸상태에 이른 것은 우리가 생활을 우습게 여기는 것에서 생겨난 것이다. 그리고 모든 사물을 농담으로 웃어넘기려는 기풍 때문이며, 무슨 일이건 나라 구제라는 문제에 관한 경우에조차도 사물을 진지하게 생각하지 않는 것에서 기인한다.

여러분은 아마도 중국인이 도대체 어떤 유머 감각을 지니고 있는지 물을 것이다. 중국인의 유머는 서양인의 그 누구도 들어본 적이 없는 대담한 것이다. 그것은 보편적으로 지상의 그 무엇에도 비교할 것이 없다. 하나의 실례를 들겠다.

유머 감각을 갖지 않은 외국인은 틀림없이 아편 금지를 매우 진지한 일이었다고 생각할 것이다. 그러나 여러분도 알다시피, 중국인은 누구나가 장지강張之强의 아편 반대 운동을 하나의 요란한 농담으로 해석하고 있었다. 여러분은 광서 토벌전이 시작되기 직전에 백 년 이래 최대의 아편 지옥이라고 생각된 사건을 고작 네 명의 배 승선원을 투옥함으로써 끝냈던 것을 기억할 것이다.

장지강은 금연위원회의 의장직을 사임하고, 세상은 희생된 네 명의 승선원을 웃음거리로 삼았다.

여러분은 또한 군사정리 회의야말로 성인의 진지한 사업이라고 생각했을 것이다. 그렇지만 거기에 참가했던 사람은 연극에 출연하는 배우였으며 구경꾼이었음을 알고 있을 것이다.

나는 중국의 유머가 서양의 유머와 다르다는 것을 서술했다. 예를 들어 중국의 장례 모습을 보자.

부랑인이나 거지나 거리를 배회하는 자들처럼 더러운 얼굴에 조잡하게 번쩍이는 의상을 걸치고 있는 모습은 보기에도 우스꽝스럽다. 외국인은 물을 것이다.

"저것은 너무 우스꽝스럽지 않은가. 더러운 얼굴과 번쩍이는 옷은 아무래도 장례식에는 어울리지 않는다." 하고

여러분은 이렇게 대답할 것이다.

"저것은 정당하며 중국인은 유머 감각을 갖고 있기 때문이다. 의상은

단지 형식적으로 입고 있을 뿐이며, 우리는 그것을 심각하게 생각하지 않는다. 여러분은 이 행렬에서 미적인 모습을 찾으려 해서는 안 된다. 장례 인부가 얼굴을 씻는 것은 일이 너무 복잡하게 된다. 얼굴을 씻으려면 비누가 필요하며, 비누를 사려면 돈이 든다. 그런 필요 없는 일에 돈을 쓴다는 것은 소용없는 짓이다."

사물을 너무 어렵게 생각하며 이것을 진지한 미적 구경거리로 만들려고 하는 것은 중국인이 아니라, 외국인이라는 것을 독자는 확인하게 될 것이다. 한편 서양인에게 유머가 부족하다는 것은 다음의 사실에서도 밝혀진다.

여러분은 선교사들이 학교에 규칙과 통제를 시행하려는 정부의 명령을 심각한 일로 받아들인 것을 알고 있을 것이다. 그들은 회의를 열고 집회를 하고 결의를 해서 대표자를 교육부 장관에게 파견한다.

어떤 사람은 학교를 폐쇄하고 자기 나라로 돌아가려고 한다. 그런데 그들이 했던 일은 사물을 가볍게 판단해서 학교에서 종교적 훈계의 항목을 말살하고, 교실에 손일선 박사의 초상을 걸며, 모든 것을 중국식으로 농담화해 버리는 일이었던 것이다. 그들은 양심의 가책을 느낀다고 한다.

그렇다. 양심의 가책을 가진 자는 유머 감각을 가질 수가 없다. 그들이 유머를 갖지 못한 것에 비해서, 남경의 요인들이 상해에 사무소를 차려서는 안 된다는 정부의 명령을 얼마나 교묘하고 무시했던가를 보라. 그들은 단지 간판을 바꿔 달아 사업을 계속했다.

그러나 단 한 사람도 일을 빼앗기지 않고 문패는 아마 10달러 이하로 충분할 것

^{이며} 명령을 내린 당사자도, 이것을 무시한 사람들도 모두 기뻐하며 이 유머러스한 이야기는 끝났다.

유머 감각! 그것은 얼마나 멋지게 사람들을 고난으로부터 구해 주는가! 그러나 나는 또한 선교사가 유머 감각을 갖고 있지 않기 때문에, 중국의 대학이 저토록 진기하게 된다고 말하고 싶다. 반면에 나는 이 연극 같은 생활관이 중국을 파멸시키는 것이라고 말하고 싶다.

우리는 정부의 명령을 농담으로 여긴다. 우리는 혁명 이후 국민당의 당원만이 관리가 되어야 한다는 것을 시발점으로 했다. 그래서 직업적 관리는 이것을 농담으로 해석하고 양심에 거리낌 없이 국민당원이 되었다. 그래서 몇몇 진정한 국민당원은 그들의 입당을 보고 자진 탈당했다.

중국은 어엿하게 옛날의 중국에서 전혀 변하지 않았다. 어떤 국민이든 노회하게 되어 생활의 가장 심각한 일에 관해서도 때와 경우에 관계없이 연극을 하는 것을 중단할 수는 없게 되었다. 그러면 여러분은 이 국민을 어떻게 할 것인가? 신이여, 노쇠한 중국에 발랄한 희망을!

나는 이 중국식의 유머를 매우 의미깊게 연구하여 그 원인을 발견했다. 그 원인이란, 즉 형식을 매우 존중하며 동시에 실제 생활에 서도 이것을 아주 경시하는 것이다.

중국인의 유머는 중국인의 형식주의의 산물이다. 인위적인 형식을 고집하는 경우는 누구나 그 공허함을 보고 유머러스한 해석을 내릴 수밖에 없다. 한편 형식과 감정이 밀접한 조화를 이루고 있는 문명에서는 사람들이 비교적 형식을 진지하게 해석할 수가 있다.

서양의 장례는 진지한 행사로 치러진다. 이것은 형식과 감정의 차이가 거의 없기 때문이다. 그러나 중국의 장례식에서는 그렇지가 않다. 단순한 형식에 불과한 연극 같은 요소가 있어 누구나 가벼운 희극으로 해석할 도리밖에 없다.

예를 들어 며느리를 관 앞에 세워서 큰 소리로 통곡하게 하고 열 가지 숫자를 세고 난 후 그치게 한다면, 여러분은 그 며느리나 진행자를 코미디언으로 생각할 것이다. 물론 그 며느리는 다음 순간에 자기 자리로 돌아가서 아이에게 웃는 표정을 지을 것이다.

나는 중국인의 교양이 세 가지로 구성되어 있다는 것을 발견했다. 첫째 거짓말을 하는 것, 즉 거짓말로 자신의 감정을 감추는 것이며, 둘째는 신사 같은 거짓말을 하는 능력, 그리고 셋째는 자신의 거짓말과 상대의 거짓말을 유머 감각으로 재해석함으로써 마음을 평화롭게 하며, 또한 지상의 어떤 것에도 지나치게 열중하지 않는다는 것이다.

이 세 가지의 노회 중 한 가지 자질이라도 갖추지 않는 자는 교양이 있다고 할 수 없다. 실제로 나는 옛 중국에 관한 충분한 지식이 없었던 대부분 유학생이 사실을 사실로써 솔직하게 이야기하면, 그것을 문자 그대로 해석하고 자기 일을 심각하게 생각하는 불행한 버릇에 곧잘 빠지는 것을 보았다.

그들은 모두 중국을 구하고 싶다고 말하며, 중국을 위해서 무엇인가 실제적인 일을 하고 싶어한다. 그들은 차를 마시는 한가함보다도 사무실에서 바쁘게 일하는 쪽을 기대한다. 그들은 소위 도덕적 책임을 두 어깨에 지고 있다고 공상하고 있다. 그러나 그들은 곧 원숙한 성인이 되어 교양이 생기며, 실제로 사무실에서 소매를 걷어 올리는 '무례한' 모습을 보이지는 않는다 옛 중국의 유머 감각이 그들에게로 옮아져 그들은 중국과 세상에 관해서 더욱 세련되고 더욱 온건한 견해를 갖기에 이른다. 어떤 이는 젊은 시절 미국에서 돌아온 직후 정부 기관지의 편집자라는 지위를 받고, 어리석게도 매일 사설을 써서 의견을 발표했다. 그러자 정부의 관리가 그에게 매일 사설을 쓴다면 도대체 어떻게 할 작정이냐고 물었다. 그 후 그는 면직이 되었는데, 확실히 그 일 후로는 훌륭한 유머 감각을 갖게 되었다. 그는 교양을 높인 것이다.

우리의 국어는 중국인의 생활에 관한 연극 같은 태도를 확인해 줄 만한 문구를 발달시켜 왔다. 예를 들면 봉행고사·양봉음위·관양문장·대가 중국인 같은 문구들이다 쉽게 설명하자면 선례에 따른다, 즉 표리부동·관청식 문자, 그리고 중국인끼리를 말한다. 이 것은 마치 어린아이가 돌을 던져서 작은 새를 죽이듯이, 우리는 이것으로써 이상주의를 죽여 왔다.

우리는 관리의 취임을 '정식으로 무대에 오른다.'라고 말하는데, 이것은 실제로 엄밀하게 연극적인 의미이다. 그래서 우리가 가장 즐기는 연극의 종류는 언제나 늙은 울분에도 비적에게도 공산당의 위협에도 제국주의의 침략에도 아무 구속됨이 없이 진행된다. 고요한 생활은 명랑하고 무사히 이어진다.

그것은 음속에 노회의 요소를 품은 명랑함이다. 그것은 세상을 자세히 보면, 희망도 절망도 모두 초월한 노인의 심술궂고 빈틈없이 빈정거리는 웃음이다.

인생은 너무 짧아서 진지한 사업을 끝맺기에는 너무 부족하다. 그것은 늙은 중국의 헛되고 공허하게 메아리치는 웃음이며, 그 숨소리에 닿으면 모든 정열과 희망의 꽃도 시들어서 말라 버리고 만다.

정치가에게 큰 감옥을

   각종 매스컴은 중국 정부의 입법부 의장인 호한민은 남경에서 개최된 중앙 기념회에서 남경 정부 수립 이후 한 사람의 관리도 권력 남용의 죄를 지은 사람이 없었다는 사실을 기뻐했다고 보도했다.

   이것은 조지·후버, 그 외의 서양의 다른 정치가의 부러움을 사기에 충분한 말이다. 동시에 또한 굉장한 용기가 있어야 하는 말이기도 하다. 나는 그만한 용기가 없으므로, 이 말을 약간 수정하기로 한다.

   나는 남경 정부 수립 이후 한 사람의 고급관리도 감옥에 가지 않았다고 말하고 싶다. 이것으로써 아주 그럴듯한 근거를 갖는다. 이 근거라면 매우 안전하므로 어떤 비겁한 사람이라도 한마디 변명은 할 수 있으리라.

   북벌 완성 후의 이 중대한 시기에 있어서 우리의 사상은 자연히 정치상 철저한 대숙청작업이 되었다고 생각한다.

이 사상은 장개석 총통의 최근의 담화문을 통해서 열거된 5개 조항 속에 명확하게 나타나 있다. 나는 그 5개 조항을 비판하려는 것은 아니다. 국민 재정의 부활이라든가, 청렴결백한 신정부 수립 같은 것에 반론을 제창할 수는 없다.

그러나 만약 총통이 정치가에게 좀 더 감옥이 필요하다고 말하고, 재빨리 이것을 실행하여 좋은 사례를 보였다면, 즉 공평한 재판을 해서 모든 것을 몸소 보여 주었더라면 국민의 더욱 두터운 신임을 얻었으리라. 이것은 그 자신이 벌이고 있는 대변혁으로서 지금 중국의 청년과 노인에게 더 큰 충격을 주었을 것이다.

남경 정부 수립 이후 권력 남용으로 감옥에 갇힌 사건으로 내가 기억할 수 있는 것은 고영高英의 아편 밀수 사건이 있다. 그러나 이것은 국제적인 사건으로, 판사들이 서양인 구경꾼에게 중국인의 연극을 보여 준 것으로 해석할 수 있다.

부정한 관리가 감옥에 안 가고 여객선의 일등 침실을 쉽게 차지할 수 있는 한 청렴결백한 정부 수립은 입에 담을 수도 없을 것이다.

나는 한비자韓非子를 추앙하는 사람으로서 지금이야말로 엄격한 처벌로 정치가에게 좀 더 큰 감옥을 준비해야 할 때라고 믿는다. 우리 관리들이 공자를 좇아서 자비심을 베푸는 도덕적 군자라고 가정하는 대신에, 한비자를 좇아서 하루속히 그들을 장래의 범죄자로 가정하여 장래 그들이 죄를 짓지 못하도록 방법과 수단을 연구해야 하지 않을까?

그들이 최고의 유교적 군자와 같은 행위를 했을 때 기념비를 세우는 대신, 그들이 악당과 같은 행위를 했을 때 감옥에 가두어 중벌로 다스린다는 것을 미리 알려주어야 하지 않을까? 도덕적 상투어는 한비자 스타일의 의미로는 장래의 범죄자에게 아무 압력도 가할 수가 없었을 것이다. 가장 현명한 유일한 방법은 그들을 위협하는 일이다.

선량한 민족의 노학자인 공자가 정치 사상가로 불리우며, 그 그림자에 불과한 인재가 정치 사상가의 이름을 가지고 존경을 받는다는 것은 기묘한 운명의 풍자이다.

덕을 토대로 한, 인자한 통치자에 의한 정부 방침은 도무지 종잡을 수 없는 것으로, 이미 대학생 정도만 되면 속일 수가 없을 것이다. 만약 그렇다면 사람들은 경찰의 법 집행 대신 운전사의 양심에 의해 남경로南京路의 교통을 통제할 수도 있을 것이다.

그러나 사고력 있는 역사 학도라면 도덕적인 권능을 갖춘 유교적 중국 정부가 사실은 세계에서 그 유례를 찾아볼 수 없을 정도로 부패한 정부였음을 깨달았을 것이다. 그 이유는, 중국의 관리가 서양의 관리보다도 부패한 사람이 많았다는 의미가 아니다.

다시 말해서 정치적, 역사적 진리는 중국에서처럼 관리를 신사로 대우하는 경우에는, 그 10분의 1이 신사이며 나머지 10분의 9는 모두 악당으로 변한다. 그러나 만약 서양에서처럼 그들을 범법자로 간주해 감옥의 존재를 인식시킨다면 그 10분의 1이라도 청렴결백한 사람으로 만드는 데 성공할 것이다.

그 결과 여러분은 서양의 여러 나라의 청렴결백한 정부의 본을 따르게 될 것이다. 이것은 중국이 훨씬 이전에 실현해야만 했던 것으로 바로 2천 년 전의 한비자의 충언이었다.

관리들의 인간성에 관한 나의 법률적 견해를 불쾌하게 생각하는 관리들은, 유교적인 군자의 규범에 따라서 주주총회를 열지 않고 결산도 보지 않고, 회계 감사도 하지 않고, 그리고 도망간 경리나 지배인을 붙잡을 힘도 없는 회사에 그 자신이 기꺼이 투자할 것인가 조금 반성해 보는 것이 좋을 것이다.

현재의 중국 정부는 사실 이런 비사무적인 회사이다. 그것은 엄밀하게 군자적인 폭에서 운영되고 있다. 그리고 비사무적인 무역회사에서 인간성을 기대할 수 없다면, 그것은 옳지 않다.

사실 상인 계급을 정치가보다도 선량하며 정직하다고 믿는 것에는 뚜렷한 근거가 있다. 중국의 정치가 계급은 당연히 도덕적으로 상인 계급보다 뒤떨어져 있으며, 따라서 경찰에 의해서 주의 깊게 감시당해야만 한다. 왜냐하면, 그들은 자기의 본업을 갖지 못한 사람들로부터 위안을 받고 있기 때문이다.

실업계의 거부인 구협경과 재벌의 거두인 유홍생은 관리가 되기를 바랄까? 북평의 금융계의 거목 주작민과 그 이외에 누구이든 일가를 이룬 은행가가 관리가 되었으면 하고 후회한 적이 있을까? 그런데 우협경이 될 수 없는 사람이 우협경과 주작민 이상으로 도덕적이기를 기대한다는 것은 무리이다.

그리고 우리가 그것을 무역회사의 거두 우협경에게 기대하지 않는 것과 마찬가지로, 제각기 자기의 본업을 갖지 못한 사람들 앞에 제공하는 일은 없을 것이다. 그것은 그들의 도덕적 양심에 지나치게 기대하는 꼴이 된다. 군자에 의한 정치를 생명으로 하는 유교의 근본 원리는, 그러므로 땅에 떨어질 수밖에 없다. 우리가 이 노회의 진리에 눈뜨는 것이 빠르면 빠를수록, 그것은 20세기의 현대 중국에 유익한 일이 될 것이다.

인간은 일하는 동물

지금 우리 눈앞에는 인생의 향연이 베풀어져 있다. 이 향연에서 가장 중요한 문제는 음식이 과연 우리의 입맛에 맞느냐 맞지 않느냐 하는 것이다.

문제는 음식이 입맛에 맞느냐 맞지 않느냐의 여부일 뿐, 향연 그 자체에 있는 것이 아니다. 결국, 인간이 세상을 살아가면서 부딪치게 되는 가장 어려운 문제는 자기가 스스로 부과하고 또 문명이 부과한 일과 그 일의 분량에 대한 것이다. 모든 자연의 만물은 편안히 쉬는데 오로지 인간만이 좀 더 나은 삶을 살기 위해 일하는 것 같다.

왜냐하면, 인간은 태어나면서부터 일을 해야 하는 존재이기 때문이다.

문명이 점점 발전함에 따라 우리들의 생활은 사회가 요구하는 의무, 책임, 공포, 구속, 욕망 등으로 매우 복잡해져서 갈피를 잡지 못해 혼란을 겪고 있다.

나는 책상 앞에 앉아 창밖을 물끄러미 바라보았다. 저만치 한 마 리의 비둘기가 점심을 먹을 생각도 않고 성당의 철탑 주위를 한가히 날고 있었다.

그러나 비둘기의 점심보다는 나의 점심이 더 중요하고 복잡한 문제의 노동과 대단히 복잡한 여러 단계, 즉 경작 → 매매 → 운송 → 배달 → 요리의 과정을 거친 것이다.

이 때문에 인간은 동물보다 먹이 구하기가 훨씬 어렵다. 만약 세상과 멀리 떨어진 숲속에서 사는 동물이 현대인의 모습을 본다면 경악과 회의를 느낄 것이다.

그 숲속의 동물들은, 아마도 지구상에서 유일하게 노동하는 동물이 인간이라는 것을 가장 먼저 느낄 것이다.

짐을 운반하는 말이나 방앗간에서 일하는 소들과 몇몇 가축들을 제외하면, 집에서 기르는 동물이라 해도 노동을 하지 않는다.

경찰견도 가끔 일이 있을 때만 자기 실력을 발휘할 뿐 거의 일거리가 없으며, 집을 지키는 개도 따사로운 햇살 아래 낮잠을 즐기며 논다.

귀족적인 고양이조차도 생활을 위해 노동을 하지는 않는다. 비둘기는 맵시 있는 몸을 타고나서 이웃집의 울타리를 비웃으며 사람들에게 잡히지 않고 마음대로 날아다닌다.

그리고 보니 인간만이 울타리에 갇혀서 사육되고, 먹이를 얻기 위해 노동력을 착취당하고 먹고 사는 문제를 걱정해야 한다. 그러나 이런 인간에게도 장점은 있다. 학문 탐구의 기쁨, 말하는 능력, 상상력은 인간만이 가지고 있는 장점이다. 그러나 인간의 생활은 복잡 미묘해서 의식주를 해결함으로써 인간 활동의 거의 대다수를 점거하고 있다는 본질적인 문제가 남는다.

문명은 주로 먹이를 구하는 일이고 발전은 결국 먹이를 구하기가 점점 더 어려워짐을 뜻한다.

인간들이 먹이를 쉽게 구할 수 있다면 힘들게 땀을 흘리며 일할 필요는 없었을 것이다.

그러나 인간의 문명이 너무 빠르게 발달한다는 것이 위험하다. 문명이 너무 진보하여 먹이를 구하는 일이 무척 어렵게 되었기 때문에 식욕을 잃게 되었다는 것은 매우 위험한 적신호일 수도 있다.

이 사실은 야생 동물이나 철학자는 도저히 이해할 수가 없을 것이다.

나는 하늘을 뚫을 듯이 서 있는 고층 빌딩을 볼 때마다 놀라지 않을 수 없다.

정말 놀라운 일이다. 두세 개의 급수탑給水塔이 보이고, 철근으로 만들어진 광고판 뒷면이 보이고, 한두 개의 첨탑이 서 있으며, 아스팔트와 건물이 일정한 모양으로 곳곳에 서 있고 빛바랜 굴뚝과 빨래줄이 눈에 들어온다.

그 아래 거리를 내려다보면 빛바랜 붉은 벽돌담이 늘어서 있고, 조그맣고 어두운 창문들이 나란히 붙어 있다.

창문가에는 우유가 놓여 있고 또 다른 집에는 시들어 버린 몇 개의 화병이 놓여 있을 것이다. 한 여자아이가 강아지와 함께 옥상 계단에 앉아 따사로운 햇볕을 쬐고 있다.

다시 눈을 돌려 자세히 살펴보면 죽 늘어선 지붕들이 몇 마일씩이나 뻗어 있다. 먼 곳에서 보면 보기 싫은 모습으로 공간을 채우고 있다.

많은 급수탑들, 더 많은 벽돌집, 바로 이곳에서 우리 인간들은 숨 쉬며 살아가고 있다. 어두운 창문을 사이에 두고 사는 그들은 어떻게 생활하고 있을까?

인생을 위하여 무엇을 하고 있을까? 골치 아픈 문제이다.

두세 개의 창문마다 자기 집을 찾는 비둘기처럼 한 쌍의 부부는 매일 밤 함께 침대에 들어가고 다음날 아침 일찍 일어나 커피를 마시고 남편은 가족을 위하여 직장으로 간다. 아내는 남편이 없는 동안 열심히 깨끗하고 안락한 보금자리를 만들려고 노력한다.

그리고 이웃 사람들과 이야기도 나누고 맑은 공기를 마시기도 한다. 다시 밤이 오고 피곤한 몸을 어제와 다름없이 침대 속에 넌다. 이처럼 우리는 매일 똑같은 생활을 하는 것이다.

그러나 호화로운 아파트에서 안락한 생활을 하는 사람도 있다. 화려한 방과 아름다운 전등도 있다. 모든 것이 정돈되고 깨끗하다.

그러나 아파트를 가지고 있는 것도 아니며 세를 들어 사는 것만 해도 사치라고 생각하는 사람도 있다. 그러나 아무리 호화로운 삶을 살더라도 그 삶이 더 즐거워지는 것은 아니다. 하지만 남보다 금전에 대한 걱정이 적은 것은 사실이다.

그러나 그들에게는 해결할 수 없는 어려운 일이 많고, 이혼 문제도 생기며 밤 늦도록 귀가할 줄 모르는 바람둥이 남편도 많으며 우울한 마음을 달래기 위해 밤거리를 해매는 사람들도 적지 않다.

'기분 전환', 정말로 좋은 이야기이다.

변화가 없는 똑같은 벽돌담과 윤기 흐르는 마룻바닥에서 끊임없이 반복되는 생활을 하는 그들에게는 다른 무엇보다 기분 전환이 필요하다. 그들은 여인의 나체를 보기 위해 밖으로 나돌기도 한다.

그러나 그들은 신경쇠약, 대장염, 맹장, 소화불량, 정신박약, 간장 경화, 십이지장궤양, 내장상해, 위장과로, 신경과로, 방광염, 비장이상, 정신착란, 고혈압, 당뇨병, 브라이트시병, 각기병, 신경통, 불면증, 동맥경화, 치질, 치루痔瘻, 만성 이질, 만성 변비, 식욕부진, 생활 권태가 찾아올 뿐이다.

좋은 것은 하나도 없다.

다시 말하자면 행복을 좌우하는 것은 호화스러운 아파트에서 일어나는 남자와 여자의 성격과 기분에 관계되는 것이다. 그들 중에는 진정으로 행복한 생활을 하는 사람도 있지만 그렇지 못한 사람이 더 많다.

그들은 일반적으로 중노동을 하는 사람들보다 행복하지 않다. 왜냐하면 권태와 싫증을 느낄 수 있는 환경이 더 많이 조성되어 있기 때문이다. 그러나 그들에게 멋있는 자가용과 별장이 있다.

새소리가 들리고 녹음이 우거진 시골의 별장, 이야말로 사회 생활에 시달리는 인간들에게 구세주인 것이다.

그리고 보니 사람들은 시골에서 죽기 살기로 일하여 돈을 모아서 도시로 올라오고 다시 도시에서 많은 돈을 벌어서 시골로 가는 것 같다.

도시에서 눈에 제일 많이 띄는 것은 미용실, 꽃집, 선박회사 등, 뒷골목에는 약국, 식료품 가게, 철물점, 이발소, 세탁소, 음식점, 신문 가판대가 있다.

거대한 도시 속에서는 1시간 이상을 걸어보아도 한 곳에 머물러 있는 것이나 마찬가지이다. 왜냐하면 거리 곳곳에 가로수와 약국, 그리고 식료품 가게, 철물점, 이발소, 세탁소, 음식점, 신문 가판대 등이 줄지어 연결되어 있기 때문이다.

사람들은 어떻게 살고 있는가? 왜 이곳에서 사는가? 그 이유는 간단하게 생각할 수 있다. 세탁소에서 일하는 사람들은 이발사와 음식점 종업원의 옷을 세탁하고, 음식점에서는 세탁소 사람에게 음식을 팔고 이발사는 세탁소 사람들과 종업원의 머리를 깎아 주면서 서로 상호관계를 유지하며 산다.

이것이 바로 문명이다 매우 경이적인 사실이 아닌가?

세탁소와 이발사와 음식점 종업원 중에는 평생 그들이 일하는 장소에서 다른 곳으로 가 보지 못한 사람도 있을 것이다.

그들에게 영화관이 있다는 사실이 얼마나 다행스런 일인가! 자막을 통하여 노래하는 새를 볼 수 있고, 미풍에 나부끼며 끝없이 자라는 수목, 터키, 이집트, 히말라야, 안데스, 폭풍, 난파선, 대관식, 개미, 송충이, 사향쥐, 도마뱀과 지네의 혈전, 언덕, 파도, 모래, 구름, 달에까지 그들은 모든 만물을 다 볼 수 있다.

오, 영악한 인간이여! 끔찍이도 영악한 인간이여! 나의 축하를 받거라. 휴식을 망각하고 평생 동안 땀 흘리며 일하다가 하얀 백발을 스스로 근심하다니 문명이란 정말 알 것 같으면서도 모르겠다!

프로이트 심리학 해설
S.프로이트 / C.G.홀

마음의 행로를 찾아 나서는 이들을 위하여, 인간과 그 심리 세계를 탐구하려는 이들을 위하여 인간 심리의 틀을 밝혀 주는 프로이트 심리학의 해설서.

인간이 인간답게 살아갈 수 있도록, 심리학에 입문할 수 있도록 인도하는 최고의 해설서.

정신 분석과 유물론
E.프롬 / R.오스본

인간의 정신을 의식·무의식의 메커니즘으로 파악하는 프로이트 사상과 철저한 유물원론적 자세로 설명하는 마르크스 사상이 어떻게 영합하며, 어떻게 상반되며, 그리고 무엇을 문제로 빚는가를 사회 사상적 입장에서 논한, 우리 시대 최대의 관심사에 대한 해설서.

융 심리학 해설
C.G.홀 / J.야코비

인간의 깨어 있는 의식의 뿌리를 캐며, 아득한 무의식 속에 깊숙이 감춰 있는 세계까지 탐색하고, 그 심대한 체계를 세운 융 사상의 깊이와 요체를 밝혀주는 해설서. 무한한 세계까지 헤아리는 융 심리학의 금자탑. 그리고 인간 생활에서의 실제와 응용을 명쾌하게 설명해 주는 최고의 입문 참고서.

인간의 마음 무엇이 문제인가?(1)
K. 메닝거

현대 정신 의학의 거장 메닝거 박사가 이야기하듯 밝혀 주는 인간 심리의 미로, 그 행로의 이상(異常)과 극복의 메시지, 소망과 불안과 갈등과 압력과 스트레스 속에서 온갖 마음의 문제를 안고 사는 이들의 자아 발견과 자기 확인 및 정신 건강을 위한 일상의 지침서.

무의식 분석
C.G. 융

프로이트의 〈정신 분석의 입문〉과 쌍벽을 이루며, 또 누구도 따를 수 없는 독보적인 폭과 깊이를 담고 있는 융의 '무의식의 심리학'에 관한 최고의 걸작. 인간의 정신세계에의 연구에 있어서 끝없는 시야를 제시하는, 그리고 미지의 무의식 세계를 개발하려는 융 심리학의 핵심 해설서.

인간의 마음 무엇이 문제인가?(2)
K. 메닝거

제1권에 이어 관능편·실용편·철학편이 실려 있는 메닝거 박사의 정신 의학적 명저. 필연적으로 약점과 결점을 지닐 수밖에 없는 인간의 마음에서 빚어지는 갖가지 정신적 문제들에 대처할 수 있는 메닝거식(式) 퇴치법이 수록되어 있다.

프로이트 심리학 비판
H. 마르쿠제 / E. 프롬

인간의 정신세계의 틀을 제시하는 프로이트 사상의 근거와 사회적 영향을 검토하고 검증하려는 비판서(이 책을 통하여 우리는 프로이트 심리학의 출발과 실제와 한계를 생각할 수 있다). 우리가 프로이트 심리학에 무엇을 기대하며, 무엇을 문제시해야 할 것인가를 말해 주는 명저.

정신 분석 입문
S. 프로이트

노이로제 이론에 있어서 새로운 영역을 개척함과 아울러, 거기에서 획득할 수 있는 혜안과 견해를 프로이트는 스물여덟의 강의에서 총망라해 다루고 있다. 인간의 외부 생활과 내부 생활과의 부조화로 인해 빚어지는 갖가지 문제점들이 경이롭게 파헤쳐지는 정신 분석의 정통 입문서.

아들러 심터학의 해설
A.아들러 / H.오글러롬

프로이트의 본능 심리학과 융의 심리학과 함께 꼭 주지되어야 하는 것이 아들러의 개인 심리학이라고 볼 때, 그 개인 심리학이 논구하여 설명하려는 개개인의 의식 세계를 또 다른 시각으로 설파해 주는 해설서. 개인의 의식 세계에 대한 간결하고도 이해하기 쉬운, 이 시대 최고의 저술.

꿈의 해석
S. 프로이트

꿈이란, 어떤 형태의 것이든 소망 충족의 수단이며, 꿈을 꾸는 사람은 그 자신이면서도 현실의 자신과는 완전히 단절되어 있는 꿈의 '비논리적' 성질을 예리하게 갈파해 주는 꿈 해석 이론의 핵심 입문서이며, 프로이트는 자신의 명성을 전 세계에 드높인 이 시대 최고의 명저.

주역의 진리를 과학적으로 밝혀놓은 세계 최초의 책!
『주역원론』 시리즈 (전 6권)

주역원론 1: 시간과 공간
김승호 지음 | 375쪽 | 정가 15,000원

『주역원론』 1권은 초보자든 전문가든 주역을 쉽게 이해할 수 있도록 합리적 방식에 따라 주역의 기초와 개념을 설명하였다. 또한 주역에 담겨 있는 과학적 구조와 심오한 원리를 설명했다.

주역원론 2: 질서와 혼돈
김승호 지음 | 381쪽 | 정가 15,000원

『주역원론』 2권은 본격적인 주역 과학을 공부할 수 있도록 구성하였으며, 주역을 합리적이고 조직적으로 탐구하도록 하였다. 그리고 과학 또는 수학의 합리성을 통해 누구나 납득할 수 있는 논리로 설명했다.

주역원론 3: 자연의 대조직
김승호 지음 | 380쪽 | 정가 15,000원

『주역원론』 3권은 초자연의 비밀이 담겨있는 주역에 대한 기본적인 원리들로 구성되어 있는 책이다. 이 책은 주역원론이 목표로 하는 학문 그 자체인 깊고 정밀한 논리에 대한 내용으로 이루어져 있다.

주역원론 4: 신의 지혜
김승호 지음 | 380쪽 | 정가 15,000원

『주역원론』 4권은 주역을 수치화하여 수리 논리의 세계에 진입하도록 구성하였다. 또한 주역의 마구잡이식 해석에서 벗어날 수 있도록 수리를 통해 정량화하였다.

주역원론 5: 사물의 운명
김승호 지음 | 377쪽 | 정가 15,000원

『주역원론』 5권은 주역의 과학적이고도 전문적인 내용을 크게 강화하였으며, 논리의 강도를 한층 높였다. 또한 주역의 아주 중요한 부문을 택해 깊게 다루었고, 누구나 이해할 수 있게 전개하였다.

주역원론 6: 무한을 넘어서
김승호 지음 | 379쪽 | 정가 15,000원

『주역원론』 6권은 주역 이해의 폭을 더 넓히는 한편, 모든 부문에 철저히 과학화를 시도했다. 또한 중요하고 심오한 이론이 많이 집결되어 있으며, 그동안 설명해 온 모든 것이 간략하게 재조명되어 있다.